j'écrivis *Rain Check* par Clive Thurston et adressai le manuscrit à Rowan.

Il s'écoula presque un an avant que *Rain Check* paraisse à la scène et quand tout fut enfin prêt, le manuscrit avait subi de nombreux changements parce que Rowan imposait ses idées personnelles dans tous les spectacles qu'il finançait. Mais j'en étais déjà arrivé à considérer la pièce comme étant de moi et lorsqu'elle fut enfin jouée et qu'elle remporta un succès immédiat, je me sentis sincèrement fier de mon œuvre.

C'est une sensation exaltante que d'entrer dans une salle pleine de monde, de se voir présenté à des gens et de lire sur leur visage qu'on n'est pas un inconnu pour eux. C'est du moins ce que je ressentis et cela ne fit que croître lorsque je commençai à toucher de fortes sommes d'argent, alors que jusque-là il m'avait fallu me débrouiller avec quarante dollars par semaine.

Lorsque j'eus la certitude que la pièce était partie pour une longue série de représentations, je quittai New York pour Hollywood. J'estimais que ma nouvelle réputation devait me valoir des offres intéressantes, peut-être même me permettre de devenir un des premiers écrivains spécialisés dans le cinéma et comme je touchais à présent près de deux mille dollars par semaine, je n'hésitai pas à prendre un appartement du côté du boulevard Sunset.

Une fois installé, je décidai de battre le fer pendant qu'il était chaud et après beaucoup de réflexion et de tentatives, j'entrepris d'écrire un

Ce banal accident devait transformer ma vie. Ayant quelque habitude du maniement d'un bateau, je m'offris à remplacer le matelot et c'est ainsi que je partageai l'honneur de remporter la Coupe d'Or avec le propriétaire du yacht. Celui-ci ne se présenta qu'après la course ; lorsqu'il me dit son nom, je ne me rendis pas immédiatement compte de la chance qui m'arrivait. À cette époque, Robert Rowan était un des hommes les plus puissants dans le monde du théâtre ; il possédait plusieurs salles et avait à son actif une longue suite de succès.

Il se montra heureux comme un enfant d'avoir gagné la coupe ; il me donna sa carte et me promit solennellement de faire n'importe quoi pour me rendre service.

Vous commencez sans doute à entrevoir la tentation qui se présentait à moi. En rentrant, je trouvai Coulson dans le coma ; le lendemain il était mort. Sa pièce était restée sur ma table ; je n'hésitai pas longtemps. Coulson avait dit et répété qu'il n'avait pas d'héritiers. Quelques minutes suffirent pour venir à bout de ma mauvaise conscience ; après quoi, j'ouvris le paquet et lus la pièce.

Sans connaître grand-chose à l'art dramatique, je compris cependant qu'il s'agissait d'une œuvre de premier ordre. Je demeurai longtemps assis à examiner les risques d'être découvert et conclus qu'il n'y en avait aucun. Alors, avant d'aller me coucher, je changeai la page de titre et la couverture : au lieu de *Boomerang* par John Coulson,

— Non, me dit-il, personne en dehors de vous ne sait même que je l'ai écrite.

Le lendemain était un samedi ; il y avait des jeux nautiques à Alamitos et je me rendis à la plage pour voir les régates comme des milliers d'autres touristes en week-end. Ce n'est pas que j'aimais me mêler à la foule, mais Coulson baissait visiblement et j'avais besoin d'échapper à l'ambiance de mort qui envahissait la maison.

J'arrivai au port au moment où les petits yachts se préparaient pour la course principale de la journée ; les concurrents s'affairaient. Parmi tous les bateaux, j'en remarquai un particulièrement : une ravissante petite coque aux voiles rouges et aux lignes effilées. Il y avait deux hommes à bord : l'un, auquel je ne jetai qu'un coup d'œil rapide, était un quelconque matelot mais l'autre était visiblement le propriétaire. Il portait un impeccable costume de flanelle blanche, des chaussures de daim et un gros bracelet-montre en or qui attira mon attention ; sa grosse figure charnue avait cette expression d'arrogance qui n'appartient qu'aux riches et aux puissants ; il se tenait près de la barre, un cigare entre les dents, surveillant le matelot qui mettait la main aux derniers préparatifs. Je me demandais qui il était et finalement décidai que ce devait être un producteur de cinéma ou quelque magnat du pétrole. Après l'avoir contemplé pendant quelques minutes, je commençais à m'éloigner lorsque le bruit d'une chute et un cri d'alarme me firent me retourner. Le matelot avait glissé et gisait sur le quai avec une jambe cassée.

ses relations et il était venu habiter dans ce misérable meublé de Long Beach. Je ne sais trop ce qui m'attira vers lui ; de son côté, il se montra assez désireux de partager ma compagnie. C'est peut-être parce qu'il écrivait. J'ai eu moi aussi pendant longtemps l'envie d'écrire, mais cela demandait trop de travail et je me suis découragé. J'étais convaincu que si je pouvais seulement débuter, le talent que je sentais en moi me vaudrait gloire et fortune. Il est probable que je n'étais pas le seul dans ce cas et que, comme mes semblables, je manquais surtout de volonté.

Un jour, John Coulson me confia qu'il avait écrit une pièce qu'il considérait comme ce qu'il avait fait de mieux. Je l'écoutais toujours avec plaisir et j'appris ainsi quantité de choses intéressantes et surprenantes sur la technique du théâtre et sur ce que peut rapporter une pièce à succès.

Deux jours avant de mourir, il me demanda d'envoyer sa pièce à son agent littéraire ; il était déjà hors d'état de se lever et ne pouvait plus faire grand-chose par lui-même.

— Je ne vivrai probablement pas assez longtemps pour la voir jouer, me dit-il songeur en regardant fixement la fenêtre. Dieu sait qui en profitera ? Enfin l'agence s'arrangera. Ça peut sembler drôle, Thurston, mais je n'ai personne à qui laisser quoi que ce soit. Je regrette de ne pas avoir d'enfants ; tant de travail aurait au moins servi à quelque chose...

Je lui demandai négligemment si son agent s'attendait à recevoir la pièce.

Quel que soit mon désir de vous présenter Eva sans plus attendre, il est nécessaire, comme je l'ai déjà dit, de vous donner quelques détails sur moi-même. Je m'appelle Clive Thurston. Vous avez peut-être entendu parler de moi : je passais pour être l'auteur de *Rain Check*, cette pièce qui a eu tant de succès. Et, bien qu'en fait je n'en sois pas l'auteur, j'ai tout de même écrit trois romans qui, dans leur genre, ont eu aussi leur succès.

Avant la mise en scène de *Rain Check* au théâtre, je n'étais rien. J'habitais un logement meublé à Long Beach près de l'usine où je travaillais et, jusqu'au jour où John Coulson est venu habiter la maison, j'ai mené une existence terne et sans ambitions, comme des centaines de milliers de jeunes gens qui continueront à faire dans vingt ans le même travail qu'ils font maintenant.

Pour solitaire et monotone qu'elle fût, j'acceptais cependant cette vie avec une résignation apathique. Je ne voyais aucune possibilité d'échapper à la routine qui consistait à me lever le matin, à aller travailler, à faire des repas bon marché, à me demander si je pouvais ou non me payer ceci ou cela et à voir une femme de temps en temps quand j'avais assez d'argent. Il en fut ainsi jusqu'à ma rencontre avec John Coulson. Encore n'est-ce qu'après sa mort que j'ai entrevu ma chance et que je l'ai saisie.

John Coulson se savait condamné. Depuis trois ans, il luttait contre la tuberculose, mais ses forces étaient épuisées. Comme un animal qui se cache pour mourir, il avait rompu avec ses amis et avec

I

Avant de vous raconter l'histoire de mes relations avec Eva, il faut d'abord que je vous parle un peu de moi-même ainsi que des événements qui ont amené notre première rencontre.

S'il ne s'était pas produit un changement extraordinaire dans ma vie au moment où j'étais résigné à accepter l'existence médiocre d'expéditionnaire dans une fabrique de conserves, je ne l'aurais jamais rencontrée et, par conséquent, je n'aurais pas été entraîné dans une aventure qui, finalement, a gâché ma vie.

Bien qu'il y ait maintenant plus de deux ans que je n'ai vu Eva, il me suffit de penser à elle pour éprouver encore ce désir insatiable et ce besoin de la dominer qui m'ont enchaîné à elle à une époque où j'aurais dû consacrer toute mon attention et toute mon énergie à mon travail.

Peu importe mon métier actuel. Personne ne me connaît dans ce petit port du Pacifique où je suis arrivé il y a près de deux ans lorsque j'eus enfin compris ma folie et l'inanité de la chimère que je poursuivais. Il n'est plus question du présent ni de l'avenir, mais seulement du passé.

James Hadley Chase est le pseudonyme le plus connu du Britannique René Brabazon Raymond, né à Londres le 24 décembre 1906. Courtier en librairie à l'âge de dix-huit ans, consciencieux et ayant l'habitude de lire les ouvrages qu'il vendait, il note l'engouement du public anglais pour les récits de gangsters américains et s'intéresse aux œuvres de Steinbeck, Hemingway ainsi qu'à la nouvelle esthétique américaine *hard-boiled* illustrée par les ouvrages de Dashiell Hammett. Son premier roman, *Pas d'orchidées pour Miss Blandish*, paru en 1939 et écrit, dit la légende, en six weekends à l'aide d'un dictionnaire d'argot américain, est très vite un best-seller. Ce titre, enrichi d'une suite en 1948, *La chair de l'orchidée*, deviendra l'un des fleurons de la Série Noire imaginée par Marcel Duhamel en 1945. Près de quatre-vingt-dix romans et un recueil de nouvelles suivront, dont *Eva*, un autre grand classique destiné à marquer l'histoire du genre. James Hadley Chase est mort le 5 février 1985. Une quarantaine de films ont été adaptés de son œuvre caractérisée par le pessimisme de son univers, la qualité de ses intrigues et le refus du récit psychologique classique au profit d'une narration plus visuelle, privilégiant l'action comme étant encore le meilleur moyen de connaître l'âme de ses personnages.

Titre original :

EVA

© *James Hadley Chase, 1946.*
© *Éditions Gallimard, 1947, pour la traduction française.*

James Hadley Chase

Eva

*Traduit de l'anglais
par J. Robert Vidal*

Gallimard

roman. C'était l'histoire d'un homme qui avait été blessé à la guerre et qui ne pouvait plus faire l'amour. J'avais connu un cas de ce genre qui m'avait fortement impressionné et je parvins assez bien à exprimer dans mon livre les sentiments que j'avais éprouvés. Bien entendu, ma renommée me rendit service, mais tout compte fait, mon bouquin n'était pas mal réussi. Il s'en vendit quatre-vingt-dix-sept mille exemplaires et la demande continuait encore lorsque parut mon deuxième roman. Il était moins bon, mais il se vendit tout de même. C'était la première fois que j'écrivais une œuvre d'imagination et j'éprouvai de grandes dif-ficultés. Mon troisième roman était basé sur la vie d'un ménage que je connaissais intimement ; la femme s'était conduite d'une façon abominable et j'avais assisté au dénouement avec beaucoup d'émotion. Je n'eus qu'à m'asseoir devant ma ma-chine à écrire ; le roman s'écrivit tout seul et, dès sa parution, ce fut un succès.

Après cela, je ne doutai plus d'avoir du génie. Je me dis que j'aurais parfaitement réussi même sans la pièce de John Coulson ; je m'étonnais d'avoir pu gâcher stupidement tant d'années de ma vie dans un bureau au lieu d'écrire et de ga-gner beaucoup d'argent.

Quelques mois plus tard, je décidai d'écrire une pièce de théâtre. On avait cessé de donner *Rain Check* à New York, on la jouait maintenant en tournées et elle faisait encore d'excellentes recet-tes, mais je savais qu'avant peu celles-ci diminue-raient et je ne voulais pas réduire mon train de vie. En outre, mes amis ne cessaient de me demander quand j'allais écrire de nouveau pour le théâtre et mes excuses répétées commençaient à paraître un peu minces.

Lorsque je me mis au travail, je n'avais aucune idée susceptible de faire un sujet de pièce. Je m'acharnai à en trouver une ; j'en parlais autour de moi, mais à Hollywood, personne ne donne une idée pour rien. Je continuai à chercher et à me torturer l'esprit, mais rien ne vint, de sorte que finalement j'envoyai mon projet au diable et décidai d'écrire un nouveau roman. Je m'y attelai avec acharnement jusqu'à la fin, puis l'envoyai à mon éditeur.

Quinze jours plus tard, mon éditeur m'invita à déjeuner. Il n'y alla pas par quatre chemins et me dit crûment que mon bouquin ne valait rien. Il n'eut aucune peine à me convaincre ; je le savais.

— C'est bon, lui dis-je, n'en parlons plus. J'ai voulu aller trop vite et j'ai été constamment interrompu, mais dans un mois ou deux, je vous donnerai autre chose qui vous satisfera.

Il me fallait un endroit où je puisse travailler tranquillement. Je me dis que si je pouvais me dégager de la foule qui absorbait mon temps et trouver un endroit calme où reposer mes nerfs, il me serait facile d'écrire un autre roman à succès ou même une bonne pièce de théâtre. J'en étais arrivé à être si sûr de moi que j'étais convaincu qu'il me suffirait d'un cadre favorable pour faire quelque chose de bien. Au bout de peu de temps, je finis par trouver un endroit qui me parut idéal à tous les points de vue. Les *Trois Points* étaient un chalet à un seul étage situé à quelques centaines de mètres en retrait de la route qui mène au lac du Grand Ours. Il y avait un grand balcon avec une vue magnifique sur la montagne. Le chalet était luxueusement meublé et doté de tous les perfectionnements imaginables, y compris un groupe électrogène. Je m'empressai de le louer pour tout l'été.

J'avais espéré qu'une fois installé au *Trois Points*, je serais sauvé, mais il n'en fut rien. Je me levais vers neuf heures, je m'asseyais sur la terrasse avec un pot de café très fort à portée de la main et ma machine à écrire devant moi ; je contemplais le paysage sans aboutir à rien. Je passais la matinée à fumer, à rêver, j'écrivais quelques lignes que je déchirais ensuite. L'après-midi, je partais en voiture pour Los Angeles où je flânais en bavardant avec des écrivains et en regardant les stars du cinéma. Le soir, je faisais encore un essai, je m'énervais et je finissais par aller me coucher.

C'est à cette époque de ma carrière où la plus légère influence pouvait se traduire par une réussite ou par un échec qu'Eva est entrée dans ma vie. Son emprise sur moi devint si forte qu'elle m'attira comme un aimant géant attirerait une épingle. Elle n'a jamais su toute l'étendue de son pouvoir et si elle l'avait connue, elle s'en serait souciée comme d'une guigne ; son indifférence méprisante est ce qui m'a été le plus dur à supporter. Toutes les fois que j'étais avec elle, je me sentais irrésistiblement poussé à la plier sous ma volonté, à briser sa force de résistance. Cette lutte devint bientôt pour moi une véritable obsession.

Mais il suffit. Le décor est maintenant planté et je puis commencer mon histoire. Il y a longtemps que je veux l'écrire ; j'ai déjà essayé bien souvent sans succès. Peut-être réussirai-je cette fois. Peut-être aussi que ce livre — si jamais il paraît — tombera entre les mains d'Eva. Je me l'imagine couchée, une cigarette aux doigts, en train de lire ce que j'aurai écrit. Étant donné que sa vie est peuplée de tant d'hommes inconnus et qui ne peuvent être pour elle que des ombres, elle a probablement oublié la plupart, sinon toutes les choses que nous avons faites ensemble. Cela l'amusera peut-être de revivre certaines phases de nos relations ; cela peut aussi renforcer son orgueil et sa confiance en elle-même. Elle saura au moins, lorsqu'elle arrivera à la fin, que je la connais mieux qu'elle ne le croit et qu'en lui arrachant un peu de son maquillage je me suis moi-même mis à nu.

Et lorsqu'elle sera arrivée à la dernière page, je la vois rejetant le livre négligemment avec cet air méprisant et buté que je connais si bien.

II

Au poste d'essence de San Bernardino, on me prévint qu'un orage s'annonçait. Le commis en blouse blanche me conseilla de passer la nuit sur place mais je refusai. À peine engagé dans la montagne, le vent s'éleva, je continuai à rouler. Un mille plus loin, les étoiles disparurent et une pluie torrentielle se mit à tomber, formant un véritable mur de brouillard et d'eau. À travers le triangle clair dessiné par l'essuie-glace, je n'apercevais que la pluie sur le capot et quelques mètres de route luisante éclairée par les phares. Avec le bruit du vent, j'avais l'impression d'être enfermé dans un grand tambour sur lequel un fou se serait amusé à frapper ; j'entendais autour de moi des arbres s'abattre, des glissements de rocher et par-dessus le tout, le vacarme de l'eau contre les roues. Mon visage, éclairé par la lampe jaune du tableau de bord, se reflétait dans les glaces des portières rendues opaques par la pluie.

Je faillis quitter la route ; la montagne était à ma gauche et le précipice à ma droite. Mon cœur battait tandis que je me cramponnais au volant et que j'appuyais du pied sur l'accélérateur. Le vent était si violent que la voiture avançait avec peine ; l'aiguille de l'indicateur oscillait entre dix et quinze milles à l'heure ; c'était le maximum de ce que je pouvais faire donner au moteur.

Au détour du virage suivant, j'aperçus deux hommes debout au milieu de la route ; ils portaient des lanternes dont la lueur faisait briller leurs caoutchoucs. L'un d'eux s'approcha et je ralentis pour l'écouter.

— Eh bien vrai, monsieur Thurston ! Vous voilà en route pour les *Trois Points* ?

Je reconnus l'homme qui me parlait.

— Hello, Tom. Croyez-vous que j'y arriverai ?

— Je ne dis pas non, mais ce sera dur. Vous feriez peut-être mieux de faire demi-tour.

Son visage fouetté par la pluie et le vent avait la couleur de la viande crue.

— J'aime mieux essayer d'avancer, dis-je en appuyant sur l'accélérateur. Est-ce que la route est praticable ?

— Une Packard est passée ici, il y a deux heures et elle n'est pas revenue. La route est peut-être possible, mais vous ferez bien de faire attention ; là-haut, le vent sera terrible.

— Si une Packard peut passer, je peux en faire autant.

Là-dessus, je relevai la glace et repartis. Je franchis le virage suivant et abordai la côte en serrant au plus près le flanc de la montagne ; un peu plus loin, j'atteignis l'étroit chemin qui mène au lac du Grand Ours. La forêt s'arrêtait brusquement au pied de ce chemin et sauf quelques rochers épars, la piste était entièrement à découvert jusqu'au lac.

Aussitôt quitté l'abri des arbres, le vent assaillit la voiture ; je la sentis osciller. Les roues de droite se soulevèrent de plusieurs centimètres et retombèrent avec un bruit sourd. Je jurai à haute voix. Si c'était arrivé dans le virage, j'aurais été précipité dans la vallée. Je passai en seconde et ralentis encore l'allure. Par deux fois un coup de vent arrêta pile la voiture ; à chaque fois le moteur cala et je dus faire très vite pour ne pas rouler en arrière.

Lorsque j'atteignis le haut de la côte, j'avais les nerfs en pelote. Je ne pouvais voir la route qu'en me penchant en dehors de la fenêtre, et c'est plutôt au hasard qu'à mon adresse que je dus de me sortir du virage suivant tant la voiture était cahotée, soulevée par les rafales. L'obstacle franchi, je me trouvai à l'abri ; la pluie continuait à tambouriner sur le toit, mais j'étais rassuré : je savais que maintenant la route descendait et qu'elle était protégée du vent.

Il ne restait plus que quelques milles à faire pour arriver aux *Trois Points* ; néanmoins je continuai à rouler avec précaution. Heureusement, car brusquement surgit sous mes phares une voiture arrêtée que je n'évitai que par un violent coup de freins. Les roues patinèrent, et pendant quelques secondes j'eus la sensation désagréable de quitter la route, puis mon pare-chocs heurta l'arrière de l'autre voiture et je fus projeté contre mon volant.

Tout en maudissant l'imbécile qui avait abandonné son véhicule au milieu de la route sans même un feu de position, je montai sur mon marchepied pour chercher ma lampe électrique à l'intérieur. La pluie tombait sur moi comme une douche et, avant de mettre pied à terre, je dirigeai la lumière vers le sol pour voir où j'allais marcher : l'eau atteignait les moyeux de mes roues. Un coup d'œil sur l'autre voiture suffit pour me faire comprendre pourquoi on l'avait laissée dans cette position : les roues avant baignaient dans l'eau qui avait probablement noyé le distributeur. Je ne m'expliquais pas comment il pouvait y avoir une mare de cette profondeur sur une route en pente accentuée. Avec précaution, j'entrai dans l'eau qui me montait jusqu'aux mollets ; à chaque pas une boue gluante aspirait mes souliers. Mon chapeau, ramolli par la pluie, me glaçait le front ; je l'arrachai avec un geste d'impatience et le lançai au loin.

Parvenu à la Packard, je jetai un coup d'œil à l'intérieur ; elle était vide. J'atteignis l'avant en suivant le marchepied et, à la lueur de ma lampe, je vis qu'il n'y avait plus de route : un amas de rocs, de troncs d'arbres et de boue formait barrage. Il ne me restait plus qu'à aller à pied. Je retournai à ma voiture, sortis la plus légère de mes valises, fermai les portes à clef et traversai la mare en pataugeant jusqu'à l'éboulis. Une fois sorti de l'eau, je retrouvai la route qui, autant qu'on pouvait en juger, était libre. En dix minutes j'atteignis la barrière blanche des *Trois Points*. Le salon était allumé. Je pensai tout de suite au conducteur de la Packard et me demandai, non sans quelque agacement, comment il avait pu pénétrer dans le chalet.

J'avançai avec précaution, essayant d'apercevoir mon visiteur avant de me montrer. Arrivé sous le balcon, je posai ma valise et enlevai mon blouson trempé que je jetai sur un banc ; puis je m'approchai doucement de la fenêtre.

Celui ou ceux qui s'étaient introduits chez moi avaient allumé un feu qui brûlait gaiement dans la cheminée. La pièce était vide, mais tandis que je me tenais là, hésitant, un homme entra ; il sortait de la cuisine et portait une bouteille de mon meilleur whisky avec deux verres et un siphon.

Je l'examinai avec attention : il était petit, mais la poitrine et les épaules étaient larges ; il avait de vilains petits yeux bleus et les plus longs bras que j'aie jamais vus sauf chez un orang-outang. Il me déplut au premier coup d'œil.

Il se planta debout devant le feu et, après avoir versé deux larges rasades de whisky, il posa l'un des verres sur la cheminée et porta l'autre à ses lèvres. Il goûta le whisky en connaisseur qui se méfie un peu d'une marque nouvelle pour lui ; je le vis se rincer la bouche avec la première gorgée, pencher la tête en examinant son verre, puis, apparemment satisfait, avaler le tout d'un trait. Après quoi, il remplit de nouveau son verre et s'assit dans le fauteuil près du feu en prenant soin de placer la bouteille sur la table à portée de sa main.

Il devait avoir un peu plus de quarante ans et ne paraissait pas le genre de type à posséder une Packard. Son costume manquait de fraîcheur et, à en juger par sa chemise et sa cravate, il devait aimer les choses voyantes. Je n'éprouvais aucun plaisir à l'idée de passer la nuit en sa compagnie.

Ce deuxième verre qu'il avait posé sur la cheminée m'intriguait ; aucun doute, cela voulait dire que mon visiteur était accompagné. J'eus un instant l'idée de rester à ma place jusqu'à ce que le second personnage se montrât, mais le vent et mes vêtements trempés me firent changer d'avis. Je ramassai ma valise et fis le tour jusqu'à la porte d'entrée : elle était fermée à clef. Je pris mon trousseau, ouvris sans bruit et entrai dans le vestibule. Je posai ma valise et, comme je me demandais si j'irais tout droit au salon pour me faire connaître ou si je commencerais par aller prendre un bain, l'homme apparut à la porte du salon. En me voyant, il parut surpris et mécontent.

— Qu'est-ce que vous voulez ? me dit-il d'une voix commune et rauque.

— Bonsoir, fis-je en l'examinant de la tête aux pieds. J'espère que je ne vous dérange pas, mais il se trouve que je suis ici chez moi.

J'avais compté qu'il allait se dégonfler d'un seul coup ; au lieu de cela, il devint encore plus agressif. Ses vilains petits yeux me jetèrent un mauvais regard et deux veines se gonflèrent sur ses tempes.

— Quoi ? C'est à vous ce chalet ?

Je fis un signe de tête affirmatif.

— Mais ne vous dérangez pas pour moi. Prenez donc quelque chose ; vous trouverez du whisky dans la cuisine. Je cours prendre un bain et je reviens tout de suite.

Et sans plus prêter d'attention à son air ahuri, je montai dans ma chambre et refermai la porte. C'est alors que la colère me prit pour tout de bon.

Le parquet était jonché de vêtements de femme : une robe de soie noire, du linge, des bas, et un peu plus loin, devant la porte de la salle de bains, une paire de souliers de daim noir tout crottés. Sur le lit, une valise en peau de porc, ouverte, et un tas de vêtements dispersés ; une robe de chambre bleue à manches courtes était étalée sur une chaise devant le radiateur électrique.

Je restai un instant debout à contempler ce désordre, furieux au-delà de toute expression, et je me disposais à entrer dans la salle de bains avec l'intention de dire deux mots à l'occupant lorsque la porte de la chambre s'ouvrit et l'homme entra.

Je me tournai violemment vers lui.

— Qu'est-ce que c'est que tout ça, demandai-je en lui montrant les vêtements sur le sol et le lit encombré. Vous croyez-vous à l'hôtel ?

— Allons, ne vous fâchez pas, dit-il en tripotant sa cravate d'un air embarrassé. La maison était vide et...

— Bon, bon, ça va, fis-je en m'efforçant de me dominer.

Après tout il n'y avait pas lieu de faire tant

d'histoires ; j'aurais très bien pu ne pas rentrer ce soir chez moi.

— En tout cas, repris-je, je vois que vous savez prendre vos aises. Je suis trempé et de mauvaise humeur, excusez-moi. Je vais prendre l'autre salle de bains.

Je passai devant lui et me dirigeai vers la chambre d'amis.

— Je vais vous préparer quelque chose à boire, me cria-t-il.

Pas mal comme toupet, ça ! Cet inconnu m'offrant mon propre whisky ! Pas mal du tout vraiment. Je claquai la porte derrière moi et me débarrassai de mes vêtements mouillés.

Après un bon bain chaud, je me sentis mieux, et une fois rasé je me retrouvai dans un état suffisamment normal pour me demander quelle allure pouvait bien avoir la femme. Si elle ressemblait le moins du monde au bonhomme d'en bas, quelle charmante soirée en perspective !

Je mis un costume de tweed gris, me coiffai soigneusement et jetai un coup d'œil dans la glace. Je fais jeune pour quarante ans ; la plupart des gens ne m'en donnent pas plus de trente-trois ou trente-quatre et j'avoue que ça me fait plaisir. J'examinai ma mâchoire carrée, ma figure mince, la fossette de mon menton et me déclarai satisfait. Je suis grand, un peu maigre peut-être, mais mon costume m'allait admirablement ; je pouvais parfaitement passer pour un auteur dramatique et un romancier distingué bien qu'aucun journal n'eût encore parlé de moi en ces termes.

En arrivant à la porte du salon, je fis halte. La voix de l'homme me parvenait confusément, mais je ne distinguais pas ses paroles. Redressant les épaules, je me composai le visage froid et indifférent que je réserve aux journalistes en quête d'interview, tournai le bouton et entrai.

III

La femme, mince et brune, était assise sur ses talons devant le feu ; elle portait la robe de chambre à manches courtes que j'avais vue sur une chaise là-haut. Bien qu'elle m'eût certainement entendu entrer, elle ne se retourna pas. Elle avait les mains tendues vers le feu et je vis qu'elle portait une alliance ; je remarquai aussi qu'elle avait les épaules plutôt plus larges que les hanches ; c'est une chose qui me plaît chez une femme.

Il m'était indifférent qu'elle n'eût pas remarqué mon entrée et je me moquais bien qu'elle portât ou non une alliance, mais la robe de chambre, ça alors, non !

D'abord aucune femme n'est agréable à voir dans ce genre de vêtement et puis, même sans savoir qui j'étais, elle aurait pu au moins s'habiller. Il ne me vint pas un instant à l'idée qu'elle pouvait n'avoir aucun désir de plaire parce que je la jugeais d'après les autres femmes que je connaissais ; toutes auraient cent fois préféré se montrer nues plutôt qu'en robe de chambre.

J'étais très gâté par les femmes ; il ne pouvait

guère en être autrement étant donné ma réputation, mon physique et mon argent. Au début, j'avais pris plaisir à leurs attentions, tout en sachant fort bien qu'elles se conduisaient avec moi comme elles l'auraient fait avec n'importe quel autre célibataire en vue d'Hollywood ; ce qui les attirait, c'était mon argent, mon nom, mes réceptions. Tout, en somme, sauf moi-même.

Presque toutes les femmes me plaisaient — à la condition d'avoir un certain genre. J'avais besoin pour ma réputation d'être entouré de jolies filles bien habillées ; leur présence me stimulait, me distrayait et me donnait confiance en moi-même ; j'aimais les avoir autour de moi comme d'autres aiment à s'entourer de beaux tableaux. Mais depuis quelque temps elles m'assommaient. Je m'étais aperçu que nos rapports se réduisaient à une sorte de manœuvre stratégique où chacun des adversaires se montrait également habile, elles à obtenir le maximum de distractions, d'attentions et de cadeaux, et moi à me procurer quelques heures d'un enchantement sans lendemain.

La seule exception était Carol. Nous nous étions connus à New York à l'époque où j'attendais que l'on monte *Rain Check* ; elle était alors la secrétaire de Robert Rowan. Je lui avais plu et, ma foi, ce fut réciproque. C'est elle qui m'avait encouragé à venir à Hollywood où elle avait un poste de scénariste à l'International Pictures Co.

Je ne me crois pas capable d'aimer une femme longtemps. C'est peut-être dommage. Il est certain que ce que je considère comme une existence insipide aux côtés d'une femme toujours la même doit présenter par ailleurs de notables avantages. Sinon pourquoi tant de gens se marieraient-ils ? Mais j'ai l'impression qu'il me manque quelque chose puisque je n'éprouve pas les mêmes sentiments que le premier venu.

Il fut un temps — avant mon arrivée à Hollywood — où je songeais sérieusement à épouser Carol ; je me plaisais en sa compagnie et je la trouvais plus intelligente que toutes les autres. Mais Carol était très occupée au studio et nous ne nous voyions que rarement pendant la journée. J'avais un tas de femmes sur les bras et tout mon temps était pris la nuit comme le jour. Carol me taquinait au sujet de ces femmes, mais sans paraître y attacher d'importance. Cependant, un certain soir où j'étais un peu gris, je lui avais déclaré que je l'aimais et elle s'était trahie. Peut-être était-elle aussi un peu grise, mais je ne le crois pas. Pendant une quinzaine de jours, j'eus le sentiment d'agir comme un malpropre chaque fois que je sortais avec une autre femme, et puis bientôt je n'y pensai plus. Sans doute m'étais-je habitué à l'idée d'être aimé de Carol, comme je m'habitue à presque tout à la longue.

J'avais beau trouver mes amies assommantes, je n'admettais pas la plus petite dérogation aux règles que j'avais fixées : la première était que toute femme invitée au chalet devait être impeccablement habillée et aussi chic qu'il est possible de l'être lorsque l'argent ne compte pas. On comprendra donc combien je me sentis froissé en voyant que cette femme s'était contentée de passer une robe de chambre.

Tandis que je la regardais, l'homme était occupé à préparer à boire ; il vint vers moi et me tendit un whisky-soda. Il avait l'air un peu soûl et, maintenant qu'il était en pleine lumière, je m'aperçus qu'il n'était pas rasé.

— Mon nom c'est Barrow, me dit-il en me soufflant à la figure une haleine chargée. Je suis bien un peu gêné d'être entré chez vous comme ça, mais je ne pouvais pas faire autrement.

Il se tenait debout près de moi ; son corps épais me cachait la femme accroupie devant le feu. Je ne faisais aucune attention à lui ; il aurait pu tomber mort à mes pieds sans que je le remarque. Je reculai de quelques pas pour essayer de voir la femme : elle restait là comme si elle ignorait ma présence et, chose curieuse, cette affectation d'indifférence ne me déplut pas.

Barrow me donna une petite tape sur le bras ; je cessai de regarder la femme et fixai mon attention sur lui. Comme il recommençait à s'excuser de son intrusion, je lui dis un peu sèchement de ne pas insister et que j'en aurais fait autant à sa place. Puis, à mon tour, je me présentai à voix basse pour que la femme ne puisse pas m'entendre. Si elle avait envie de m'épater, je voulais garder l'incognito et savourer son dépit lorsqu'elle apprendrait qui était l'homme qu'elle affectait d'ignorer.

Je dus répéter mon nom par deux fois avant qu'il le saisisse et, même alors, je vis que cela ne lui disait rien. J'allai jusqu'à ajouter « Thurston le romancier », mais manifestement, il n'avait jamais entendu parler de moi. C'était un de ces stupides ignorants qui ne connaissent rien, ni personne ; à partir de cet instant tout fut fini entre nous.

— Enchanté, me dit-il gravement en me serrant la main. C'est très chic de votre part de ne pas faire d'histoires ; il y en a qui m'auraient mis dehors à coups de botte.

Rien n'aurait pu m'être plus agréable, mais je lui répondis hypocritement que c'était tout naturel.

— Dites donc, ajoutai-je en regardant du côté de la cheminée, est-ce que votre femme est gelée ou sourde-muette, ou bien simplement intimidée ?

Il suivit mon regard et son visage vulgaire et rougeaud se durcit.

— Mon vieux, là, vous me coincez un peu, me dit-il à l'oreille. C'est pas ma femme et elle est à cran ; elle s'est fait tremper et une poule comme ça n'aime pas être mouillée.

— Ah ! très bien.

J'éprouvais tout à coup un grand dégoût ; néanmoins, je poursuivis :

— Ça ne fait rien, présentez-moi.

Et j'allai me placer près de la femme.

Elle tourna la tête, regarda mes pieds et brusquement remonta jusqu'à ma figure.

— Bonsoir ! fis-je en souriant.

— Bonsoir ! fit-elle, et elle se remit à contempler le feu.

Je ne fis qu'entrevoir son visage en forme de cœur, une bouche serrée, un menton volontaire et des yeux inquiétants. Mais cela suffit. J'eus le souffle coupé comme lorsqu'on est en haut d'une montagne — et je savais ce que cela voulait dire. Jolie ? Non. Elle aurait été presque laide sans cette espèce de magnétisme qui me bouleversait. Et puis non, ce n'était même pas du magnétisme : je sentis instinctivement que, derrière son masque, elle cachait une nature foncièrement mauvaise et en quelque sorte animale. Il suffisait de la regarder pour éprouver un choc électrique. Je me dis qu'après tout la soirée ne s'annonçait pas si mal ; elle promettait même d'être extrêmement intéressante.

— Vous ne voulez pas boire quelque chose ? demandai-je en espérant qu'elle me regarderait de nouveau — mais elle ne bougea pas.

— J'ai déjà un verre, dit-elle en montrant du doigt celui qui était à côté d'elle.

Barrow s'approcha de nous.

— Je vous présente Eva... euh, Eva...

— Marlow, dit la femme, une main crispée sur ses genoux.

— C'est ça, dit vivement Barrow. Moi, vous savez, les noms...

Il me regarda, et je compris qu'il avait déjà oublié le mien. Un homme qui n'était même pas capable de se rappeler le nom de sa maîtresse... vous voyez le genre.

— Ainsi, vous vous êtes fait tremper, dis-je en riant.

Elle leva les yeux sur moi. Je ne suis pas de ceux qui se fient à leur première impression, mais je sentis tout de suite que c'était une révoltée ; je devinai qu'elle avait un caractère sauvage, violent, indomptable. Malgré sa minceur, tout son être — ses yeux, sa façon de se tenir, son expression — révélait la force. Deux rides profondes entre les sourcils contribuaient à lui donner un air dur et témoignaient d'un passé douloureux. J'éprouvai un furieux désir de la connaître mieux.

— C'est vrai que j'étais bien mouillée, dit-elle en riant à son tour.

Son rire me surprit ; il était agréable et contagieux. Lorsqu'elle riait, son visage changeait, ses rides disparaissaient et elle avait l'air plus jeune. Il était difficile de deviner son âge ; dans les trente-cinq ou peut-être trente-huit, ou seulement trente-trois, mais quand elle riait, elle en paraissait vingt-cinq.

Barrow avait l'air mal à l'aise et nous observait avec suspicion. Il n'avait pas tort ; en écoutant bien, il aurait pu entendre travailler mes glandes.

— Moi aussi, je me suis fait tremper, dis-je en m'asseyant dans un fauteuil auprès d'elle. Si j'avais su que le temps resterait aussi mauvais, j'aurais passé la nuit à San Bernardino. Mais à présent je ne regrette rien. Venez-vous de loin ?

Il y eut un silence et Eva se remit à contempler le feu. Barrow tournait son verre entre ses gros doigts ; on pouvait presque l'entendre réfléchir.

— De Los Angeles, dit-il enfin.

— Tiens ? Je circule beaucoup dans Los Angeles, dis-je en m'adressant à Eva. Comment se fait-il que je ne vous aie jamais vue ?

Elle me dévisagea pendant une seconde, puis se détourna vivement.

— Je ne sais pas, dit-elle.

Son regard n'avait rien d'encourageant. Généralement, quand je m'occupe d'une femme, j'obtiens au moins une certaine réaction ; mais là, pas la moindre. Ce n'était pas pour me calmer ; je n'en eus que plus envie de continuer, mais toujours sans dire qui j'étais. Autrement, pensais-je, ce serait vraiment trop facile.

Barrow dut se douter de mes intentions, car il vida son verre d'un trait et posa la main sur l'épaule d'Eva.

— Vous feriez mieux d'aller vous coucher, lui dit-il d'un ton de commandement.

Je me dis : « Si elle est ce que je pense, elle va l'envoyer promener. » Mais elle n'en fit rien. Elle dit simplement « Bien » et se redressa sur les genoux.

— Vous n'allez pas partir si tôt, dis-je. Vous devez avoir faim tous les deux. Il y a dans la glacière des choses qui ne demandent qu'à être mangées. Hein ? Qu'en dites-vous ?

Barrow surveillait Eva d'un œil inquiet de propriétaire.

— Nous avons dîné en route, à Glendora. Il vaut mieux qu'elle aille se coucher… elle doit être fatiguée.

Je le regardai en riant, mais il ne voulait rien savoir. Il contemplait son verre vide et les veines de ses tempes battaient. Eva se leva : elle était encore plus petite et plus mince que je ne l'avais cru ; sa tête m'arrivait tout juste à l'épaule.

— Où vais-je coucher ? dit-elle.

— Gardez donc la chambre où vous êtes ; je prendrai celle d'amis. Mais si vous n'avez pas vraiment envie de vous coucher tout de suite, vous me feriez plaisir en restant.

— Non, j'aime mieux monter.

Elle était déjà près de la porte.

— Je vais voir si elle n'a besoin de rien, dis-je en courant après elle avant que Barrow ait pu bouger.

Elle était dans la chambre, debout près du radiateur, les mains jointes derrière la nuque. Elle s'étira, bâilla, et lorsqu'elle m'aperçut sur le seuil de la porte, elle plissa les lèvres et ses yeux prirent une expression sournoise.

— Avez-vous tout ce qu'il vous faut ? demandai-je en souriant. Vous ne voulez vraiment rien manger ?

Elle se mit à rire. Je devinais qu'elle se moquait de moi et qu'elle savait parfaitement pourquoi je me montrais si empressé. Tant mieux, d'ailleurs, les préliminaires seraient plus vite franchis.

— Non, merci... je n'ai besoin de rien.

— Bon, mais surtout, ne vous gênez pas. C'est la première fois que je reçois une femme au chalet ; alors, vous comprenez...

Je compris immédiatement que j'avais fait une sottise. Son sourire disparut pour faire place à une expression froide et moqueuse.

— Ah ! vraiment ?

Elle se dirigea vers le lit, sortit de son sac une chemise de soie rose et la lança négligemment sur une chaise. Elle savait que je mentais et son expression disait assez clairement qu'elle ne s'attendait pas à autre chose de ma part. J'en fus irrité.

— Cela vous paraît donc si difficile à croire ? dis-je en avançant dans la chambre.

Elle ramassa le linge qui traînait sur le lit et l'empila dans la valise qu'elle posa à terre.

— Quoi donc ? dit-elle en se dirigeant vers la coiffeuse.

— Que je ne reçois jamais de femmes ici.

— Qu'est-ce que vous voulez que ça me fasse ?

Naturellement, elle avait raison, mais son indifférence m'énervait.

— Évidemment, dis-je, en marquant le coup.

Elle arrangea ses cheveux d'un air détaché et s'examina attentivement dans la glace comme si elle avait oublié ma présence.

— Voulez-vous me donner vos vêtements ? Je les mettrai à sécher dans la cuisine.

— Non, c'est inutile.

Elle se détourna brusquement de la glace et se serra dans sa robe de chambre. Les deux plis entre ses sourcils étaient froncés ; elle était presque laide et cependant elle m'attirait. Elle eut un regard vers la porte, puis vers moi, et ce n'est que lorsqu'elle eut répété deux fois ce manège que je compris qu'elle me priait de sortir. C'était nouveau pour moi et assez désagréable.

— Si cela ne vous fait rien, je désire me coucher, dit-elle en me tournant le dos.

Pas question de reconnaissance, de remerciements, ni d'excuses pour avoir pris possession de ma chambre. Elle me mettait froidement à la porte.

— Eh bien, bonne nuit, dis-je, un peu surpris de me sentir mal à l'aise et désarçonné.

J'eus encore un moment d'hésitation, mais elle avait commencé à se peigner et je sentis de nouveau qu'elle m'avait oublié. Je la laissai donc. Lorsque je rentrai au salon, Barrow était en train de se servir à boire. Il trébucha lourdement en regagnant son fauteuil. Une fois assis, il me regarda en clignant les yeux comme pour s'éclaircir la vue.

— N'essayez pas de lui faire du plat, dit-il en frappant du poing le bras du fauteuil. Tâchez de vous tenir tranquille. Compris ?

— C'est à moi que vous parlez ? fis-je, indigné de tant d'audace.

— Laissez-la tranquille, marmonna-t-il. Elle est à moi pour la nuit. Je sais bien ce que vous cherchez, mais je vais vous dire quelque chose… (il s'était penché en avant et pointait un doigt gras vers moi), je l'ai payée. Cent dollars, vous m'entendez ? Je l'ai achetée ; n'essayez pas de piétiner mes plates-bandes.

Je ne pouvais le croire.

— Allons donc, on n'achète pas une femme comme ça… surtout un pauvre purotin comme vous.

— Quoi ? Qu'est-ce que vous dites ?

Il renversa une partie de son whisky sur le tapis ; ses vilains petits yeux larmoyaient.

38

— Je dis que vous ne pouvez pas vous payer une femme comme celle-là parce que vous n'êtes qu'un pauvre purotin.

— Ça va vous coûter cher, dit-il, et les veines de ses tempes se mirent à battre. Rien qu'en vous voyant, j'ai compris que ça irait mal. Vous n'allez pas essayer de me la prendre, hein ?

— Pourquoi pas ? Vous n'espérez tout de même pas m'en empêcher, non ?

— Mais puisque je vous dis que je l'ai payée, nom de Dieu ! s'écria-t-il en frappant de nouveau sur le bras du fauteuil. Vous ne comprenez donc pas ce que ça veut dire ? Elle est à moi pour la nuit. Pouvez pas vous conduire correctement ?

Je n'arrivais toujours pas à le croire.

— Eh bien, appelons-la, dis-je en lui riant au nez. Après tout, cent dollars, ce n'est pas beaucoup. J'en donnerais peut-être davantage.

Il s'arracha de son fauteuil. Il était soûl, mais ses épaules étaient solides et massives ; s'il m'attaquait à l'improviste, il pouvait me faire du mal. Je reculai.

— Allons, ne vous emballez pas, dis-je tout en évitant de le laisser s'approcher trop près. Pas la peine de se battre ; il n'y a qu'à la faire venir...

— Elle m'a eu de cent dollars, gronda-t-il d'une voix rauque de colère. Et j'ai attendu ça pendant deux mois. La première fois que je lui ai offert de l'emmener, elle a accepté et quand je suis allé la chercher, sa garce de bonniche m'a dit qu'elle était sortie. Quatre fois elle m'a fait le même coup et chaque fois je savais qu'elle rigolait derrière sa fenêtre. Mais j'avais envie d'elle. Je suis une poire, moi, vous comprenez ? À chaque coup, j'augmentais la somme ; à cent dollars, elle a marché et tout allait bien jusqu'au moment où vous êtes arrivé. Mais maintenant rien ne m'arrêtera, ni vous ni aucun autre singe de votre espèce.

Il commençait à me dégoûter. Je ne croyais qu'à moitié à son histoire, mais ce dont j'étais sûr, c'est qu'il fallait qu'il parte. Je l'avais assez vu.

Je sortis de mon portefeuille un billet de cent dollars que je lançai à ses pieds. À la réflexion, j'ajoutai encore un billet de dix dollars.

— Allez, ouste, fis-je. Voilà votre argent avec les intérêts par-dessus le marché. Foutez le camp de chez moi, fou-tez-le-camp !

Il regarda fixement l'argent et pâlit, puis il se racla la gorge comme s'il allait étouffer. Lorsqu'il releva la tête, je compris que la bagarre était inévitable. Je n'avais aucune envie de me battre avec lui, mais si ça lui faisait plaisir, il allait être servi.

Il se traîna vers moi, ses grands bras en avant comme pour me saisir, et une fois près de moi, il fit le geste de m'agripper. Au lieu de l'éviter, je marchai sur lui et lui envoyai mon poing en pleine figure. La grosse chevalière que je porte au petit doigt lui déchira la joue. Il se recula en poussant un grognement et je le frappai sur le nez ; il tomba sur les genoux et sur les mains. Alors je fis un pas en avant et, visant soigneusement, je lui lançai un coup de pied juste sous le menton ; sa tête rebondit en arrière et il s'effondra sur le tapis. Il avait son compte et je n'avais même pas été touché.

Eva, debout sur le pas de la porte, nous regardait avec des yeux agrandis par la surprise. Je lui fis un petit sourire.

— Tout va bien, dis-je en me soufflant sur les doigts. Retournez vous coucher, il va partir dans un instant.

— Vous n'aviez pas besoin de lui donner un coup de pied, dit-elle froidement.

— C'est vrai, je n'aurais pas dû. J'ai dû perdre la tête. Maintenant, faites-moi le plaisir de vous en aller.

Elle sortit sans insister et j'entendis la porte de sa chambre se refermer.

Barrow se releva lentement, se passa les mains sur la figure et contempla d'un air hébété le sang qui coulait sur sa manchette. Assis sur le bord de la table, je l'observais.

— D'ici au lac du Grand Ours, vous avez deux milles à faire à pied. La route est droite, vous ne pouvez pas vous tromper, vous n'avez qu'à descendre la côte. Il y a un hôtel un peu avant d'arriver au lac, vous pourrez coucher là. Maintenant filez.

Il fit une chose surprenante ; il se cacha la figure dans ses mains et se mit à pleurer. Un lâche, quoi.

— Allez, levez-vous et foutez le camp, dis-je, vous me dégoûtez.

Il se redressa et gagna la porte, un bras devant ses yeux, en pleurnichant comme un gamin qui s'est fait mal. Je ramassai les billets et les fourrai dans sa poche.

Croyez-moi si vous le pouvez : il me dit merci. C'était vraiment un type répugnant.

Je le conduisis jusqu'à la porte, lui remis son sac qui était resté dans le vestibule et le poussai sous la pluie.

— Je n'aime pas les types de votre genre, tâchez de ne pas vous retrouver sur mon chemin, lui dis-je en guise d'adieu.

Je le suivis des yeux un moment, puis il disparut dans l'obscurité.

J'avais terriblement soif, mais, avant tout, il y avait une chose que je voulais savoir. Aussi montai-je tout droit à ma chambre.

Eva était debout près de la coiffeuse, les bras serrés sur sa poitrine, les yeux méfiants.

— Il est parti, dis-je sans entrer. Je lui ai rendu les cent dollars que vous lui deviez, et il m'a positivement remercié.

Elle ne fit pas un geste, ne dit pas un mot. Elle restait immobile comme un fauve pris au piège.

— Il vous fait pitié ?

Elle serra les lèvres avec une expression de mépris.

— Moi, avoir pitié d'un homme ? Sans blague !

J'étais fixé ; inutile de me faire des illusions. Je savais maintenant que Barrow avait dit vrai ; on n'invente pas une histoire comme celle de la bonniche et du marchandage. J'avais essayé de me persuader qu'il mentait, mais cette fois j'étais sûr qu'il avait dit la vérité.

Ainsi, elle se donnait à n'importe qui ! Qui l'aurait cru à la voir ? Et elle n'avait fait aucune attention à moi — une femme comme elle, méprisée de tout le monde, avait eu l'audace de ne pas même me remarquer. J'eus soudain envie de la faire souffrir comme jamais je n'avais fait souffrir quelqu'un dans ma vie.

— Il m'a dit qu'il t'avait achetée, dis-je en m'avançant et en fermant la porte derrière moi. Sais-tu que tu es très trompeuse ? Je n'aurais pas cru que tu étais à vendre. Eh bien, voilà, je t'ai rachetée pour cent dollars et ne te figure pas que tu en auras davantage parce que, pour moi, tu ne vaux pas un sou de plus.

Elle ne broncha pas ; on eût dit que son visage était de bois. Seuls ses yeux étaient devenus plus noirs et ses narines avaient pâli. Elle s'appuyait contre la coiffeuse, jouant de sa petite main blanche avec un lourd cendrier de bronze qui traînait là. Je m'approchai.

— Inutile de me regarder comme ça, tu ne me fais pas peur, tu sais. Allons, viens me montrer un peu ce que tu sais faire.

Au moment précis où j'allais la saisir, elle attrapa le cendrier d'un geste prompt et me l'écrasa sur la tête.

IV

Il est bien vrai que la plupart des hommes mènent une existence double ; l'une publique, normale, et une autre qui reste habituellement secrète. Naturellement la société ne peut juger un homme que d'après son existence publique, mais qu'une imprudence vienne à révéler sa vie secrète, l'opinion se retourne aussitôt contre lui et généralement il se voit mis à l'index. C'est pourtant bien toujours le même homme ; la seule différence est qu'il se trouve découvert. Nombreux sont ceux qui ont réussi à tromper le monde et qui ont passé toute leur vie pour d'aimables et respectables compagnons simplement parce qu'ils ont su cacher leurs turpitudes.

Au point où nous en sommes de mon histoire, vous me considérez probablement comme un individu parfaitement déplaisant. Vous me jugez sans doute immoral, malhonnête, vaniteux et sot. C'est le résultat de mon absolue franchise beaucoup plus que la preuve de votre discernement. Si nous nous rencontrions dans le monde, si nous nous liions d'amitié, vous me trouveriez aussi agréable que n'importe lequel de vos autres amis parce que je m'efforcerais de me montrer sous mon meilleur jour. Si j'insiste sur ce point, c'est afin que vous ne vous étonniez pas que Carol ait pu m'aimer. Je ne voudrais pas que vous la jugiez mal parce qu'elle m'aimait. Carol ne connaissait de moi que ce que je voulais bien lui en montrer ; ce n'est que vers la fin de nos relations qu'elle finit par voir mes défauts parce que les circonstances devinrent si difficiles qu'il me fut impossible de les dissimuler plus longtemps. Mais jusqu'à ce moment-là, je l'avais trompée aussi complètement que *certains d'entre vous* trompent ceux qui les aiment.

C'est parce que Carol se montrait toujours si compréhensive et si indulgente que deux jours après ma rencontre avec Eva aux *Trois Points*, je me rendis à Hollywood pour aller la voir.

Le garage de San Bernardino avait pris soin de ma voiture, comme aussi de la Packard. En descendant la côte qui part du lac du Grand Ours, je tombai sur une équipe qui réparait la route : le contremaître qui me connaissait fit poser des planches sur le sol détrempé et les hommes y firent passer la voiture non sans mal.

J'arrivai chez Carol vers sept heures. Frances, sa femme de chambre, me dit qu'elle venait de rentrer du studio et qu'elle était en train de changer de robe.

— Mais entrez donc, monsieur Thurston, me dit-elle avec un grand sourire, Miss Carol sera prête dans un instant.

Elle m'introduisit dans le salon où je me promenai de long en large pendant que Frances me préparait un whisky-soda. Elle était toujours aux petits soins pour moi et Carol prétendait qu'elle m'accordait une considération toute particulière. Je m'assis pour mieux examiner la pièce : elle était bien meublée, avec un canapé et des fauteuils de cuir gris pâle et des rideaux mauves.

— Chaque fois que je vois cette pièce, elle me plaît davantage, dis-je en prenant le verre que me tendait Frances. Il faut que je demande à Miss Rae de me donner des idées pour mon installation.

Carol entra juste à ce moment. Elle portait une sorte de déshabillé mousseux avec une large ceinture rouge ; ses cheveux lui tombaient sur les épaules. Je me fis la réflexion qu'elle n'était vraiment pas mal. Ce n'était pas une beauté — du moins suivant les canons d'Hollywood.

Elle me rappelait un peu Katherine Hepburn ; même taille, même genre de corps avec juste ce qu'il faut de rondeurs bien réparties. Elle avait le teint pâle et le visage un peu osseux ; ce qu'elle avait de mieux, c'étaient ses yeux : grands, vivants et pétillants d'intelligence.

— Tiens, Clive ! dit-elle d'un ton joyeux en traversant la pièce.

Elle tenait à la main un fume-cigarette d'au moins vingt-cinq centimètres de long ; c'était sa seule excentricité et je dois dire qu'elle s'en servait fort adroitement pour faire valoir la finesse de ses mains et de ses poignets.

— Où étiez-vous donc ces derniers temps ?...
Mais, qu'est-ce qui vous est arrivé ? ajouta-t-elle
en apercevant la plaie que j'avais au front.

— Je me suis battu avec une femme sauvage,
dis-je en lui prenant les mains et en lui adressant
un sourire.

— Ça ne m'étonne pas.

Puis, voyant l'écorchure que je m'étais faite à la
main en frappant Barrow :

— Elle devait être joliment sauvage en effet.

— Vous pouvez le dire, répondis-je en la con-
duisant vers le canapé. Pour la sauvagerie, elle n'a
pas sa pareille dans toute la Californie. Je suis
venu tout exprès des *Trois Points* pour vous raconter ça.

Carol s'installa sur le canapé, les jambes repliées
sous elle.

— Donnez-moi un whisky-soda, Frances, je sens
que M. Thurston va me faire frémir.

Mais ses yeux avaient perdu un peu de leur
gaieté.

— Jamais de la vie, dis-je ; je pense seulement
que ça va vous amuser et c'est tout. Dites-moi, repris-je en m'asseyant près d'elle et en lui prenant
la main, avez-vous beaucoup travaillé aujourd'hui ?
Vos yeux sont un peu cernés ; cela vous va bien,
d'ailleurs, mais est-ce dû aux larmes ou à la fatigue, ou bien vous êtes-vous décidée à faire la
noce ?

— J'ai beaucoup travaillé, répondit Carol avec
un soupir. Je n'ai pas le temps de faire la noce et

je crois que je ne saurais pas la faire. Je ne sais rien faire de ce qui ne m'intéresse pas.

« Maintenant, reprit-elle après que Frances nous eut laissés seuls, parlez-moi de votre femme sauvage. En êtes-vous amoureux ?

— Croyez-vous donc que je tombe amoureux de toutes les femmes que je rencontre ? Vous savez bien que c'est vous que j'aime.

— C'est vrai, dit-elle en me caressant la main, il ne faut pas que je l'oublie, mais comme vous êtes resté trois jours loin de moi, je me demandais si vous ne m'aviez pas laissée tomber. C'est bien vrai que vous n'êtes pas amoureux d'elle ?

— Bien sûr que non, ne dites donc pas de bêtises, répondis-je un peu agacé.

Puis, me renversant sur les coussins, je racontai l'histoire de l'orage et ma rencontre avec Barrow et Eva, sans cependant donner tous les détails.

— Et ensuite ? demanda Carol, comme je m'étais interrompu pour tâter ma bosse. Qu'a-t-elle fait après vous avoir assommé ? Vous a-t-elle pansé ou a-t-elle filé en emportant votre portefeuille ?

— Elle a filé sans le portefeuille. Elle n'a rien emporté du tout… ce n'est pas son genre. Ne vous y trompez pas, Carol, ce n'est pas une fille ordinaire.

— Naturellement, murmura Carol avec un sourire.

— Elle a dû se rhabiller pendant que j'étais évanoui, repris-je sans marquer le coup, et puis elle a dû s'en aller en plein orage… Il pleuvait à torrents.

Carol m'examina un instant avec attention.

— Vous savez, Clive, que même une fille de ce genre peut avoir sa fierté, et vous vous étiez conduit avec elle d'une façon assez dégoûtante. Je ne suis pas éloignée de l'approuver, ça vous servira de leçon... Et le bonhomme, qui cela pouvait-il être, à votre avis ?

— Je n'en ai pas la moindre idée. L'air d'un voyageur de commerce, enfin le genre de poire capable de payer une fille pour l'emmener en balade.

— Tous les hommes n'ont pas votre séduction, dit Carol en me lançant un regard malicieux, et ce pauvre type était peut-être de ceux qui n'intéressent pas les femmes. J'espère que votre sauvagesse aura été gentille avec lui.

— Ça m'étonnerait ; ça ne doit pas être son genre.

— Mais vous-même, vous avez été plutôt dur avec lui.

— Barrow ? Oh ! il m'écœurait. Tout ce que je désirais, c'était qu'il s'en aille ; seulement il était soûl et il voulait se battre.

Je n'avais pas parlé à Carol des cent dix dollars ; elle n'aurait pas compris.

— Est-ce que vous n'aviez pas surtout envie de vous débarrasser de lui pour rester en tête à tête avec la dame ?

J'éprouvai une soudaine irritation à me voir si vite découvert.

— Je vous assure, Carol, répliquai-je vivement, que ce genre de femme ne m'intéresse en aucune façon. Vous êtes ridicule.

— Alors, excusez-moi, dit-elle en se dirigeant vers la fenêtre. Ah ! reprit-elle après un silence, Peter Tennett doit venir tout à l'heure. Dînerez-vous avec nous ?

— Non, pas ce soir, je suis pris. Vous l'attendez ?

Je regrettais déjà d'avoir parlé d'Eva. J'étais parfaitement libre pour le dîner, mais j'avais un plan et je voulais pouvoir disposer de ma soirée.

Je connaissais bien Peter Tennett. C'était le seul des amis de Carol auprès de qui j'éprouvais un sentiment d'infériorité. C'était un type épatant et nous nous entendions très bien, mais il avait trop de qualités pour mon goût. À la fois producteur, metteur en scène et dialoguiste, il avait toujours réussi dans toutes ses entreprises ; on aurait dit qu'il disposait d'une baguette magique. Rien que de penser à ce qu'il pouvait gagner par an me rendait malade.

— Vous ne pouvez vraiment pas venir avec nous ? reprit Carol d'un ton engageant. Vous devriez fréquenter davantage Peter, il pourrait vous être utile.

Depuis quelque temps, Carol ne cessait de me parler de gens qui auraient pu m'être utiles. Cela m'agaçait.

— En quoi diable pourrait-il me rendre service ? dis-je avec un rire un peu forcé. Croyez-moi, Carol, je me débrouille très bien tout seul.

— Alors, excusez-moi encore une fois, dit-elle sans se retourner. Décidément ce soir je n'ai pas la main heureuse.

— C'est de ma faute, dis-je en allant vers elle. J'ai encore un peu mal à la tête et je suis énervé.

— Qu'allez-vous faire, Clive ?

— Moi ? mais je vais aller dîner. Mon éditeur…

— Ce n'est pas ce que je voulais dire. À quoi travaillez-vous en ce moment ? Voilà déjà deux mois que vous êtes aux *Trois Points*. Que se passe-t-il ?

C'était le sujet que je tenais particulièrement à éviter avec elle.

— Oh ! j'écris un roman, dis-je d'un air négligent. Mon plan est presque au point et je vais m'y mettre sérieusement la semaine prochaine. Ne prenez pas cet air inquiet, ajoutai-je en souriant avec assurance.

Il était extraordinairement difficile de mentir à Carol.

— Je suis très contente que vous écriviez un roman, me dit-elle avec un regard attristé, mais j'aurais préféré une pièce. Vous savez, Clive, un roman, ça ne paie pas.

— Ça dépend, dis-je. Il y a les droits d'auteur, les droits d'adaptation au cinéma… et puis le *Collier's Magazine* me le prendra peut-être. Ils ont donné cinquante mille dollars à Imgram pour son dernier bouquin.

— Oui, mais c'est un chef-d'œuvre.

— Le mien aussi sera un chef-d'œuvre, dis-je (mais les mots sonnaient faux) ; j'écrirai une pièce un peu plus tard, je tiens un bon sujet, et je ne veux pas le laisser perdre.

Je craignais qu'elle ne me demandât quel était ce sujet car j'aurais été bien incapable de le lui dire, mais Peter arriva juste à ce moment et pour une fois, je lui fus reconnaissant de son intrusion.

Peter était un des rares Anglais qui eussent réussi à Hollywood. Il continuait à se faire habiller à Londres et la coupe anglaise faisait ressortir ses épaules larges et ses hanches minces. Son visage brun et réfléchi s'éclaira en apercevant Carol.

— Pas encore prête ? dit-il en lui serrant la main. Vous êtes tout de même ravissante. Pas trop fatiguée pour sortir ce soir ?

— Jamais de la vie, dit Carol en souriant.

Peter se tourna vers moi.

— Comment va, mon vieux ? N'est-ce pas qu'elle est délicieuse ?

Je répondis affirmativement et notai son regard interrogateur lorsqu'il aperçut mon front tuméfié.

— Donnez-lui à boire pendant que je vais m'habiller, me dit Carol.

Puis se tournant vers Peter :

— Il fait la tête, il ne veut pas dîner avec nous.

— Oh ! mais il le faut, mon vieux. L'occasion est trop belle, n'est-ce pas, Carol ?

Elle secoua la tête comme si elle n'y pouvait rien.

— Il dit qu'il dîne avec son éditeur... Je n'en crois rien, mais j'essaie d'avoir du tact et d'avoir l'air de le croire. Regardez la bosse qu'il a au front... Il s'est battu avec une sauvagesse.

Elle se tourna vers moi :

— Racontez-lui ça, Clive... Il trouvera peut-être que c'est une idée de film.

Peter me devança pour ouvrir la porte à Carol.

— Prenez votre temps, lui dit-il, ce soir je ne suis pas pressé.

— Mais moi, j'ai faim, répondit-elle ; il ne faut pas arriver en retard.

Et elle sortit en courant.

Peter s'approcha du petit bar où j'étais en train de me verser un second verre.

— Alors, me dit-il, vous vous êtes bagarré ? Vous paraissez en avoir pris un bon coup.

— Ce n'est rien. Qu'est-ce que vous prenez ?

— Un peu de whisky. (Il s'appuya contre le bar et sortit une cigarette d'un étui en or massif.) Carol vous a annoncé la nouvelle ?

— Non, quelle nouvelle ? fis-je en poussant la bouteille vers lui.

Il parut surpris.

— Drôle de fille... c'est curieux...

Et il alluma sa cigarette.

J'éprouvai comme un brusque coup de pompe.

— Quelle nouvelle ? répétai-je en écarquillant les yeux.

— On lui a confié l'adaptation du plus grand succès de l'année, le bouquin d'Imgram. Ça été décidé ce matin.

Je renversai une partie de mon verre sur le plateau du bar. Rien ne pouvait me vexer plus que cette nouvelle. Au fond, je savais bien que j'aurais été incapable de faire ce travail, c'était trop fort pour moi, mais apprendre qu'on avait choisi une gosse comme Carol !... C'était un coup.

— Mais c'est magnifique ! m'écriai-je en tâchant de paraître ravi. J'ai lu le roman dans le *Collier's Magazine*, c'est un grand machin. Est-ce vous qui allez le mettre en scène ?

— Oui ; c'est plein de situations originales ; il y a longtemps que je cherchais une histoire comme celle-là. Naturellement, j'avais pensé à Carol pour le scénario, mais je ne pensais pas que Gold accepterait. Et voilà que juste au moment où je réfléchissais au moyen de le convaincre, il m'appelle pour m'annoncer que c'est elle qu'il a choisie.

Je quittai le bar en emportant mon verre et allai m'asseoir sur le canapé. J'avais besoin d'être assis.

— Ça représente gros ?

Peter eut un mouvement d'épaules.

— Eh bien, d'abord, une augmentation d'appointements... et puis la notoriété... et enfin un beau lancement si elle réussit. Mais je suis tranquille, elle réussira, elle a beaucoup de talent.

Je commençais à penser que tout le monde avait du talent sauf moi. Peter vint s'asseoir dans un fauteuil à mes côtés ; on aurait dit qu'il devinait à quel point j'étais secoué.

— À quoi travaillez-vous en ce moment ?

— À un roman ; rien qui puisse vous intéresser.

Il m'agaçait avec sa sollicitude.

— Dommage, j'aimerais beaucoup tourner quelque chose de vous.

Il allongea ses longues jambes.

— Depuis longtemps, je voulais vous en parler. Ça ne vous dirait rien de travailler pour Gold ? Je pourrais vous présenter.

Je me demandai si ce n'était pas une idée de Carol.

— À quoi bon, mon cher ! Vous me connaissez, je suis incapable de produire pour les autres. Et d'après ce que me dit Carol, ce n'est pas drôle de travailler chez vous.

— Peut-être ; mais c'est très bien payé, répondit Peter en prenant le verre que je lui tendais. Pensez-y et ne tardez pas trop. Le public a la mémoire courte et Hollywood oublie encore plus vite.

Il avait dit cela sans me regarder, mais j'eus l'impression qu'il avait eu l'intention de me donner un avertissement.

J'allumai une cigarette pour réfléchir. S'il y a une chose qu'on ne va pas raconter à ses confrères ni aux cinéastes d'Hollywood, c'est qu'on est vidé ; ils s'en aperçoivent assez vite tout seuls. Je savais parfaitement que si je retournais aux *Trois Points*, il en serait exactement comme depuis deux jours, c'est-à-dire que je ne ferais que penser à Eva. En somme, depuis le moment où je m'étais retrouvé étendu par terre dans le chalet désert, je n'avais pas cessé de penser à elle. J'avais bien essayé de l'écarter de mon esprit, mais sans succès : elle était là, dans ma chambre ou à côté de moi sous la véranda ; elle surgissait de la feuille de papier blanc que j'avais glissée dans ma machine à écrire. C'en était arrivé au point qu'il fallait que je parle d'elle avec quelqu'un et c'est pourquoi j'étais venu voir Carol à Hollywood, mais je m'aperçus tout de suite qu'il était impossible de lui parler précisément de ce qui me tenait le plus à cœur. Impossible également d'en parler à Peter. Comment expliquer ce que j'éprouvais pour Eva ? Ils m'auraient pris pour un fou.

Après tout, ne l'étais-je pas ? J'avais le choix entre vingt femmes, toutes jolies et élégantes, j'avais Carol qui m'aimait et que j'aimais beaucoup aussi, et ça ne me suffisait pas ! Il avait fallu que j'aille m'amouracher d'une prostituée.

Amouracher n'est pas exactement le mot. La veille au soir, installé sur mon balcon avec une bouteille de whisky près de moi, j'avais essayé d'y voir clair. La vérité c'est qu'Eva avait excité mon amour-propre ; sa glaciale indifférence était pour moi comme un défi. Il me semblait qu'elle vivait dans une espèce de forteresse qu'il me fallait prendre d'assaut et démanteler.

Lorsque j'en étais arrivé à cette conclusion, j'étais déjà pas mal soûl, mais ma résolution était prise ; je ferais sa conquête. Toutes les femmes avec lesquelles je m'étais amusé jusque-là avaient été trop faciles ; il me fallait un obstacle autrement dur et Eva ferait l'affaire. L'idée qu'elle ne serait pas commode à avoir m'excitait. Ce serait un combat où tous les coups seraient permis ; elle n'avait rien de commun avec les pauvres petites innocentes que je pouvais entortiller sans effort. Sans le vouloir, elle m'avait lancé un défi que j'allais relever et le résultat final ne faisait pour moi aucun doute. Pas plus que je ne m'inquiétais de

savoir ce qui arriverait après que je l'aurais con-
quise de force ; il serait temps de s'occuper de
cela plus tard.

L'entrée de Carol me tira brusquement de mes
pensées. Elle avait mis une robe du soir d'un bleu
très pâle par-dessus laquelle elle portait un court
manteau d'hermine.

— Pourquoi ne m'aviez-vous rien dit ? fis-je en
me levant. Je suis très heureux et très fier de vous,
ma petite Carol.

Elle m'examina d'un regard scrutateur.

— Épatant, n'est-ce pas, Clive ? Dînerez-vous
avec nous, maintenant ?... Il faut fêter cela.

C'était tentant, mais j'avais quelque chose de
plus pressé à faire.

— Je tâcherai de vous rejoindre plus tard. Où
dînerez-vous ?

— Au *Brown Derby*, dit Peter. À quelle heure
viendrez-vous ?

— Je ne sais pas, mais si vous ne me voyez pas,
je vous retrouverai ici après le dîner. Convenu ?

Carol me prit la main.

— Il le faut bien, dit-elle, mais faites tout votre
possible pour nous rejoindre, n'est-ce pas ?

— Eh bien, partons, dit Peter. Venez-vous de
notre côté ?

J'expliquai que j'avais rendez-vous avec mon
éditeur à huit heures et qu'il n'était que sept heures et demie.

— Cela ne vous fait rien si je reste ici encore un
moment ? J'aimerais finir mon verre et donner
quelques coups de téléphone.

— Très bien. Venez, Peter, les affaires sont les affaires. Alors à tout à l'heure ? Rentrez-vous aux *Trois Points* ce soir ?

— Probablement. S'il est trop tard, j'irai à l'hôtel, mais je veux me mettre au travail de bonne heure demain.

Lorsqu'ils furent partis, je me versai un autre whisky et consultai l'annuaire des téléphones ; il y avait une ribambelle de Marlow. Enfin, avec un frisson de plaisir, je trouvai son adresse : Avenue Laurel-Canyon. Où diable cela pouvait-il se trouver ?

Pendant quelques secondes, je restai là, hésitant ; puis je saisis le récepteur et formai le numéro. J'écoutai le ronronnement de l'appareil et lorsque j'entendis décrocher, mon sang ne fit qu'un tour.

Une voix de femme — pas celle d'Eva — fit :

— Allô.

— Miss Marlow ?

— Qui parle ?

Le ton était méfiant.

— Mon nom ne lui dira rien, dis-je avec un ricanement.

Il y eut un silence, puis la femme reprit :

— Miss Marlow demande ce que vous lui voulez.

— Dites-lui de ne pas faire tant de manières. On m'a chargé d'une communication pour elle.

Nouveau silence, puis la voix d'Eva :

— Allô.

— Puis-je venir vous voir ? dis-je en parlant très bas pour déguiser ma voix.

— Maintenant ?

— Dans une demi-heure.

— Hum… Ou-i, si vous voulez. Est-ce que je vous connais ?

Drôle de conversation ! pensai-je. « Vous me connaîtrez avant peu », dis-je en riant.

Elle eut aussi un petit rire — un rire très agréable au téléphone. « Eh bien, venez, dit-elle en raccrochant. »

Ce ne fut pas plus difficile que ça.

V

Je m'arrêtai au coin de Santa Monica et de Melrose pour demander à un agent où se trouvait l'avenue Laurel-Canyon. Après avoir posé un pied sur le marchepied et repoussé sa casquette en arrière, il me dit qu'il pensait que ce devait être l'une des petites rues qui relient le boulevard d'Hollywood au boulevard Sunset et il me donna des indications détaillées sur la manière de m'y rendre. Je finis par la découvrir après avoir erré dans un dédale de boutiques, de tavernes et de maisonnettes.

C'était une rue étroite, partiellement bâtie de chalets et de bicoques de banlieue plus ou moins cachés par des haies et des buissons. Je la parcourus lentement jusqu'à ce que je visse le numéro d'Eva sur une petite barrière blanche. Là, je m'arrêtai et descendis de voiture. La rue était déserte, la maison discrète ; une fois la barrière franchie, le visiteur se trouvait caché par la haie. Je descendis l'allée qui aboutissait à la porte d'entrée, laquelle était à son tour dissimulée par une sorte de terrasse. Les fenêtres de chaque côté de la porte étaient garnies de rideaux de mousseline crème.

Avant d'atteindre la porte, il fallait descendre plusieurs marches de bois.

Le heurtoir de la porte était fait d'un gros anneau retenu par un corps de femme nue ; une assez jolie pièce que j'examinai un instant avant de frapper. Puis, le cœur battant, j'attendis. Presque aussitôt, j'entendis le déclic d'un commutateur et la porte s'ouvrit. Une grande et forte femme, presque aussi grande que moi, se tenait sur le seuil, barrant l'entrée. Elle resta dans l'ombre tandis que la lumière du globe électrique m'inondait ; je sentis qu'elle me fouillait du regard ; puis, apparemment rassurée, elle s'effaça.

— Bonsoir, monsieur. Vous avez rendez-vous ?

En passant devant elle pour entrer dans le vestibule, je l'examinai : elle devait avoir une quarantaine d'années, sa figure était rouge et anguleuse, menton pointu, nez pointu, de petits yeux brillants. Son sourire avait juste la note voulue d'amabilité et de servilité.

— Bonsoir. Miss Marlow est là ?

Je me sentais extrêmement gêné et énervé. Il m'était odieux que cette femme me vît là et qu'elle sût ce que je venais faire dans cette affreuse petite maison.

— Par ici, monsieur, s'il vous plaît.

Elle ouvrit une porte dans le vestibule.

J'avais la bouche sèche et les tempes battantes. La pièce était petite : en face de moi, une coiffeuse avec une glace biseautée, par terre une épaisse carpette blanche ; à gauche de la coiffeuse, une petite commode sur laquelle étaient posés plusieurs petits animaux de verre. Sur la droite, une armoire bon marché peinte en blanc ; le reste de l'espace était occupé par un lit-divan recouvert d'un couvre-pied rose.

Eva était debout près de la cheminée sans feu. À côté d'elle se trouvait un petit fauteuil et une table de nuit avec une lampe électrique et quelques livres. Elle portait toujours son peignoir bleu à manches courtes ; son visage était de bois sous son maquillage de parade. Nous nous regardâmes.

— Bonsoir, fis-je en souriant.

— Bonsoir.

Son visage resta impassible et elle ne fit pas un geste. L'accueil était froid et plein de méfiance.

Je restais debout à la regarder, un peu embarrassé, surpris qu'elle ne parût pas étonnée de me revoir, agacé par sa robe de chambre. Mais malgré l'ambiance hostile, mon sang courait fiévreusement dans mes veines.

— Comme on se retrouve ! dis-je, faute de mieux. Vous n'êtes pas un peu étonnée de me voir ?

— Non, dit-elle en secouant la tête ; j'avais reconnu votre voix.

— Pensez-vous ! Quelle blague !

— Si. (Elle fit une moue.) D'ailleurs, je vous attendais.

Je dus montrer ma surprise car, soudain, elle se mit à rire. Notre gêne s'atténua sensiblement.

— Pourquoi m'attendiez-vous ?

— Qu'est-ce que cela peut vous faire ? dit-elle en détournant la tête.

— Mais si, ça m'intéresse, insistai-je en la contournant pour aller m'asseoir dans le fauteuil.

Je lui tendis mon étui à cigarettes.

Elle leva les sourcils, mais en prit une. « Merci. » Elle parut hésiter une seconde, puis vint s'asseoir sur le lit, près de moi. Je pris une cigarette, tendis mon briquet et pendant qu'elle se penchait sur la flamme, je répétai ma question :

— Dites-moi pourquoi vous m'attendiez.

— Non.

Elle chassa la fumée par les narines et regarda autour d'elle d'un air gêné. Elle était sur la défensive, nerveuse, inquiète.

Je l'examinai pendant un instant. Dès qu'elle sentit mon regard sur son visage, elle se retourna et me dévisagea. « Et alors ? » fit-elle vivement.

— Vous avez tort de vous maquiller comme ça. Ça ne vous va pas.

Instantanément, elle se leva et alla se regarder dans le miroir de la cheminée.

— Pourquoi ? Je ne suis pas bien comme ça ?

— Bien sûr que si, mais vous seriez bien mieux sans tout ce barbouillage. Vous n'en avez pas besoin.

Elle continuait à s'examiner dans la glace. « Je serais trop moche », dit-elle comme pour elle-même. Puis elle se tourna vers moi, les sourcils froncés.

— Est-ce qu'on vous a déjà dit que vous aviez un type intéressant ? dis-je avant qu'elle ait pu placer un mot. Vous avez plus de caractère que la plupart des femmes.

Sa bouche se durcit et elle revint s'asseoir. Je l'avais surprise, mais elle avait déjà repris son expression fermée.

— C'est pour me dire ça que vous êtes venu ?

— Pourquoi pas ? dis-je en souriant. J'aime assez faire des compliments à une femme.

Elle jeta sa cendre dans la cheminée d'un geste agacé. Il était clair qu'elle ne savait que penser de moi et que tant que je pourrais continuer à l'intriguer, je garderais le dessus.

— Vous n'avez pas l'intention de vous excuser pour ceci ? dis-je en montrant la plaie sur mon front.

Sa réponse fut exactement celle que j'attendais :

— Pourquoi ? Vous l'aviez cherché.

— C'est possible, dis-je en riant ; une autre fois, je serai plus prudent. Ça ne me déplaît pas qu'une femme ait du cran ; je regrette la façon dont je me suis conduit, mais j'avais envie de voir votre réaction... Seulement, ajoutai-je toujours en riant, je ne m'attendais pas à la sentir aussi durement.

Elle me regarda d'un air de doute, puis elle sourit.

— C'est vrai qu'il y a des fois où je deviens sauvage... mais vous l'aviez mérité.

— Est-ce votre manière habituelle de traiter les hommes ?

— Quelle manière ?

— En leur broyant le crâne.

— Quelquefois, dit-elle en se mettant à rire.

— Sans rancune ?

— Sans rancune.

Je l'observais mollement assise, la tête penchée en avant, les épaules remontées. De nouveau, elle eut un sursaut dès qu'elle sentit mon regard.

— Ne restez pas là à me regarder, me dit-elle d'un ton irrité. Pourquoi êtes-vous venu ?

— Ça me plaît de vous regarder, répondis-je en m'étalant bien à l'aise dans le fauteuil. Est-ce qu'on ne peut pas causer ? Ça vous surprend ?

Elle fronça les sourcils. Évidemment, elle se demandait si j'étais en train de lui faire perdre son temps ou si j'étais venu à titre de client. Il était visible qu'elle avait peine à se contenir.

— C'est pour causer que vous êtes venu ? dit-elle avec un regard aussitôt détourné. Il me semble que vous perdez votre temps.

— Pas du tout. Vous m'intéressez et j'aime bavarder avec une jolie femme.

Elle leva les yeux au plafond comme excédée.

— Oh ! ils disent tous la même chose ! fit-elle d'un ton exaspéré.

La réflexion me déplut.

— Si ça ne vous fait rien, je préfère ne pas être confondu avec la foule, dis-je assez sèchement.

Elle parut surprise.

— Dites donc, vous ne vous prenez pas pour n'importe qui, on dirait ?

— Et pourquoi donc ? Qui aura bonne opinion de moi si je ne donne pas l'exemple ?

C'était mon tour d'être agacé.

— Moi, j'ai horreur des vaniteux.

— Êtes-vous bien sûre de ne pas l'être un peu aussi ?

— De quoi pourrais-je l'être ? dit-elle en levant les épaules.

— Seriez-vous par hasard une de ces femmes qui souffrent d'un complexe d'infériorité ?

— Vous en connaissez beaucoup ?

— Pas mal. Est-ce votre cas ?

Elle se mit à fixer la cheminée d'un air rêveur.

— C'est possible. (Puis, avec un regard soupçonneux :) Ça vous étonne ?

— Oui, parce que vous n'avez aucune raison.

— Qu'en savez-vous ?

À ce moment, je la sentis intriguée : elle avait envie de savoir ce que je pensais d'elle.

— Vous devez le savoir mieux que personne si vous êtes franche avec vous-même. Moi, la première impression que vous m'avez faite... et puis, non, je ne le dirai pas.

— Si, je veux savoir. Dites.

Je l'examinai comme pour évaluer avec précision ses qualités et ses défauts. Elle me regardait, mal à l'aise, mais curieuse. J'avais tant pensé à elle depuis deux jours que ma première impression était déjà loin.

— Eh bien, dis-je comme à regret, si vous y tenez... mais vous n'allez pas me croire...

— Oh ! pas tant d'histoires. Allons, dites.

— Eh bien, voilà. Je pense que vous êtes une femme douée d'une grande personnalité, excessivement indépendante, de caractère violent avec une forte volonté, beaucoup de charme et, chose curieuse, une grande délicatesse de sentiments.

Elle me lança un regard soupçonneux.

— À combien de femmes avez-vous déjà dit ça ?

Mais, au fond, elle était flattée.

— À très peu, je dirais même à aucune. Sauf vous, je n'ai jamais rencontré de femme réunissant tant de qualités. Il est vrai que je vous connais encore très peu et que je me trompe peut-être complètement... ce n'est qu'une première impression.

— Vous me trouvez vraiment bien ?

Cette fois, elle ne plaisantait plus.

— Bien sûr ; serais-je ici, sans cela ?

— Pourtant je ne suis pas jolie. (Elle retourna se regarder dans la glace.) Je me trouve affreuse.

— Pas du tout, vous avez du caractère, ce qui vaut beaucoup mieux qu'une beauté banale. Il y a en vous quelque chose d'extraordinaire, une sorte de magnétisme...

Elle croisa les bras sur sa petite poitrine plate.

— Et moi je pense que vous n'êtes qu'un sacré menteur, dit-elle avec un regard rageur. Vous ne vous figurez pas que je coupe dans vos boniments, non ? Qu'est-ce que vous cherchez ? Je n'ai pas l'habitude qu'on se paie ma tête.

— Allons, calmez-vous, dis-je en riant. Au fond, je vous plains ; c'est votre complexe d'infériorité qui vous poursuit. N'en parlons plus... Mais peut-être qu'un jour vous me croirez.

Je me penchai pour examiner les livres qui traînaient sur la table de nuit : quelques numéros de *Détective*, un exemplaire assez abîmé de *En avoir ou pas*, d'Hemingway, et *La Vie nocturne des Dieux*, de Thorne Smith — curieux mélange.

— Vous lisez beaucoup ? demandai-je pour changer de sujet.

— Quand je peux trouver un bon livre.

— Avez-vous lu *Des anges en manteaux de fourrure* ? (C'était le titre de mon premier roman.)

— Oui… fit-elle en allant vers la coiffeuse ; ça ne m'a pas beaucoup plus.

— Ah ! fis-je déçu. Et pourquoi ?

— Je ne sais pas… mais ça ne m'a pas plu.

Elle remit sa houppe en place après s'être poudrée, se regarda dans la glace et revint près de la cheminée ; elle était agitée, nerveuse et commençait à en avoir assez.

— Mais, enfin, il y a une raison. Est-ce que ça vous a paru ennuyeux ?

— Je ne me rappelle plus. Je lis si vite que je ne me souviens jamais de ce que j'ai lu.

— Ah ! oui… bref, ça ne vous a rien dit.

J'étais agacé qu'elle eût oublié mon livre. Même si elle ne l'aimait pas il m'aurait été agréable d'en parler avec elle et de connaître son opinion. Je commençais à comprendre qu'il serait difficile d'avoir avec elle une conversation normale : le choix des sujets resterait très limité tant que nous ne serions pas devenus intimes — mais cela ne tarderait pas. Jusque-là, il faudrait s'en tenir aux généralités.

Elle me regarda d'un air indécis pendant un moment, puis elle vint se rasseoir sur le lit.

— Et, alors ? dit-elle brusquement. Qu'est-ce qu'on fait ?

— Parlez-moi un peu de vous.

Elle eut un haussement d'épaules et fit une petite grimace.

— Il n'y a rien à raconter.

— Mais si, sûrement, dis-je en me penchant pour prendre sa main. Êtes-vous mariée ou est-ce pour la frime ? demandai-je en faisant tourner l'alliance sur son doigt.

— Je suis mariée.

— Comment est-il ? Gentil ? dis-je un peu surpris.

— Mmm... mm..., fit-elle en retirant sa main.

— Très gentil ?

— Oui... très gentil.

Elle détourna son regard.

— Et où est-il ?

— Ça ne vous regarde pas.

— Bon, bon, ne vous fâchez pas, dis-je en riant. C'est vrai que vous êtes impressionnante quand vous êtes en colère. Pourquoi avez-vous ces deux rides au-dessus du nez ?

D'un bond, elle fut devant la glace.

— C'est affreux, n'est-ce pas ? dit-elle en essayant de les effacer du bout des doigts.

Je regardai la pendule de la cheminée : il y avait exactement un quart d'heure que j'étais là.

— Vous ne devriez pas froncer si souvent vos sourcils, dis-je en me levant. Tâchez de vous détendre un peu.

Je m'avançai vers elle. À ce moment son regard jusqu'alors intrigué et un peu inquiet prit une expression rassurée et légèrement goguenarde. Elle dénoua la ceinture de sa robe de chambre et ses doigts minces se portèrent vers l'unique bouton qui la maintenait fermée.

— Il faut que je parte, dis-je avec un coup d'œil vers la pendule.

L'inquiétude reparut dans ses yeux, ses mains retombèrent. Je me félicitai de ma manœuvre : tant que je me conduirais autrement que les autres hommes qui venaient la voir, j'étais sûr de l'intriguer et de retenir son attention.

— J'aimerais vous reparler de vous quand vous aurez le temps, dis-je en lui souriant ; peut-être pourrais-je vous aider à surmonter ce fameux complexe.

En passant devant la commode, je glissai deux billets de dix dollars entre les petits animaux de verre. Je la vis jeter un rapide coup d'œil vers l'argent et détourner aussitôt la tête. Elle n'avait plus son air maussade.

— Peut-on vous voir autrement qu'avec cette robe de chambre ? demandai-je sur le pas de la porte.

— Ça se peut. Il m'arrive de m'habiller autrement.

— Eh bien, il faudra me faire ce plaisir un de ces jours. Et surtout, la prochaine fois que je viendrai, ne vous maquillez pas comme ça ; ça ne vous va pas. Allons, au revoir.

Elle s'approcha de moi.

— Merci pour le… cadeau, dit-elle en souriant.

— C'est tout naturel. À propos, je m'appelle Clive. Puis-je vous téléphoner bientôt ?

— Clive ? J'en connais déjà un.

Depuis un quart d'heure, j'avais complètement oublié qu'elle appartenait à qui voulait et sa réflexion me donna un choc.

— Eh bien, tant pis. Mais que voulez-vous, c'est mon nom. Comment arranger ça ?

Elle sentit mon agacement.

— J'ai besoin de savoir qui vient me voir, dit-elle, comme pour s'excuser.

— Ça se comprend, dis-je d'un ton sarcastique. Préférez-vous Clarence, ou Lancelot, ou Archibald ?

Elle eut un petit rire et m'examina avec attention.

— Non, je reconnaîtrai votre voix. Au revoir, Clive.

— Entendu, à bientôt.

Elle appela :

— Marty… !

La grande femme osseuse sortit d'une pièce voisine et se tint debout, les mains croisées, un vague sourire sur les lèvres.

— Je vous téléphonerai avant peu, dis-je en suivant la femme dans le vestibule.

Arrivé à ma voiture, je me retournai pour regarder la maison ; tout était éteint. Dans la nuit tombante, elle ressemblait à toutes les autres bicoques qui garnissent les petites rues d'Hollywood.

Je mis le moteur en marche et me dirigeai vers un bar du côté de Vine Street, à deux pas du *Brown Derby*. Je me sentais tout à coup vidé ; j'avais besoin de boire quelque chose. Le barman m'accueillit avec un large sourire ; sous la lumière électrique, ses dents brillaient comme les touches d'un piano.

— Bonsoir, monsieur, me dit-il en étalant ses larges mains sur le comptoir. Qu'est-ce que vous prenez ce soir ?

Je commandai un whisky sec que j'emportai à une table un peu plus loin. Je m'étalai dans un fauteuil, goûtai mon whisky et allumai une cigarette.

En somme, je venais de passer là un quart d'heure intéressant bien qu'un peu cher. J'avais gagné la première manche : Eva était intriguée et certainement intéressée. J'aurais aimé entendre ce qu'elle avait dit à Marty après mon départ. Elle était assez fine pour deviner que je jouais un peu, mais je n'avais rien laissé échapper qui pût l'éclairer davantage. En lui parlant d'elle, au lieu de parler de moi, j'avais excité sa curiosité ; ça devait la changer des autres hommes de sa connaissance... Intéressant ce complexe d'infériorité... Dû probablement à la crainte de l'avenir... S'il lui fallait compter sur son métier pour vivre, cela expliquait son souci d'être belle. Elle n'était plus toute jeune, pas vieille bien sûr, mais en lui supposant trente-trois ans (et, à mon avis, elle en avait davantage), c'est l'âge où, dans ce métier-là, une femme doit commencer à s'inquiéter.

Je vidai mon verre et allumai une autre cigarette. Ce geste vint rompre la chaîne de mes pensées et me porta presque malgré moi à faire mon examen de conscience.

De toute évidence, un changement s'était produit en moi. Quelques jours plus tôt, j'aurais considéré comme invraisemblable la seule idée de fréquenter une prostituée. J'ai même méprisé les hommes qui le faisaient ; tout ce micmac me répugnait. Et cependant, je venais de passer un quart d'heure avec l'une d'elles et je l'avais traitée exactement comme une de mes meilleures amies. J'avais même laissé ma voiture stationner devant sa maison qui devait être connue de tout le quartier et enfin j'avais payé pour obtenir quoi ? la faveur d'une conversation dépourvue de tout intérêt !

Maintenant que j'étais loin d'elle, l'aventure me paraissait si ridicule que j'étais obligé de me chercher une excuse. Je m'affirmai qu'Eva était différente des autres prostituées que j'avais connues ; elle n'avait pas cet air à la fois quémandeur, dur, vorace et sans scrupules des filles de joie. Par contre, en matière de beauté et d'éducation, elle n'existait même pas en comparaison des autres femmes de ma connaissance. Je voulais bien admettre qu'elle m'intéressait par ce qu'il y avait en elle de pervers, mais ce n'était pas une raison pour aller risquer ma situation sociale ; il devait y avoir quelque chose de plus profond. La vérité, c'est que c'était mon propre complexe d'infériorité qui jouait. Malgré mes succès passés, je savais que je finirais par échouer ; j'étais vidé, à bout de souffle. J'avais beau m'en défendre vis-à-vis de moi-même, ce secret lancinant avait fini par ronger ma confiance en moi, au point qu'à certains moments, j'étais torturé par le sentiment accablant de mon impuissance. Pour mon malheur, je m'étais trouvé mêlé à des gens de talent et je savais qu'à côté d'eux je n'étais que poussière. Eva, qui n'avait jamais connu de succès, qui n'était douée d'aucun talent, qui était en marge de la société, était la seule femme que je pouvais dominer sans crainte. Malgré son pouvoir sur les hommes, malgré sa force de volonté, malgré sa glaciale indifférence, elle était à vendre. Tant que j'aurais de l'argent je serais son maître. Voilà pourquoi j'avais besoin d'une femme qui me fût aussi inférieure moralement et socialement si je voulais sauver ce qui me restait de confiance en moi-même. Plus je réfléchis à tout cela, plus il m'apparut clairement qu'il me faudrait abandonner les *Trois Points*. Il fallait que je voie Eva très souvent et la distance compliquerait trop les choses. Je liquiderais donc le chalet.

J'écrasai le bout de ma cigarette, entrai dans la cabine téléphonique et appelai mon appartement. Voix de Russell :

— Ici, l'appartement de M. Thurston.

Je lui dis que je rentrerais tard et que je coucherais chez moi : il ne manifesta aucune surprise. Bien qu'il n'eût jamais été valet de chambre avant d'entrer à mon service, il avait pris remarquablement vite le ton et les manières des gens de grande maison. Carol prétendait que c'était à force de voir jouer les majordomes au cinéma. En tout cas, Russell faisait l'envie de beaucoup de mes amis et plus d'un avait essayé de me le souffler.

— Je ne sais pas à quelle heure je rentrerai, lui dis-je, mais il y a une chose que je voudrais que vous fassiez. Vous trouverez quelque part un exemplaire de mon livre *Des fleurs pour Madame* ; faites-le parvenir immédiatement par porteur à Miss Marlow. Sans carte ni rien qui puisse indiquer d'où cela vient. Prenez l'adresse. Je compte sur vous ?

Il m'assura que ce serait fait et il me sembla reconnaître dans sa voix une note de réprobation. Il aimait beaucoup Carol et se montrait hostile à toutes mes autres relations féminines. Je raccrochai avant qu'il ait pu exprimer une opinion.

Puis, je quittai le bar et me dirigeai à pied vers le *Brown Derby*.

VI

Je trouvai Carol et Peter installés à une table assez loin de l'orchestre. Il y avait avec eux un grand bonhomme fortement charpenté qui portait un smoking impeccable ; il avait une longue figure jaune avec un nez aplati, sa lèvre inférieure était épaisse et débordante, et ses cheveux gris fer donnaient l'impression d'une crinière ; on aurait dit un lion.

Peter m'aperçut comme je me faufilais entre les tables et se leva pour me faire signe.

— Eh ! fit-il d'un air à la fois surpris et joyeux, vous voilà tout de même ! Carol, regardez qui vient là. Avez-vous dîné ?

— Non, dis-je en souriant à Carol. Puis-je me joindre à vous ?

— Comment donc ! Trop heureuse de vous avoir.

Peter me toucha le bras.

— Je crois que vous ne connaissez pas Rex Gold, dit-il.

Il se tourna vers l'homme-lion qui n'avait pas levé les yeux de son assiette :

— Je vous présente Clive Thurston, l'écrivain.

C'était donc là le fameux Rex Gold. Comme tout le monde à Hollywood, j'avais beaucoup entendu parler de lui et je savais que c'était le plus grand magnat du cinéma.

— Enchanté de vous connaître, monsieur Gold.

Comme à regret, il s'arrêta de manger son potage et se souleva à demi pour me tendre une main molle.

— Asseyez-vous, monsieur Thurston, dit-il en me gratifiant d'un regard perçant de ses yeux fauves. Je crois que vous aimerez cette crème de homard. Garçon ! apportez du potage pour monsieur !

Pendant que le garçon m'apportait une chaise, je clignai de l'œil à Carol.

— Vous voyez bien que je ne peux pas me passer de vous, lui dis-je tout bas.

— Votre éditeur n'est pas venu ?

— J'ai préféré lui téléphoner : il n'y a rien d'urgent et c'est remis à demain. J'avais trop envie de fêter votre succès, dis-je en serrant sa main sous la table.

Gold, les yeux fixés sur son assiette, continuait à enfourner cuillerée après cuillerée de potage. Manifestement, il n'aimait pas manger et parler à la fois.

— Je me suis demandé si vous n'alliez pas voir votre sauvagesse et si ce n'était pas pour elle que vous me délaissiez, me dit Carol tout bas avec un regard moqueur.

— Vous savez bien que vous passez avant tout le monde, répondis-je en m'efforçant d'avoir l'air sincère.

Carol avait vraiment une façon déroutante de deviner la vérité pour tout ce qui me concernait.

— Qu'est-ce que vous chuchotez tous les deux ? fit Peter.

— C'est un secret, répondit vivement Carol. Ne soyez pas indiscret.

Gold finit sa soupe et reposa brusquement la cuiller, puis il se retourna d'un air farouche :

— Eh bien, où est le potage de M. Thurston et qu'y a-t-il après ? cria-t-il au garçon qui accourait.

Lorsqu'il fut assuré qu'on ne nous avait pas oubliés, il se tourna vers Carol :

— Venez-vous au club ce soir ?

— J'y passerai un moment, dit-elle, mais je ne resterai pas tard. J'ai beaucoup à faire demain.

Le garçon apporta mon potage.

— Il ne faut jamais penser au lendemain, dit Gold en regardant mon assiette si fixement que j'eus l'impression qu'il allait la prendre et l'avaler ; il faut savoir mener de front le travail et la distraction.

— J'ai besoin de mes sept heures de sommeil, surtout en ce moment, dit Carol.

— Ça me fait penser, dit Gold à Peter en plissant ses grosses lèvres, qu'Imgram vient me voir au bureau demain matin et je voudrais que vous le voyiez.

— Entendu, dit Peter. Va-t-il vouloir s'occuper de la mise en scène ?

— Non. S'il fait des histoires, prévenez-moi. (Gold se tourna brusquement vers moi.) Avez-vous déjà travaillé pour l'écran, monsieur Thurston ?

— N... non... pas encore, répondis-je. Mais j'ai plusieurs idées que j'ai l'intention de mettre au point dès que j'aurai le temps.

— Des idées ? Lesquelles ? (Il s'accouda sur la table, la tête projetée en avant.) Quelque chose que je pourrais utiliser ?

Je fouillai désespérément ma mémoire à la recherche d'un vieux thème à lui proposer, mais je ne trouvai rien. J'essayai de bluffer :

— C'est bien possible, dis-je ; si cela vous intéresse, je vous en montrerai quelques-unes.

— Vous me montrerez quoi ?

— Eh bien, des notes... des projets...

Je m'énervais et le sang me montait à la tête.

Il regarda Carol avec des yeux vides ; elle émiettait distraitement un morceau de pain et ne leva pas la tête.

— Des projets ? reprit-il. Qu'est-ce que vous voulez que j'en fasse ? Ce qu'il me faut, c'est un sujet, une histoire. Vous êtes écrivain, c'est votre métier. Ce que je vous demande, c'est de me raconter un sujet... maintenant, tout de suite. Puisque vous dites que vous avez des idées, eh bien, allez-y.

Je regrettais de m'être assis à cette table. Je sentais que Peter me regardait avec attention ; Carol continuait à émietter son pain, mais elle était devenue un peu rouge. Gold me regardait toujours en caressant sa lourde mâchoire, d'une main molle.

— Non, pas ici, dis-je. Si ça vous intéresse, je pourrais aller vous voir...

Juste à ce moment, une armée de garçons s'abattit sur nous pour servir la suite. Gold cessa de s'occuper de moi et se mit à les houspiller. Il exigeait que tout fût parfait et allait jusqu'à vérifier la température des assiettes. Pendant plusieurs minutes, ce fut un remue-ménage autour de la table. Enfin Gold obtint ce qu'il voulait et il se mit à manger, gloutonnement, comme s'il avait jeûné pendant plusieurs jours.

Peter saisit mon regard ahuri et sourit faiblement. Il semblait tout à fait inutile d'essayer de causer pendant que Gold mangeait ; ni Carol, ni Peter ne firent aucun effort pour ranimer la conversation et je me résignai à suivre leur exemple. Le repas continua en silence. Quelque chose me disait que Gold n'aborderait plus le sujet et je m'en voulais un peu d'avoir laissé échapper l'occasion, mais puisque je n'avais rien à lui raconter, je devais m'estimer heureux d'avoir été interrompu. Aussitôt qu'il eut fini, Gold repoussa son assiette d'un geste impatient et sortit un cure-dent de sa poche ; puis, tout en se curant les dents d'un air absorbé, il se mit à examiner la salle.

— Avez-vous lu le livre de Clive, *Des anges en manteaux de fourrure* ? demanda Carol tout à coup.

Gold fronça les sourcils.

— Vous devriez savoir que je ne lis jamais rien, dit-il sèchement.

— Vous devriez le lire. Le roman n'est pas fait pour l'écran, mais le sujet pourrait servir.

Je n'avais pas pensé à cela. Je me tournai vivement vers Carol, mais elle fit exprès de ne pas le remarquer.

— Quel sujet ?

Une lueur d'intérêt parut sur son visage jaune.

— Pourquoi les hommes préfèrent les courtisanes.

J'étais abasourdi ; il n'était pas question de cela dans mon livre.

— Est-ce vrai ? demanda Peter.

— Naturellement, dit Gold en faisant claquer son cure-dent. Ils préfèrent les courtisanes parce que les femmes comme il faut sont assommantes.

Carol secoua la tête.

— Je ne le crois pas, dit-elle. Et vous, Peter ?

Pour moi, je ne savais que dire ; j'étais pris de court. Puis, je pensais à Eva... et à Carol. Eva était sans aucun doute une courtisane. Autant Carol était sûre, sincère, honnête et d'une moralité indiscutable, autant il était peu probable qu'Eva eût même une idée de ce qui était moral ou non. Comment les comparer ? Pourquoi avais-je délaissé Carol, pourquoi avais-je été jusqu'à lui mentir pour aller chez Eva ? Répondre à cette question, c'était répondre à Carol.

— Les courtisanes, dis-je lentement, possèdent certaines qualités qui manquent aux femmes honnêtes et qui attirent les hommes. Ce ne sont d'ailleurs pas nécessairement des qualités recommandables. Les hommes résistent moins bien que les femmes à leurs instincts et c'est pourquoi tant que les femmes garderont cette supériorité, les hommes courront après les courtisanes. Mais ce n'est jamais qu'une passade...

— Vous savez très bien que ce n'est pas vrai, Clive, dit Carol d'un ton sec.

Je la regardai avec attention, il y avait dans ses yeux une expression que je n'y avais encore jamais vue ; elle était blessée, fâchée et agressive.

— Personnellement, je serais assez de l'avis de M. Thurston, dit Gold d'un ton conciliant. (Il sortit un gros cigare et l'examina soigneusement.) L'instinct masculin c'est quelque chose qui compte...

— Mais qui n'a rien à voir là-dedans, interrompit Carol. Je vais vous dire, moi, pourquoi les hommes préfèrent les courtisanes. Je parle naturellement de cette catégorie d'hommes qui, aussitôt lâchés, se conduisent comme des animaux ; je n'ai rien à dire contre les rares autres qui ont des principes et qui s'y conforment.

— Ma chère Carol, protestai-je (car ceci ressemblait fort à une attaque personnelle), vous devriez monter en chaire.

— Elle y serait charmante, dit Gold en tendant son cigare au garçon pour le faire percer. Laissez-la parler.

— C'est la vanité qui pousse les hommes vers les courtisanes, reprit Carol en s'adressant à moi. Elles ont généralement un certain chic, elles font de l'effet et les hommes aiment à être vus avec elles parce qu'ils croient que leurs amis les envient... Pauvres serins ! Les courtisanes sont rarement intelligentes, elles n'en ont d'ailleurs pas besoin : il leur suffit d'avoir une jolie figure, des jambes bien faites, de belles robes, et... beaucoup de complaisance.

— Ainsi, selon vous, les hommes se sentiraient mieux à l'aise avec des femmes bêtes ? demanda Gold.

— Vous le savez très bien, mon cher. Inutile de nous raconter des histoires ; vous ne valez pas mieux que les autres.

La figure de Gold s'éclaira d'un sourire assez doux.

— Continuez, dit-il, videz votre sac.

— Je trouve dégoûtant de voir des hommes s'afficher avec des femmes de cette espèce. Pour la plupart d'entre eux il n'y a que la beauté et la toilette qui comptent. À Hollywood, une femme qui n'est pas jolie n'a aucune chance, c'est une honte !

— Ne sortez pas du sujet, il est question des courtisanes, dit Peter qui paraissait très intéressé.

— Si vous voulez. Eh bien, les hommes n'aiment pas que les femmes leur soient supérieures : les courtisanes sont foncièrement paresseuses et n'ont pas le temps de faire autre chose que ce qu'elles font. Elles ne parlent que d'elles-mêmes, de leurs ennuis et, naturellement, de leur beauté. Les hommes aiment ça : il n'est plus question de concurrence. Ils peuvent se prendre pour de grands hommes pendant que ces filles les considèrent probablement comme des raseurs. Mais qu'importe ? Tout ce qu'elles cherchent, c'est à s'amuser à leurs dépens.

— Très intéressant, dit Gold, mais dans tout cela je ne vois pas une idée de film.

— Cela pourrait être une critique des hommes, dit Carol. Le titre est excellent, même si l'intrigue ne vaut rien pour l'écran. Demandez à Clive de vous écrire une bonne satire bien féroce contre les hommes et pensez au succès que cela aura auprès des femmes... après tout, elles forment la majorité de notre public.

— Qu'en dites-vous ? me demanda Gold.

Je regardai Carol sans rien dire. Non seulement elle venait de me donner une idée, mais elle avait réveillé mon imagination endormie depuis si longtemps. Maintenant, je savais ce que j'allais faire — ça m'était venu tout d'un coup — j'allais écrire l'histoire d'Eva et en faire un film.

— Épatant, dis-je très excité. Oui, oui, je me sens capable de faire ça.

Carol me regarda et se mordit la lèvre. Nos regards se croisèrent et je sentis qu'elle m'avait deviné. Détournant vivement les yeux, je dis à Gold :

— Comme le dit Carol, le titre est bon et le sujet...

— Vous permettez que je me sauve ? dit Carol brusquement en repoussant sa chaise. J'ai une affreuse migraine... je la sentais venir depuis le commencement du dîner...

Peter fut debout à côté d'elle avant que j'aie pu faire un geste.

— Vous avez trop travaillé, dit-il. R. G.[1] vous excusera… n'est-ce pas ?

Les yeux jaunes avaient repris leur expression ensommeillée.

— Allez vous coucher, dit-il un peu sèchement, M. Thurston et moi nous restons. Reconduisez-la, Peter.

Je me levai :

— C'est moi qui la reconduirai, dis-je un peu agacé et vaguement inquiet. Venez, Carol.

Elle secoua la tête.

— Restez avec M. Gold, dit-elle sans me regarder. Accompagnez-moi, Peter.

Comme elle se retournait, je posai la main sur son bras.

— Qu'est-ce qui ne va pas ? dis-je en essayant de paraître calme. Ai-je dit quelque chose qui… ?

— Oh ! laissez-moi partir et tâchez de comprendre, Clive, me dit-elle en me regardant dans les yeux.

« Ça y est, pensai-je ; elle sait tout ; je ne peux rien lui cacher, elle lit en moi comme dans un livre ouvert. »

Il y eut un silence gêné ; Gold contemplait ses mains grasses en fronçant les sourcils, Peter tenait la cape de Carol et attendait.

— Eh bien, si c'est comme ça… dis-je, et je fus surpris de la dureté de ma voix.

---

1. C'est une coutume américaine que de désigner les chefs et les célébrités par leurs initiales. Ici, R.G. = Rex Gold.

— Oui, fit-elle avec un sourire forcé, c'est comme ça. Bonsoir, Clive.

— Bonsoir.

Peter salua de la main :

— À tout à l'heure au club, R. G.

Et ils partirent.

Gold semblait réfléchir en examinant la cendre de son cigare. Je me rassis.

— Les femmes sont bizarres, hein ? dit-il. Vous êtes très bien ensemble, n'est-ce pas ?

— Nous nous connaissons depuis pas mal de temps, répondis-je.

Je n'avais pas l'intention de parler de Carol avec quelqu'un que je voyais pour la première fois.

Il pinça les lèvres et rabaissa les sourcils.

— Son idée est bonne. Une satire sur les hommes... *Des anges en manteaux de fourrure...* Ça ferait recette... Comment verriez-vous ça ?

— Il faudrait camper un type de grue, dis-je en me renversant sur ma chaise et en pensant à Eva sans pouvoir écarter complètement Carol de mon esprit.

— Et puis montrer les hommes qui lui passent par les mains, le pouvoir qu'elle exerce sur eux... et pour finir sa rédemption.

— Et qui serait le rédempteur ?

— Un homme... Quelqu'un de plus fort qu'elle.

Gold secoua la tête.

— C'est faux du point de vue psychologique, Carol pourrait vous le dire. Si votre personnage est une vraie grue, elle ne peut être sauvée que par une autre femme.

— Ce n'est pas mon avis, dis-je en m'entêtant. Ce pourrait parfaitement être un homme. Si on peut rendre une femme amoureuse, je suis convaincu qu'elle n'a plus de défense et qu'on peut en faire ce que l'on veut.

Il secoua la cendre de son cigare sur une assiette.

— Nous ne devons pas la voir de la même façon, dit-il. Décrivez-moi votre type de grue.

— Je vais vous en décrire une à laquelle je pense ; c'est la seule qui m'intéresse parce que je la connais. Elle existe, je peux l'étudier.

— Allez-y.

— Cette femme-là ne vit que des hommes ; elle a beaucoup d'expérience et un égoïsme féroce. Les hommes ne comptent pour elle que dans la mesure où ils lui donnent de l'argent. (J'écrasai le bout de ma cigarette dans le cendrier.) Voilà mon type de grue.

— Intéressant, fit Gold, mais trop difficile. Vous n'y connaissez rien : une femme comme celle-là serait incapable de tomber amoureuse, elle ne saurait même plus ce que c'est que l'amour. (Il leva les yeux et me regarda fixement.) Vous dites que vous en connaissez une ?

— Je l'ai rencontrée. Je ne peux pas encore dire que je la connais, mais je vais m'y mettre.

— Une expérience en somme ?

Je ne tenais pas à lui en dire trop ; il aurait pu en parler à Carol.

— Simplement dans un but littéraire, dis-je d'un ton indifférent. Dans mon métier, on est obligé de fréquenter des gens de toute sorte.

— Ou…i. (Il se mit à tirer sur son cigare.) Dites-moi, vous n'avez pas l'intention d'essayer de la rendre amoureuse de vous ?

— J'ai autre chose à faire, dis-je assez sèchement.

— Ne prenez pas mes paroles de travers, dit-il en agitant les mains. Mais vous avez dit que vous vous serviriez de cette femme comme modèle et aussi que si vous arriviez à vous faire aimer d'elle vous pourriez en faire n'importe quoi. C'est bien ça, n'est-ce pas ?

J'acquiesçai d'un signe de tête.

— Alors, comment pouvez-vous être sûr d'avoir raison, sinon en faisant l'expérience vous-même ? Moi, je prétends que votre modèle est incapable d'aimer et c'est un raisonnement qui tient debout, tandis que vous ne faites que de la théorie.

Je reculai ma chaise. Je venais de voir le piège qu'il me tendait : il fallait ou que je rétracte ou que j'avoue mes projets.

— Attendez, ne dites rien, dit Gold. Laissez-moi parler d'abord. Il vaut toujours mieux voir clair avant de s'engager. Nous allons prendre un cognac, c'est exactement ce qu'il faut pour accompagner une conversation de ce genre.

L'ordre donné au sommelier, il rentra la tête dans les épaules et s'accouda sur la table.

— Ça m'intéresse, dit-il. J'aime le titre *Des anges en manteaux de fourrure*, et l'idée d'une satire sur les hommes me plaît. Il y a assez longtemps que je n'ai pas sorti un film psychologique, mais c'est bon, ça plaît aux femmes, et, comme le dit Carol, notre public est surtout composé de femmes. (Il sortit un étui de sa poche.) Un cigare, monsieur Thurston ?

Je n'en avais pas réellement envie, mais je l'acceptai en me disant que Gold n'offrait sans doute pas des cigares à tout le monde.

— Ils me coûtent cinq dollars pièce, dit-il. On les fabrique exprès pour moi ; je suis sûr que vous le trouverez bon.

On apporta le cognac, il le huma.

— Parfait, dit-il avec un soupir en prenant le verre dans ses mains pour le chauffer.

Je pris tout mon temps pour couper soigneusement mon cigare et pour l'allumer ; il était doux, moelleux, savoureux.

— Ce qui m'intéresserait, reprit Gold, c'est une histoire vraie. J'aime assez votre idée de prendre pour modèle quelqu'un que vous connaissez ; ce sera plus vivant. Vous n'aurez qu'à bien saisir la ressemblance et à l'exprimer sur le papier. Mais je voudrais vous voir aller encore plus loin, je voudrais que vous vous mettiez dans la peau de votre sauveur, que vous preniez effectivement sa place.

— Franchement, monsieur Gold...

— Laissez-moi finir. Il se peut que les choses ne s'arrangent pas comme vous le pensez, mais ça ne fait rien, le résultat sera psychologiquement vrai. Vous avez de l'expérience, vous avez dû avoir beaucoup de succès féminins ; ne trouvez-vous pas que cette femme serait un adversaire digne de vous ? Pourquoi ne pas la rendre amoureuse de vous ? Ce serait extrêmement intéressant.

Je ne répondis pas. Il était en train de suggérer exactement ce que je me promettais de faire. Néanmoins, la pensée de Carol me gênait.

— Je suis disposé à acheter une histoire comme celle-là, poursuivit Gold tranquillement. De toute manière, ça en vaudrait la peine. Bien entendu l'aventure resterait strictement entre nous deux et la femme en question ; personne n'en saurait rien.

Nous nous regardâmes et je vis qu'il comprenait que j'étais gêné à cause de Carol.

— J'avoue y avoir pensé un moment, dis-je, mais il y a quelque risque à fréquenter intimement une femme d'aussi mauvaise réputation.

Un sourire fugitif passa dans ses yeux et j'eus l'impression désagréable qu'il lisait en moi.

— Alors, c'est entendu ? dit-il en levant les sourcils.

— Oui, à titre d'expérience professionnelle, dis-je. Seulement, je ne voudrais pas perdre mon temps sans quelque compensation.

— Résumez-moi l'idée en quelques mots.

— Eh bien, voilà, fis-je au bout d'un instant. Ce sera l'histoire d'une fille de joie qui exploite les hommes. Je m'arrangerai pour que l'Association des Vieilles Demoiselles ne puisse pas pousser les hauts cris. Ce qu'il faut bien montrer, c'est qu'elle reçoit de l'argent et des cadeaux des hommes qui ont envie d'elle. Puis survient dans sa vie un type d'homme entièrement différent et le drame commence. Au début, il fait comme les autres et il s'éprend d'elle, mais bientôt il se rend compte de ce qu'elle est et il décide de la battre à son propre jeu. Il y parvient. Alors, dégoûté, il la quitte et disparaît. Je verrais assez bien un couple dans le genre de Scarlett O'Hara et Rhett Butler.

— Et vous croyez vraiment que ça peut se passer comme ça ? dit Gold jouant l'incrédulité.

— Mais, certainement. C'est une question de volonté.

— Moi, je ne le crois pas. Pas avec la femme que vous m'avez décrite, en tout cas.

— On peut toujours essayer. Comme vous le dites, ça donnera de toute façon un scénario intéressant.

Gold réfléchit.

— Oui, c'est possible. Entendu, je marche. Deux mille dollars pour le scénario et si ça me plaît vous aurez cinquante mille dollars pour les dialogues complets. Vous pourrez vous faire aider par le studio si vous voulez, c'est votre affaire.

J'avais du mal à cacher mon émotion.

— Vous voudrez bien me confirmer cela par écrit ?

— Certainement. Je dirai au bureau qu'on se mette en rapport avec vous.

— Comme délai, je vous demande trois mois. Si je ne réussis pas en trois mois, il sera inutile de perdre davantage de temps.

— Convenu, trois mois. Ce sera intéressant. Quelque chose de pris sur le vif. Vous allez vous lancer dans une aventure amusante. (Il appela le garçon.) Maintenant il faut que j'aille au club. Venez-vous avec moi, monsieur Thurston ?

— Merci, mais j'aime autant pas. Vous m'avez donné beaucoup à réfléchir et il faut que je dresse mes batteries.

Il signa l'addition, distribua les pourboires et se leva.

— Bonsoir, me dit-il ; on vous écrira au bureau dans deux ou trois jours.

Et il partit, tête baissée, les mains profondément enfouies dans ses poches. Des têtes se tournèrent vers lui, plusieurs hommes assis à une table près de la porte lui firent des signes ; il sortit sans regarder personne.

Je saisis mon verre. « À ta santé, Eva, et aux cinquante mille dollars », me dis-je en moi-même.

VII

Pendant deux semaines il me fut impossible de rencontrer Carol. Je téléphonais tous les jours, matin et soir, on me répondait chaque fois qu'elle était au studio, ou chez M. Gold. Cherchait-elle à m'éviter ou bien était-elle absorbée par son travail, je l'ignorais et je ne m'en serais pas autrement soucié si je ne m'étais pas rappelé la façon dont elle m'avait quitté l'autre soir. Il lui arrivait souvent de disparaître pendant toute une semaine quand elle avait du travail, mais cette fois-ci, j'étais inquiet ; j'avais conscience de l'avoir blessée et de lui avoir fait de la peine.

En général, le meilleur moyen d'apaiser une femme en colère est de la laisser seule, mais Carol ne ressemblait pas aux autres femmes et il fallait la traiter autrement. J'aurais voulu m'expliquer avec elle, l'assurer qu'il n'y avait pas de quoi être fâchée, mais je n'étais pas très sûr de la convaincre.

Naturellement, j'aurais pu aller la voir au studio, mais je préférais lui parler au téléphone sans qu'elle puisse me voir. Comme je l'ai déjà dit, il était très difficile de lui mentir et si je voulais la persuader qu'il n'y avait rien entre Eva et moi, il fallait prendre beaucoup de précautions. C'est pourquoi je continuai à lui téléphoner et à lui laisser des messages plutôt que d'aller au studio.

Je m'étais installé dans mon appartement, au grand déplaisir de Russell qui comptait me voir rester aux *Trois Points* pendant encore au moins un mois. Je pensais beaucoup à Eva. Trois jours après notre entrevue, j'allai en voiture avenue Laurel-Canyon et passai devant sa maison. Je ne m'arrêtai pas parce qu'elle n'était pas éclairée, mais j'éprouvai un étrange plaisir rien qu'à la revoir.

Le quatrième jour, tout de suite après le déjeuner, je l'appelai au téléphone. Ce fut Marty, la bonne, qui répondit : elle voulait savoir qui téléphonait.

— C'est M. Clive, dis-je après un moment d'hésitation.

— Je regrette beaucoup, dit-elle. Miss Marlow est occupée ; puis-je lui faire une commission ?

— Non, je rappellerai.

— Ce ne sera pas long. Je lui dirai que vous avez téléphoné.

Je remerciai en faisant une grimace. Pourquoi ? Comme si je ne savais pas quel métier elle faisait ! Je ne retéléphonai pas ce jour-là et passai la journée sans pouvoir travailler. Je pensai à Gold et essayai de mettre sur le papier le plan du scénario dont nous avions parlé. Rien à faire. Impossible d'avancer tant que je ne connaîtrais pas mieux Eva.

Russell dut me trouver insupportable ; il avait l'habitude de me voir sortir toute la journée et d'être libre dans l'appartement. Or, je ne faisais qu'errer entre ma chambre, le salon et mon bureau. J'avais rendez-vous le soir avec Clare Jacoby, la chanteuse, et bien que je ne fusse guère d'humeur à écouter son bavardage, je ne pus éviter de m'y rendre. Je rentrai chez moi peu après minuit, soûl et de mauvaise humeur.

Russell m'attendait ; je l'envoyai se coucher dès qu'il m'eut servi un whisky. Puis j'appelai Eva. J'écoutai longtemps le ronronnement de l'appareil ; pas de réponse. Je raccrochai rageusement et allai me déshabiller. Une fois en pyjama et en robe de chambre, je retournai au salon pour téléphoner ; il était une heure moins vingt.

— Allô ?

— Allô, vous-même.

Au son de sa voix, je sentis ma bouche devenir sèche.

— Il est très tard, vous savez, Clive.

Elle avait bien dit qu'elle reconnaîtrait ma voix, mais je ne l'avais pas crue. Un bon point pour elle.

— Comment ça va ?

— Très bien.

J'attendis, pensant qu'elle allait ajouter quelque chose, mais la ligne restait silencieuse. Par la suite, je pus constater que les communications téléphoniques avec Eva marchaient souvent très mal ; cela expliquait sa façon de ne dire que des choses non compromettantes et de s'en tenir aux monosyllabes.

— Allô, repris-je au bout d'un moment. Êtes-vous toujours là ?

— Oui. (Sa voix paraissait lointaine et sans timbre.) Je croyais qu'on nous avait coupés. Le livre que je vous ai envoyé vous a-t-il plu ?

Un long silence, puis un bruit de voix comme si elle parlait à quelqu'un.

— Qu'est-ce que c'était ? demandai-je.

— Je ne peux pas vous répondre maintenant, je suis occupée.

Une rage folle me saisit.

— Bon Dieu ! m'écriai-je, vous travaillez donc nuit et jour !

Mais elle avait déjà raccroché. Le tic-tac de la pendule me parut résonner étrangement fort tandis que je restais dans mon fauteuil, les mains crispées sur l'appareil. Je demeurai ainsi si longtemps, qu'on m'appela du central pour me prier de raccrocher. Après l'avoir fait, je finis mon verre et éteignis toutes les lumières sauf une ; puis je me pelotonnai dans mon fauteuil et allumai une cigarette.

Je restai là près d'une heure à réfléchir : il faisait déjà presque jour quand je commençai à comprendre qu'Eva promettait de me donner plus de fil à retordre que je ne me l'étais figuré. Et mon contrat avec Gold ! Depuis quatre jours je n'avais pas fait un pas. La façon dont elle avait raccroché montrait bien que je ne représentais encore rien pour elle. Pas même un mot d'excuse : « Je ne peux pas vous répondre, je suis occupée », voilà, c'est tout ! Je serrai les poings. « Je n'oserais pas traiter ainsi même un domestique », pensai-je.

Malgré ma colère, son indifférence ne me donnait que plus envie de la revoir. Pendant ces deux semaines où je n'avais pas vu Carol, j'étais allé trois fois chez Eva. Inutile de m'étendre sur ces visites qui s'étaient passées pratiquement comme la première : nous avions échangé, d'un air gêné, quelques propos insignifiants, et je l'avais quittée au bout d'un quart d'heure sans oublier de laisser deux billets de vingt dollars sur la commode. En dépit de mes efforts pour gagner sa confiance, elle était restée figée et méfiante ; je me rendais compte que pour arriver à quelque chose, il me faudrait employer des méthodes plus directes. Finalement, j'arrêtai mon plan.

Le lendemain matin j'entrai dans la salle à manger où m'attendait Russell prêt à servir le petit déjeuner. Je voyais bien que ma situation vis-à-vis de Carol le tourmentait, cela se devinait à ses regards chargés de reproches.

— Téléphonez donc à Miss Carol, lui dis-je en jetant un coup d'œil sur mon courrier. Si elle est chez elle, je lui dirai un mot.

Je parcourus les titres des journaux ; rien d'intéressant. Russell murmura quelque chose dans l'appareil, puis secoua la tête et raccrocha.

— Elle est sortie, me dit-il d'un air consterné. Pourquoi monsieur n'irait-il pas jusqu'aux studios ?

— Je n'ai pas le temps, dis-je sèchement. Et en outre qu'est-ce que ça peut vous faire ?

Il poussa les toasts vers moi.

— Miss Carol est une gentille personne et je n'aime pas la voir maltraitée, monsieur.

Je le regardai avec résignation. Cela faisait deux ans qu'il était à mon service : je l'avais trouvé dans un bar à Los Angeles le soir même de mon arrivée ; je cherchais un appartement mieux situé que le mien et il me sembla que Russell, malgré ses vêtements élimés, ferait un valet de chambre idéal. Avec ses cinquante ans, ses cheveux tout blancs, son visage gras et rose, sa démarche digne, il faisait penser à un évêque anglais. Je lui payai un verre et l'écoutai me raconter sa pitoyable histoire : il avait été employé pendant plusieurs années dans un bureau à New York et puis, brusquement, l'affaire avait fait faillite et on l'avait renvoyé. Grand amateur de cinéma, il était venu à Hollywood dans l'espoir de jouer de petits rôles — tout au moins des rôles de majordome ou de maître d'hôtel stylé — et il avait fait le tour de toutes les agences. Naturellement il n'avait rien trouvé et il en était à son dernier dollar. Une impulsion me fit lui offrir d'entrer à mon service ; il accepta d'emblée. Je reconnus vite qu'il faisait son travail à la perfection et une fois convenablement habillé, il devint de loin le plus décoratif des domestiques d'Hollywood.

Son seul défaut était sa manie de se mêler de mes affaires. Il m'arrivait parfois de suivre ses conseils — sans le lui avouer — mais j'avais toutes les raisons de penser qu'il était très au courant de mes affaires et même de ma vie privée.

— Ainsi, selon vous, je ne traite pas Miss Carol comme je le devrais ? dis-je en beurrant mon toast pour éviter son regard.

— Non, monsieur. Je pense que vous devriez aller la voir et qu'elle mérite plus d'égards que vos autres amies.

— Vous fourrez encore une fois votre nez dans ce qui ne vous regarde pas. Miss Carol est très occupée en ce moment et elle n'a pas le temps de sortir. D'ailleurs, je ne la néglige pas ; rappelez-vous que depuis deux semaines je lui téléphone deux fois par jour.

— Tout ce que je puis vous dire, monsieur, c'est qu'elle vous évite et que vous ne devriez pas le permettre.

— Et moi je pense, Russell, que vous devriez aller faire ma chambre, dis-je froidement. Je n'ai plus besoin de rien pour le moment.

— C'est Miss Marlow, c'est une professionnelle, n'est-ce pas, monsieur ?

— Qu'est-ce que vous en savez ? lui dis-je stupéfait.

Son visage prit une expression presque pieuse.

— En qualité de serviteur d'un gentleman, dit-il non sans quelque emphase, il est de mon devoir de connaître la vie. Si je puis me le permettre, je dirai que son nom seul est une indication assez claire.

— Ah ! vraiment ? fis-je en m'efforçant de garder mon sérieux. Et puis après ?

Ses sourcils blancs remontèrent tout en haut de son front.

— Je ne puis que vous mettre en garde, monsieur Clive. Ce genre de femmes n'a jamais fait de bien à personne et, si j'ose dire, toute relation suivie avec elles ne peut qu'entraîner de graves dangers.

— Bon, ça suffit, allez à votre travail, dis-je, trouvant que cette conversation avait assez duré. Mes rapports avec Miss Marlow n'ont d'autre but que de me documenter en vue d'un film de cinéma que M. Gold m'a commandé.

— C'est bien étonnant, monsieur. J'avais toujours pris M. Gold pour un homme avisé et il ne viendrait à l'esprit d'aucune personne sensée de faire un film sur un pareil sujet. Avec votre permission, monsieur, je vais aller faire votre chambre.

Je le regardai sortir de son allure digne et me mis à réfléchir. À première vue, Russell avait raison ; pourtant Gold s'était formellement engagé. Je cherchai dans mon courrier s'il y avait une lettre du studio. Non. Peut-être était-ce encore un peu tôt. J'allai m'asseoir à mon bureau pour vérifier mon compte en banque et fus surpris de le trouver si diminué. Avec quelque hésitation je jetai les factures au panier. Tant pis, on verrai plus tard. Puis j'appelai Merle Bensinger, mon agent littéraire, au téléphone :

— Dites donc, Merle, dis-je dès qu'elle fut au bout du fil, qu'est-ce qui se passe pour *Rain Check* ? Je n'ai rien reçu cette semaine.

— J'allais justement vous écrire à ce sujet,

100

Clive. (Merle avait une voix claire et métallique qui m'impressionnait toujours un peu). La troupe est en congé pour huit jours. Ils ne l'ont pas volé, les pauvres : voilà vingt semaines qu'ils jouent sans arrêt.

— Et alors moi, je n'ai qu'à mourir de faim pendant qu'ils se gobergent, dis-je furieux. Pas d'autres rentrées ? Et mes bouquins ?

— Vous savez bien, Clive, qu'il n'y a rien à attendre avant septembre. Ce n'est qu'en septembre qu'on règle les comptes chez Sellick.

— Oui, je sais, je sais, dis-je impatiemment. En tout cas, Merle, si de ce côté vous ne pouvez rien, écoutez au moins ce qui m'arrive : Gold m'a offert un contrat. Je lui ai présenté un scénario, il y a quinze jours, et il m'en offre cinquante mille dollars.

— Mais c'est magnifique ! s'écria-t-elle d'une voix encore plus métallique. Voulez-vous que je m'en occupe ?

— Je pense que cela vaut mieux, oui, dis-je sans grande conviction. (Les dix pour cent qu'elle touchait représentaient pour moi une perte de cinq mille dollars, mais Merle connaissait son métier et elle saurait me défendre si Gold essayait de me rouler.) Oui, occupez-vous-en ; je vous enverrai la correspondance dès que je l'aurai reçue.

— Et le nouveau roman, avance-t-il ?

— On verra ça plus tard. Pour le moment, je pense à Gold.

— Mais, Clive ! Sellick compte sur votre nouveau roman pour la fin du mois !

— Eh bien, il attendra. Je vous dis que je n'ai pas le temps. (Il y eut un silence, puis elle reprit :) Est-il commencé au moins ?

— Non. Que Sellick aille au diable, si ça lui plaît. Ce qui m'intéresse, ce sont les cinquante mille dollars de Gold.

— Je vais être obligée d'avertir M. Sellick. Il va être déçu. Vous savez qu'il a commencé sa publicité, Clive ?

— Avertissez le pape si vous voulez, je m'en fiche éperdument, mais pour l'amour de Dieu, Merle, ne me cassez pas les oreilles avec Sellick, dis-je d'un ton sec. (Je commençais à m'énerver.) Vous ne trouvez pas que l'offre de Gold est plus intéressante ?

— Au point de vue argent, certainement, dit-elle lentement. Seulement, il y a quelque temps que vous n'avez rien écrit et il faut penser à votre réputation.

— Ne vous inquiétez pas, je m'en charge.

Elle parut se rappeler tout à coup quelque chose :

— Oh ! Clive, j'ai reçu une offre du *Digest* ; ils demandent un article sur les femmes d'Hollywood. Trois mille dollars pour quinze cents mots. Voulez-vous le faire ?

Il était assez rare que Merle m'offrît quelque chose ; sa proposition me plut.

— Certainement, dis-je. Pour quand ?

— Pourriez-vous me le donner aujourd'hui ? Leur lettre remonte déjà à quelques jours et ça devient urgent.

Voilà qui était déjà moins bien. La vérité était qu'elle avait dû le proposer à d'autres et jusqu'ici sans succès.

— Bien entendu. Je vous l'enverrai par Russell demain matin de bonne heure. Au revoir.

Russell entra juste à ce moment pour desservir.

— J'ai un article à faire pour le *Digest*, lui dis-je. Est-ce que j'ai des rendez-vous aujourd'hui ?

Russell était toujours ravi quand je lui posais cette question.

— Vous avez donné rendez-vous à Miss Selby pour trois heures, monsieur, et ce soir vous devez dîner avec M. et Mme Henry Wilbur.

— Bien. Pour Miss Selby, aucune importance : c'est une petite raseuse ; vous lui direz que j'ai dû m'absenter. L'après-midi devrait me suffire si on ne me dérange pas. Je dînerai avec les Wilbur.

Je le laissai tournailler dans la pièce et montai m'habiller. Lorsque j'eus fini, il était midi : c'était l'heure d'appeler Eva.

La sonnerie retentit longtemps avant qu'elle répondît. Enfin, j'entendis sa voix ensommeillée.

— Allô, bonjour, est-ce que je vous réveille ?

— Oui, Clive, je dormais comme un plomb.

— Alors, excusez-moi, mais vous savez l'heure ? Vous n'avez pas honte ?

— Vous devriez savoir que je ne me lève jamais avant midi.

Tiens ! elle prononçait des phrases entières, c'était déjà un progrès. Je pris mon souffle.

— Eva, est-ce que ça vous ferait plaisir de passer un week-end avec moi ?

Un long silence, puis :

— Si ça vous fait tant de plaisir... d'une voix molle et indifférente.

— Nous pourrions aller au théâtre. Que diriez-vous de cette semaine ?

— Si vous voulez.

Elle aurait pu montrer un peu plus d'enthousiasme, pensai-je avec colère.

— Parfait, dis-je tout haut en dissimulant ma déception, où voulez-vous dîner ?

— Où vous voudrez. (Un silence, et elle reprit :) Mais pas...

Suivit une liste de restaurants et d'hôtels qui me laissa complètement éberlué.

— Mais en dehors de ceux-là, il ne reste rien, protestai-je. Pourquoi pas le *Brown Derby*, par exemple ?

— Non, pas là, dit-elle. Ni aucun des autres que je viens de citer.

— Bon, très bien, dis-je, comprenant qu'en insistant je n'aboutirais qu'à un refus. Je vous enverrai un mot. Alors, c'est entendu pour samedi ?

— Oui, fit-elle en raccrochant avant que j'aie pu exprimer ma joie.

VIII

En tournant le coin de l'avenue Beverly et du boulevard Fairfax, j'aperçus un grand rassemblement ; une foule de gens et de voitures encombrait la chaussée. Pensant qu'un accident venait d'arriver, je me rangeai le long du trottoir et attendis ; mais la foule ne cessait d'augmenter. En marmonnant un juron, je sautai de la voiture pour voir ce qui se passait.

Un petit roadster était planté en travers de la chaussée, son pare-chocs complètement tordu. Quatre hommes poussaient sur le trottoir une grosse Packard noire avec un phare écrasé, de nombreuses égratignures et un pneu à plat.

Peter Tennett était debout au milieu d'un groupe d'hommes qui gesticulaient. L'air ennuyé et furieux, il discutait avec un homme d'un certain âge.

— Bonjour, Peter, fis-je en jouant des coudes à travers la foule. Puis-je vous aider ?

En me voyant, son visage s'éclaira.

— Vous avez votre voiture, Clive ?

— Oui. Elle est rangée là-bas. Qu'est-ce qui s'est passé ?

De la main, il désigna la Packard.

— Je venais de démarrer quand ce monsieur est venu se jeter en plein dans mes roues.

Le monsieur âgé marmonna quelques mots où il était question de freins ; il était pâle et paraissait très ému. Sur ce, on entendit le beuglement de la sirène de la police et une voiture vint s'arrêter près de nous. Un gros agent au visage rouge en sortit et se fraya un passage parmi les spectateurs.

Tout de suite il reconnut Peter.

— Qu'est-ce qui se passe, monsieur Tennett ?

— Je me suis fait tamponner, dit Peter, mais je ne veux pas d'histoires. Si ce monsieur ne réclame rien, la question est réglée en ce qui me concerne.

L'agent regarda le vieux monsieur d'un œil sévère.

— Eh bien, si M. Tennett est d'accord, autant pour moi, dit-il. Et vous ?

— D'accord aussi, dit le monsieur en s'éloignant.

Peter regarda sa montre.

— Voulez-vous faire le nécessaire, chef ? Je suis déjà en retard pour le studio.

— O.K. monsieur Tennett. Je vais téléphoner pour vous au garage.

Peter le remercia et vint me rejoindre.

— Ça ne vous dérange pas trop de me conduire au studio ?

— Avec plaisir, dis-je. Vous n'avez rien ? Vous en êtes sûr ?

— Non, moi, ça va, dit Peter en riant. Mais c'est ce pauvre vieux qui ne va pas ; j'espère que quelqu'un s'occupe de lui.

J'entendis une jeune fille dire à la petite blonde qui était près d'elle :

— C'est Peter Tennett, le cinéaste.

Je le regardai en souriant, mais lui n'avait rien entendu. Pendant que nous roulions vers le studio, Peter me dit :

— Qu'est-ce que vous êtes devenu, Clive ? Voilà des jours que je ne vous ai vu.

— J'ai traîné à droite et à gauche, dis-je. Comment marche le film ?

Il leva les bras en l'air.

— On va enfin s'y mettre sérieusement. Les premières semaines sont toujours les pires ; il est encore trop tôt pour savoir ce que ça donnera. (Il salua de la main Corrine Moreland, la star, qui passait dans un roadster crème.) Je voulais vous téléphoner, Clive ; je suis rudement content que vous travailliez pour R.G.

— Ah ! il vous l'a dit ?

— Il m'a dit qu'il vous avait demandé d'étudier l'idée de Carol, mais sans me donner de détails, je me demande pourquoi.

— J'y travaille en ce moment, dis-je en esquivant la question. Je ne peux pas vous en dire davantage parce que c'est encore assez vague dans mon esprit.

— Mais est-cc vraiment sérieux ? Généralement Gold me parle toujours de ses projets et cette fois il fait le mystérieux.

— Dès que ça prendra tournure, je vous en parlerai, dis-je.

Je ralentis devant la grille du studio. Le gardien vint ouvrir et salua Peter à notre passage.

— C'est bien vrai que je ne vous écarte pas de votre chemin ? me demanda Peter tandis que nous roulions presque au pas dans la grande allée bordée de palmiers qui mène aux ateliers.

— Si ça ne vous fait rien, je vais vous laisser ici, dis-je en freinant. J'ai un travail fou, et... (Je m'arrêtai parce que Carol venait de surgir à côté de nous.) Bonjour, fis-je en souriant et en la saluant chapeau bas.

Elle portait une chemisette brune et un pantalon brique ; ses cheveux étaient entortillés dans un turban couleur de flamme. Elle était nette, chic et pittoresque.

— Bonjour, Clive ?... Est-ce moi que vous veniez voir ?

— Il le fallait bien, dis-je en descendant de voiture. Savez-vous que je vous ai téléphoné deux fois par jour ?

Peter nous interrompit :

— Je vous laisse tous les deux. Merci de votre aide, Clive, et il disparut dans le grand bâtiment vitré où se trouvent les bureaux.

Carol glissa vivement sa main dans la mienne.

— Excusez-moi, Clive, j'ai été très fâchée contre vous.

— Je le sais, dis-je tout en pensant qu'elle était vraiment charmante. C'est ma faute. Allons quelque part où nous puissions causer. Vous m'avez beaucoup manqué.

— Vous aussi, dit-elle en passant son bras sous le mien. Venez dans mon bureau, nous y serons tranquilles.

Comme nous nous dirigions vers les bâtiments, un groom arriva en courant :

— Miss Rae, dit-il d'une voix essoufflée, M. Highams vous demande tout de suite.

Carol fit un geste d'impatience.

— Oh ! Clive, quelle scie ! mais venez avec moi, je veux vous présenter à M. Highams.

Je ne bougeai pas.

— Non, Carol, je ne ferais que vous gêner, vous avez à faire...

Elle me tira par le bras.

— C'est le moment pour vous de faire la connaissance des grands chefs, me dit-elle sévèrement. Jerry Highams est quelqu'un d'important, c'est le directeur de la production, il faut que vous le connaissiez.

Je me laissai faire et la suivis dans un dédale de couloirs jusqu'à une porte en acajou sur laquelle l'inscription *Jerry Highams* était peinte en caractères élégants. Carol entra sans frapper.

Peter était assis dans un fauteuil, tenant sur ses genoux une serviette bourrée de papiers. Près de la fenêtre se trouvait un homme grand et fort avec des cheveux jaune paille et un sweater jaune plein de cendres. Je remarquai ses yeux bleu ardoise vifs, malicieux et pénétrants.

— Jerry, voici M. Thurston, l'auteur des *Anges en manteaux de fourrure* et de *Rain Check*, dit Carol.

Il me jeta un bref coup d'œil si perçant qu'il me sembla qu'il voyait jusqu'au fond de mon crâne. Il sortit une main de la poche de son pantalon et s'avança vers moi :

— J'ai déjà entendu parler de vous, dit-il en me serrant la main ; R.G. m'a dit que vous étiez en train d'écrire quelque chose pour lui.

Gold semblait parler beaucoup de moi. Je me demandai s'il fallait m'en réjouir ou non.

— Asseyez-vous et prenez une cigarette, reprit Highams en me désignant une chaise. Quel est le sujet de votre scénario ? Gold n'a rien voulu me dire.

— Demandez à Carol, dis-je. Après tout l'idée vient d'elle.

— Est-ce vrai, Carol ?

— Disons plutôt que c'est moi qui ai suggéré que Clive écrive une satire sur les hommes et qu'il se serve de son titre, *Des anges en manteaux de fourrure.*

Highams se tourna de nouveau vers moi :

— Et c'est cela que vous allez faire ?

— Quelque chose comme ça, oui.

— Eh bien, ce n'est pas si mal, dit-il en lançant un regard interrogateur à Peter.

— L'idée est bonne, dit Peter en posant sa serviette sur le bureau. Et si Clive traite ça dans le genre de *Trop tôt pour le Paradis*, ça peut être formidable.

— Alors, pourquoi R.G. fait-il tant de mystères ? demanda Highams.

— Parce que, pour une fois, il veut vous damer le pion, dit Carol en riant.

— C'est bien possible, dit Highams en se caressant le menton. Écoutez-moi, mon ami, reprit-il en pointant son index vers moi, il faut que vous compreniez bien comment ça se passe. Ce n'est pas Gold qui va tournez votre film, c'est Peter et moi ; par conséquent, montrez-moi votre scénario avant de le montrer à Gold. Je vous aiderai autant que je le pourrai ; je sais ce que nous sommes capables de faire ou de ne pas faire, tandis que lui n'en sait rien. Et si un scénario ne lui plaît pas, il n'y a plus à y revenir. Montrez-le-moi d'abord, et nous vous le mettrons au point. Vous tenez une bonne idée, ne la gâchez pas et n'écoutez pas ce que peut dire Gold. Entendu ?

— Entendu.

Je sentais que je pouvais me fier à lui : il était sincère, et s'il promettait de m'aider, j'étais sûr qu'il le ferait sans arrière-pensée.

On frappa à la porte et en réponse à l'« entrez » de Highams, un petit bonhomme maigre et mal ficelé apparut sur le seuil.

— Suis-je en retard ? dit-il en regardant Highams d'un air inquiet.

— Entrez donc, dit Highams en s'avançant vers lui. Non, vous n'êtes pas en retard. Je vous présente Clive Thurston. Thurston, M. Imgram.

J'avais du mal à croire que ce petit homme insignifiant pût être l'auteur de *Terre stérile*, le roman que tous les cinéastes s'étaient disputé et que

Gold s'était, disait-on, finalement adjugé pour deux cent cinquante mille dollars.

Je me levai et tendis la main.

— Enchanté de vous connaître, monsieur Imgram, dis-je en examinant sa figure pâle et nerveuse.

Il avait de gros yeux bleus saillants, le front large et de rares cheveux gris. Il me jeta un regard distrait, sourit et se retourna vers Highams :

— M. Gold a certainement tort, dit-il avec une sorte de nervosité. J'y ai réfléchi toute la matinée : Hélène ne peut pas être amoureuse de Cansing ; ce serait ridicule ! Comment pourrait-elle aimer un type aussi compliqué ? C'est flatter bassement le goût du public pour les films qui finissent bien.

— Ne vous tracassez pas, dit Highams d'un ton conciliant. J'en parlerai à R.G. Est-ce que vous n'aviez pas une idée à ce sujet ? demanda-t-il en s'adressant à Carol.

Imgram s'avança vers elle d'un élan.

— Je suis sûr que vous m'approuvez, dit-il. Jusqu'ici, vous avez toujours été de mon avis. Ne croyez-vous pas que c'est tout à fait impossible… ?

— Bien sûr, dit Carol d'une voix douce. Le thème de votre roman est d'un caractère si élevé que je crois que nous pourrons garder la fin telle qu'elle est. Vous ne croyez pas, Peter ?

— Si, mais vous savez ce que R.G. pense de ce genre de fin, répondit Peter d'un air embarrassé.

Je me sentais tout à fait à l'écart.

— Écoutez, dis-je, je vais vous laisser…

Imgram se retourna aussitôt vers moi.

— Excusez-moi, dit-il, mais tout cela est si nouveau pour moi que je ne puis m'empêcher de me faire du souci. Ne partez surtout pas à cause de moi ; vous pourriez peut-être nous aider. Voici ce dont il s'agit...

Je l'arrêtai. J'avais déjà assez de préoccupations sans aller encore m'occuper des soucis d'Imgram.

— Non, dis-je, je n'ai pas de temps à perdre et je m'y connais encore beaucoup moins que vous. Quand vous reverrai-je ? demandai-je en me tournant vers Carol.

— Vous ne pouvez vraiment pas rester ? dit-elle d'un air déçu.

— Vous avez à travailler et moi aussi, dis-je. Mais prenons rendez-vous.

Les trois hommes nous regardaient. Je voyais bien que Carol eût voulu me voir rester, mais j'en avais assez de les voir s'occuper exclusivement d'Imgram.

— Voyons, dit-elle, nous sommes jeudi. Voulez-vous demain soir ? Ce soir, j'ai encore du travail.

— Convenu, dis-je. (Je fis un signe de tête à Highams, serrai la main d'Imgram et agitai la main dans la direction de Peter.) Ne vous inquiétez pas, dis-je à Imgram, vous êtes entre de bonnes mains.

Je tâchai de ne pas prendre un ton protecteur, mais j'y réussis assez mal. C'était peut-être son costume râpé qui me donnait un sentiment de supériorité.

Carol m'accompagna jusqu'à la voiture.

— Il est si naïf et si sincère que j'ai pitié de lui, me dit-elle.

Elle m'amusait avec sa mine sérieuse.

— Imgram ? Vous pouvez garder votre pitié ; il a eu Gold d'un quart de million de dollars, je crois.

Elle eut un geste comme pour protester.

— R.G. dit qu'il n'a pas d'idées, mais il en est plein, dit-elle. Et des idées magnifiques ! Seulement Gold ne les comprend pas, il ne cesse de le tarabuster. Je suis sûre que si on le laissait tranquille, il ferait un plus beau film que tout ce que Peter et Jerry ont jamais fait.

— Drôle de petit bonhomme, hein ?

— Je l'aime bien, c'est un si brave homme.

— C'est déjà quelque chose, dis-je froidement. Vous avez remarqué son costume ?

— Ce n'est pas ça qui compte, Clive, dit-elle en rougissant un peu.

— Faites-en donc à votre tête, dis-je en appuyant brutalement sur le démarreur. Et ne vous fatiguez pas trop ; je viendrai demain vers huit heures.

— Clive ! (Elle sauta sur le marchepied.) Qu'est-ce que vous avez convenu avec Gold ?

— Il m'a demandé un scénario, dis-je négligemment ; je vous raconterai ça demain.

— Sur la vie de cette femme ?

— Quelle femme ? dis-je en me tortillant sur mon siège.

— J'ai tout de suite compris que j'avais eu tort de parler de cette idée, dit-elle d'une voix étouffée. Au fond, vous ne cherchez qu'une excuse

114

pour la voir, n'est-ce pas, Clive ? Je vous connais si bien ! Vous avez beau prétendre qu'il s'agit d'une étude de mœurs, c'est beaucoup plus compliqué que cela. Au moins, faites attention, Clive ; je ne peux pas vous en empêcher, mais, je vous en prie, soyez prudent.

— Je ne sais même pas de quoi vous voulez parler… commençai-je, mais elle leva la main :

— Chut, taisez-vous…, et elle partit en courant.

Je rentrai lentement ; lorsque j'arrivai, l'horloge du garage marquait trois heures et demie. J'étais tourmenté ; malgré mon assurance, je sentais bien que je jouais un jeu dangereux. Je tenais beaucoup à Carol. Si elle n'avait pas voulu absolument travailler, si elle avait pu me consacrer un peu plus de temps, je n'aurais probablement pas cherché ailleurs. Mais j'avais trop de loisirs, il me fallait une distraction. Je me dis que je ferais mieux de ne plus penser à Eva. Quelle blague ! Même si je l'avais voulu — et ce n'était pas le cas — je ne l'aurais pas oubliée aussi facilement que cela.

Une fois chez moi, je lançai mon chapeau sur la première chaise venue et entrai dans mon bureau. J'y trouvai une lettre de l'International Pictures Co que je lus soigneusement. Parfaitement correcte. Tout au plus pouvais-je m'étonner de l'insistance de Gold à vouloir que notre entente restât confidentielle ; mais cela pouvait être aussi bien dans mon propre intérêt que dans le sien. La lettre confirmait qu'il me donnerait cinquante mille dollars pour un scénario complet intitulé *Des anges en manteaux de fourrure*, à la condition que le thème fût conforme à ce dont nous étions convenus et après acceptation définitive de sa part. J'envoyai la lettre avec un mot à Merle Bensinger, puis je me mis en devoir d'écrire l'article pour le *Digest*. À première vue, les femmes d'Hollywood représentaient un sujet facile, mais, peu habitué à écrire des articles, je me mis au travail sans assurance ni enthousiasme. J'allumai une cigarette pour réfléchir, sans parvenir à concentrer mon attention. Carol me trottait par la tête : la facilité avec laquelle elle lisait en moi m'effrayait ; je ne voulais pas la perdre et pourtant je savais que c'était ce qui arriverait si je n'y prenais pas garde. Puis la pensée d'Eva vint chasser Carol de mon esprit : je songeai au week-end en perspective. Où l'emmener ? Comment se conduirait-elle ? Comment serait-elle habillée ? Et pourquoi cette crainte de se montrer en public ? Si quelqu'un devait redouter cela, ce serait plutôt moi.

Je pris un journal, parcourus la liste des spectacles et décidai que nous irions au théâtre ; après quelque hésitation, il me parut que le mieux serait d'aller voir jouer *Ma sœur Hélène*. Un coup d'œil à la pendule m'apprit qu'il était cinq heures et quart : je lâchai précipitamment le journal et glissai une feuille blanche dans la machine à écrire. Je tapai le titre : « Femmes d'Hollywood, par Clive Thurston », en haut de la page, puis me renversai, les yeux fixés sur le clavier. Je ne savais pas comment débuter, j'aurais voulu commencer par quelque chose de fin et de spirituel, mais mon cerveau était complètement vide.

Inquiétude : Eva s'habillerait-elle de façon voyante et aurait-elle un peu trop l'air de ce qu'elle était ? et si nous rencontrions Carol ? Je n'avais jamais vu Eva habillée et j'ignorais ses goûts. Je conclus qu'il me faudrait dénicher un petit restaurant où je ne serais pas connu et où je ne risquerais pas d'être vu.

J'allumai une autre cigarette et essayai de nouveau de concentrer mon attention sur mon article. À six heures, je n'avais pas encore écrit une ligne et je commençais à m'énerver. D'un geste brusque je tirai la machine vers moi et me mis à taper des mots avec l'espoir qu'ils signifieraient quelque chose. À sept heures, je ramassai les feuillets et les attachai avec une épingle sans prendre la peine de les relire. Russell vint m'annoncer que mon bain était prêt ; il jeta un coup d'œil approbateur sur le manuscrit que je tenais à la main.

— Monsieur est-il content ? me dit-il d'un ton encourageant.

— Oui, répondis-je en gagnant la porte. Je le relirai en rentrant et vous pourrez le porter à Miss Bensinger demain matin à la première heure.

Je ne rentrai de chez les Wilbur qu'à une heure et quart du matin ; la soirée avait été agréable et j'avais la tête un peu lourde à cause de tout le champagne que j'avais bu. J'oubliai complètement l'article qui était resté sur ma table et montai tout droit me coucher.

À neuf heures, Russell me réveilla.

— Excusez-moi de vous déranger, monsieur ; puis-je porter l'article à Miss Bensinger ?

Je me redressai avec un grognement ; j'avais la tête lourde et la bouche comme pleine de sciure.

— M..., fis-je, j'ai oublié de le relire. Apportez-le-moi, Russell, je vais le faire tout de suite.

Lorsqu'il rentra avec le manuscrit, je venais d'avaler ma première tasse de café.

— Le temps de donner un coup à vos chaussures et je reviens, dit-il.

Je lui fis signe de se retirer et me mis à lire ce que j'avais écrit. Deux secondes plus tard, j'étais hors du lit et galopant dans l'escalier vers mon bureau. Impossible d'envoyer ça à Merle, ça ne tenait pas debout ; c'était si mauvais que je pouvais à peine croire que ce fût de moi.

Je m'attelai à la machine, mais la tête me faisait mal et j'étais incapable d'aligner deux phrases. Au bout d'une demi-heure, j'étais fou furieux ; pour la quatrième fois, j'arrachai la feuille et la jetai à terre avec un juron.

Russell passa la tête dans la porte.

— Il est dix heures passées, dit-il d'un ton d'excuse.

— Fichez-moi le camp ! criai-je. Allez-vous-en et, pour l'amour de Dieu, laissez-moi tranquille.

Il sortit à reculons, l'air ébahi.

Je me remis à taper. À onze heures ma tête menaçait d'éclater et je bouillais de colère. Le sol était jonché de papiers froissés. Rien à faire ; j'étais incapable d'écrire cet article. D'affolement, de rage et d'humiliation, je faillis attraper la machine et la lancer à terre. Là-dessus, le téléphone se mit à sonner.

— Quoi, qu'est-ce que c'est ? fis-je d'un ton rogue.

— J'attends toujours l'article pour le *Digest*... commença Merle d'un ton plaintif.

— Eh bien, continuez à attendre ! criai-je hors de moi. Pour qui me prenez-vous ? Pensez-vous que je n'aie rien d'autre à faire qu'à m'occuper de votre c...rie d'article pour le *Digest* ? Qu'ils aillent se faire f... ! Ils n'ont qu'à l'écrire eux-mêmes s'ils sont si pressés !

Et je raccrochai.

IX

Ce soir-là, je n'allai pas chez Carol ; cela ne me disait rien. Rien ne me disait depuis que j'avais envoyé promener Merle. Une fois calmé, je m'étais rendu compte de ma sottise : Merle était le meilleur agent littéraire d'Hollywood ; écrivains et stars se la disputaient ; tout le monde savait qu'elle ne s'intéressait qu'aux gens dont les salaires atteignaient au moins cinq chiffres de sorte que c'était déjà une bonne publicité que de l'avoir pour agent. Après la manière dont je lui avais répondu, il était probable qu'elle allait me laisser tomber et le moment était mal choisi. En fait, je ne pouvais pas me passer d'elle ; je lui téléphonai donc. Sa secrétaire me répondit qu'elle était absente et qu'on ne savait pas à quelle heure elle rentrerait ; le ton de sa voix dénotait une parfaite indifférence. Mauvais pour moi, cela. Alors, j'écrivis un mot à Merle pour m'excuser en mettant mon attitude sur le compte d'un lendemain de fête et en disant que j'espérais qu'elle me pardonnerait. Bref, c'est tout juste si, dans ma lettre, je ne lui baisais pas les pieds ; et je l'envoyai par porteur.

Après le déjeuner, ça allait très mal. L'idée de passer à côté de trois mille dollars m'était déjà assez désagréable, mais le pis était de penser que j'étais incapable d'écrire rapidement un article tout simple. Voilà qui était plus grave et qui me disait plus sûrement que tout que je manquais des qualités d'un véritable écrivain. J'avais la gorge serrée comme si j'avais avalé un hameçon.

De toute façon, je n'avais pas envie de passer la soirée avec Carol ; elle n'aurait pas manqué de faire allusion à Eva et j'avais les nerfs trop à vif pour le supporter. Je lui téléphonai pour lui raconter que j'étais appelé d'urgence à Los Angeles pour une question d'affaires. Elle voulait que j'aille la voir le samedi, mais je trouvai un mensonge pour me défiler. Je sentis à sa voix combien elle était déçue, mais j'avais décidé de passer le week-end avec Eva et personne ne m'en empêcherait. Malgré tout, pendant qu'elle insistait, j'eus l'impression d'être un salaud.

Puis, j'écrivis à Eva pour lui dire que j'irais la chercher le lendemain à six heures et demie, que nous irions au théâtre et que nous aurions toute la fin de semaine pour faire plus ample connaissance ; je joignis un billet de cent dollars en disant que c'était pour les frais d'hôtel. C'était la première fois qu'il m'arrivait de payer une femme pour sortir avec elle, et cela me déplut. Un instant, je me comparai à Barrow, mais je m'assurai qu'avant peu, Eva serait trop contente de sortir avec moi simplement pour le plaisir. C'était tout à fait autre chose.

Le lendemain matin, je parcourais négligemment le journal pendant que Russell préparait le petit déjeuner :

— Je serai absent pour le week-end, lui dis-je comme il apportait les œufs et le café. Je voudrais que vous alliez aux *Trois Points* et que vous emballiez nos affaires. Je n'y retournerai plus ; arrangez-vous avec l'agence de location.

Il avança la chaise pour m'inviter à m'asseoir.

— C'est dommage de quitter le chalet, monsieur. Je croyais que vous vous y plaisiez.

— En effet, mais il faut que je fasse des économies et les *Trois Points* me coûtent beaucoup trop cher.

— Ah ! c'est donc cela, dit-il en faisant remuer ses sourcils. J'ignorais que nous eussions des difficultés d'argent, monsieur.

— Ce n'est pas tout à fait aussi grave que cela, dis-je pour le rassurer. Seulement il faut voir les choses en face : *Rain Check* ne rapporte plus que deux cents dollars par semaine et, la semaine dernière, ils ont fait relâche. Il n'y a rien à recevoir de l'éditeur avant septembre, et sur ce que je toucherai, il y aura de l'arriéré à payer. Alors, pendant quelque temps, il va falloir se restreindre.

Russell parut vaguement inquiet :

— Ne comptez-vous pas écrire autre chose prochainement, monsieur ?

— Je travaille à quelque chose en ce moment, dis-je en prenant la tasse qu'il me tendait. Et quand ce sera fini, nous serons redevenus des grands seigneurs… ou à peu près.

Il ne parut nullement impressionné.

— J'en suis très heureux, monsieur. Est-ce que c'est une nouvelle pièce ?

— C'est le film dont je vous ai parlé pour M. Gold.

— Ah ! parfaitement.

Son gros visage s'assombrit.

Je continuai à manger. Je n'étais pas d'humeur à écouter les objections qu'il n'aurait pas manqué de faire si je lui en avais laissé l'occasion. Après une seconde d'hésitation, il se retira. Visiblement, mon film ne lui inspirait pas confiance ; j'en fus d'autant plus agacé que je n'y croyais pas beaucoup moi-même.

Je passai toute la matinée à essayer de camper la description d'Eva ; il m'apparut très vite que je ne la connaissais pas assez pour faire d'elle un portrait détaillé, mais ce n'était pas pour me décourager. Je mis mes notes dans un dossier sur lequel j'écrivis *EVA* ; c'était au moins un commencement. Mais je comptais bien avoir bientôt une base plus solide.

Je pensai encore à Merle et je l'appelai au téléphone. Sa secrétaire me dit qu'elle s'était absentée pour le week-end. Lorsque je demandai un rendez-vous pour le lundi, elle me répondit que toute sa semaine était prise.

— Bien, dis-je, je rappellerai plus tard.

À six heures, juste au moment où je m'apprêtais pour aller prendre Eva, Carol téléphona :

— Oh ! Clive, j'avais peur de vous manquer ! dit-elle d'une voix excitée.

— Il s'en est fallu de deux minutes, dis-je en me demandant ce qui allait venir.

— Il faut absolument que je vous voie, Clive.

— Impossible, dis-je, l'œil fixé sur la pendule.

— Mais, Clive ! J'ai parlé de *Rain Check* à Jerry Highams, dit-elle tout d'un trait, et il dit que Bernstien cherche justement un sujet. Ils viennent chez moi tous les deux ce soir et si vous veniez vous pourriez causer avec Bernstien et l'intéresser. Jerry dit que c'est tout à fait ce qu'il lui faut et je lui ai promis que vous seriez là.

Je me demandai si Carol avait deviné mes projets et si elle n'essayait pas de m'empêcher de voir Eva. Si vraiment *Rain Check* intéressait Bernstien, ce serait idiot de laisser passer une pareille occasion. Bernstien venait en importance immédiatement après Highams et il avait la spécialité des films un peu osés.

— Écoutez, Carol, fis-je en m'efforçant de prendre un ton raisonnable, ce soir, je ne suis vraiment pas libre. Est-ce que Bernstien ne pourrait pas me recevoir lundi ?

Elle me répondit qu'il fallait absolument prendre une décision avant lundi parce que Gold s'impatientait, et que Bernstien hésitait entre deux autres projets, mais qu'en nous y mettant tous, nous arriverions à lui faire choisir *Rain Check*.

— C'est exactement le genre qu'il lui faut, insista Carol. Il écoutera l'avis de Jerry et si vous êtes là pour lui soumettre un plan, je suis sûre qu'il marchera. Soyez raisonnable, Clive, c'est extrêmement important pour vous.

Mais Eva ne l'était pas moins et si je lui manquais de parole à la dernière minute, je n'aurais peut-être plus jamais l'occasion de sortir avec elle.

— C'est impossible, dis-je sans même prendre la peine de dissimuler mon impatience. Je vous ai déjà dit que je devais m'absenter.

Il y eut un long silence : j'entendis Carol respirer bruyamment, ce qui indiquait qu'elle aussi perdait patience.

— Qu'avez-vous donc de si important ? demanda-t-elle sèchement. Vous ne voulez donc plus travailler pour le cinéma ?

— Mais je ne fais que ça, ma jolie, dis-je. N'ai-je pas un contrat avec Gold ?

Était-ce bien sûr ? Dieu seul et Gold le savaient.

— Je vous en prie, Clive. (Sa voix avait subitement durci.) Que vont-ils penser en ne vous voyant pas ce soir ?

— Ça, ce n'est pas mon affaire, répliquai-je. Je n'y suis pour rien ; vous saviez bien que je n'étais pas libre.

— Oui, je le savais, mais je pensais que votre travail passait avant tout. C'est bon, amusez-vous bien, Clive.

Et elle raccrocha.

Cela faisait déjà deux femmes avec qui j'étais en mauvais termes. Je reposai brutalement le récepteur, remplis aux trois quarts un verre de whisky et avalai le tout d'un trait. Puis je saisis mon chapeau et filai vers ma voiture.

Lorsque j'arrivai avenue Laurel-Canyon, le whisky commençait à faire son effet : j'étais en pleine forme. J'arrêtai devant la maison d'Eva, donnai un coup de klaxon, allumai une cigarette et attendis. J'attendis exactement une minute quinze secondes : la montre du tableau marquait six heures trente. Et Eva sortit. Elle portait un tailleur bleu marine avec une chemisette de soie blanche, pas de chapeau et sous le bras un grand sac avec ses initiales en platine. Vous penserez peut-être qu'il n'y avait rien là d'extraordinaire, mais si vous aviez vu la coupe de ce tailleur, vous l'auriez regardé comme moi avec des yeux ronds ; il était si sobre et il lui allait si parfaitement que depuis longtemps je n'avais vu de femme aussi chic.

Puis, je remarquai ses jambes. À Hollywood, il y a autant de jolies jambes que de grains de sable sur la plage ; les vilaines jambes y sont aussi rares que le blond platiné naturel. Mais les jambes d'Eva avaient quelque chose de spécial : elles n'étaient pas simplement fines et bien tournées, elles avaient une personnalité à elles.

Je constatai avec un petit choc d'agréable surprise que j'étais en compagnie d'une femme très chic, très soignée, d'allure impeccable. Et pas laide avec ça ; elle était soigneusement maquillée, juste assez... pas trop... et elle avait l'air gai.

— Bonsoir, dis-je. Êtes-vous toujours aussi ponctuelle ?

Elle retira sa main que j'avais prise.

— Suis-je bien ainsi ?

J'ouvris la portière sans qu'elle parût disposée à monter. Elle restait debout à me regarder, les sourcils froncés, se mordant la lèvre de ses dents parfaites.

— Vous êtes simplement formidable, lui dis-je en souriant. Tout ce qu'il y a de plus chic. Votre tailleur est une merveille.

— Ne poussez pas, dit-elle toujours sans gracieuseté, mais les sourcils étaient défroncés. C'est du boniment.

— Parole d'honneur. Qu'est-ce que vous attendez pour monter ? Si j'avais su que vous pouviez être aussi épatante, je serais venu hier.

Elle monta à côté de moi. Sa jupe était si étroite qu'elle découvrit largement ses genoux lorsqu'elle s'assit. Je pris tout mon temps pour refermer la portière.

— Vous a-t-on déjà dit que vous aviez des yeux magnifiques ? dis-je avec un petit sourire.

— Allons, tenez-vous bien, Clive, fit-elle avec un petit rire étouffé, et en rabaissant vivement sa jupe.

— Ça ne sera pas facile, dis-je en me glissant derrière le volant.

— Vous trouvez vraiment que je suis bien ?

Elle ouvrit son sac et se regarda longuement dans une petite glace encadrée d'émail.

— Je vous l'affirme, dis-je en lui offrant une cigarette. Vous pourriez sortir avec n'importe qui et aller n'importe où.

Elle me regarda d'un air moqueur.

— Je parie que vous vous attendiez à ce que j'aie l'air d'une poule, dit-elle, manifestement satisfaite de m'avoir fait une surprise.

— Je l'avoue, dis-je en riant et en lui donnant du feu.

— Si je vous disais, dit-elle en soufflant la fumée par les narines, que je me sens horriblement nerveuse ?

— Pourquoi donc ? Avec moi, vous n'avez rien à craindre.

— Possible, mais c'est comme ça. Où m'emmenez-vous ?

— Dîner au *Manhattan Grill* et ensuite voir jouer *Ma sœur Hélène*. Ça vous va ?

— Hum… fit-elle en secouant la cendre de sa cigarette. J'espère que vous aurez une table dans le fond.

— Pourquoi dans le fond ? demandai-je surpris.

— J'aime voir les gens qui entrent, répondit-elle sans me regarder. Vous savez, Clive, je suis obligée de faire très attention, mon mari a des amis un peu partout.

Je commençais à comprendre.

— C'est donc pour cela, dis-je, que vous ne vouliez pas aller au *Brown Derby*, ni dans les autres boîtes chic ? Est-ce que votre mari s'opposerait à ce que nous sortions ensemble ?

— Ça ira très bien quand je lui aurai expliqué, dit-elle, mais je ne voudrais pas qu'il l'apprenne d'abord par quelqu'un d'autre.

— Vous pensez que ça lui serait égal s'il était au courant ?

Elle ne répondit que par un hochement de tête.

— Eh bien, moi, repris-je, si j'étais à sa place, ça ne me serait pas du tout égal.

— Il a confiance en moi, dit-elle.

— Je comprends, dis-je, tout en pensant intérieurement que si j'avais été le mari d'Eva, je me serais méfié de chacune de ses paroles. Et comment ferez-vous pour me faire accepter par lui ? Vous ne savez même pas qui je suis.

— Je m'attendais à ce que vous me disiez ça, dit-elle en me regardant du coin de l'œil.

Je réfléchis une seconde.

— Est-ce que vos autres amis vous disent qui ils sont ?

— Je ne sors jamais avec des hommes ; je vous ai dit que j'étais obligée d'être très prudente.

— En effet, quand on a affaire à un mari aussi peu soupçonneux... Mais enfin, où est-il, que fait-il ?

Elle hésita un instant.

— Il est ingénieur, dit-elle ; je ne le vois que très rarement. En ce moment, il est au Brésil.

Tout cela ne me plaisait qu'à moitié.

— Et s'il lui prenait la fantaisie de rentrer cette nuit par avion ? dis-je en plaisantant, mais tout en me disant qu'en pareil cas, je me trouverais dans une situation fort embarrassante.

— Oh ! non, il ne ferait pas ça, dit-elle avec beaucoup d'assurance. N'ayez pas peur, il me prévient toujours.

N'empêche que je n'étais qu'à demi rassuré.

— On ne sait jamais, dis-je. Il pourrait vouloir vous faire une surprise. Est-ce que ce n'est pas un jeu dangereux ?

— Pourquoi donc ? Croyez-vous donc que j'habite là ? Non, ça, c'est mon adresse professionnelle. J'avais pensé un instant vous emmener chez moi ce soir, mais j'ai changé d'avis.

— Ainsi, vous avez deux résidences ? Et où est l'autre ?

— À Los Angeles, dit-elle.

Mais j'étais sûr qu'elle mentait.

— De sorte qu'il ignore l'existence de l'avenue Laurel-Canyon ?

— Naturellement, voyons.

— Je comprends maintenant pourquoi vous êtes tenue à tant de précautions.

— Il me tuerait s'il apprenait la vérité, dit-elle en rentrant la tête dans les épaules.

Puis brusquement elle se mit à rire.

— Vous en avez de bonnes, dis-je en appuyant sur l'accélérateur.

— Bah ! fit-elle avec un haussement d'épaules, un jour ou l'autre, il le saura. Je le dis toujours et c'est vrai. Ce jour-là, j'irai vous demander protection.

— Hé, là, fis-je sachant parfaitement qu'elle plaisantait ; avant de m'engager, j'aimerais bien savoir à quel genre d'homme j'aurais affaire.

— Il est très grand et très fort… c'est un dur, dit-elle en glissant sur son siège et en appuyant sa tête sur le dossier.

— Vous dites ça pour m'effrayer, dis-je en ricanant. Vous allez peut-être me raconter aussi qu'il vous bat ?

Elle eut un sourire rêveur.

— Ça lui arrive.

Je la regardai d'un air étonné.

— Je n'aurais pas cru que vous soyez femme à supporter ça.

— De lui, j'accepterais tout, sauf qu'il me trompe.

Elle était incontestablement sincère et j'en éprouvai un pincement de jalousie. Je ne m'étais pas attendu à avoir un mari pour rival.

— Depuis combien de temps êtes-vous mariée ?

— Oh ! depuis longtemps, dit-elle en tournant la tête vers moi. Et puis assez de questions comme ça.

— Bon. Savez-vous ce qui serait épatant ? ajoutai-je pour changer de sujet.

— Quoi ?

— Un bon whisky-soda. Ça ne vous dirait rien ?

— Je veux bien, mais je ne bois pas beaucoup. Je ne tiens pas le coup ; avec trois whiskys, je suis paf, dit-elle avec un petit rire.

— Je n'en crois rien.

— Comme vous voudrez, c'est la vérité.

— Eh bien, venez, nous allons nous soûler, dis-je en tournant dans Vine Street et en arrêtant la voiture devant un petit bar tout près du *Brown Derby*.

Elle examina la devanture d'un air hésitant.

— Est-ce bien, ici ? Je n'y suis jamais venue.

— Rassurez-vous, dis-je en l'aidant à descendre de voiture. C'est ici que je viens quand j'ai envie de voir de jolies filles. (« Quelles jambes ! » pensais-je en la regardant.) Et puis, qu'avez-vous à craindre ? repris-je. Nous n'avons rien fait de mal... du moins jusqu'à présent.

Elle me suivit dans le bar qui était à moitié vide. Le garçon m'adressa un sourire.

— Mettez-vous là-bas, dis-je ; je vous apporte votre verre. Whisky ?

Elle fit oui de la tête et alla s'installer à une table du fond. Je remarquai que plusieurs hommes la regardaient avec insistance ; l'un d'entre eux se retourna pour la voir s'asseoir.

— Deux doubles whiskys, dis-je au barman. (Et lorsqu'il les eut servis, j'ajoutai :) Et deux gingembres secs.

Pendant qu'il se penchait vers la glacière, je tournai le dos à Eva et vidai le contenu de mon verre dans le sien. « Si elle est paf avec trois whiskys, me dis-je, nous allons voir comment elle sera avec quatre. » Puis, je versai le gingembre par moitié dans les deux verres.

— Voilà, dis-je en rejoignant Eva. Buvons à un délicieux week-end.

Mon gingembre sans whisky avait un goût horrible.

Eva regarda son verre.

— Qu'est-ce que c'est que ça ? fit-elle.

— Du whisky avec beaucoup de gingembre. Est-ce que ça vous plaît ?

— On dirait qu'il y a beaucoup de whisky.

— Non, c'est la couleur du gingembre ; ici, ils le font sécher au soleil.

Elle avala la moitié de son verre, fit la grimace et le reposa sur la table.

— Il y a plus d'un seul whisky là-dedans, dit-elle.

— Ce n'est pas ma faute si le barman a la tremblote. Allons, encore un et nous partons.

— Vous voulez me soûler, dit-elle d'un air méfiant.

— Pensez-vous, dis-je en riant. À quoi ça m'avancerait ?

Elle haussa les épaules et vida son verre sans plus insister, tandis que j'allais au comptoir recommencer mon opération. Je voulais garder mon sang-froid, au moins pour le moment.

J'observai Eva au moment où nous sortîmes : apparemment le whisky ne lui faisait aucun effet. Elle en avait absorbé huit et ne bronchait pas plus qu'une maison ! Pas mal pour une femme que trois suffisaient à rendre paf.

— Comment vous sentez-vous ? demandai-je en arrivant au *Manhattan Grill*.

— Très bien. Pourquoi ? répondit-elle en descendant de voiture.

— Pour rien, pour savoir, dis-je en la suivant dans le restaurant.

Il y avait foule au bar à l'entrée. Eva s'arrêta net et se mit à dévisager les consommateurs, sourcils froncés.

Je la pris par le coude et la guidai doucement à travers les tables.

— Ne soyez pas nerveuse, dis-je, vous voyez que tout va très bien.

— Non, il y a trop de monde ici.

Nous traversâmes la salle et une fois installée sur la banquette contre le mur, elle parut reprendre un peu d'assurance.

— Excusez-moi, mais je suis toujours comme ça, dit-elle sans cesser de surveiller la salle. Il faut que je sois si prudente...

— Pourquoi donc, puisque vous ne venez ici qu'avec moi ? Vous m'avez bien dit que vos autres clients ne vous sortaient jamais ?

— Si, quelquefois, dit-elle sans réfléchir. Vous ne pensez tout de même pas que je reste seule tous les soirs.

C'était le deuxième mensonge. Elle avait commencé par dire qu'elle était retournée avec trois whiskys alors que huit ne lui faisaient rien. Et ensuite, elle m'avait affirmé qu'elle ne sortait jamais avec d'autres hommes. Je me demandai si elle m'avait dit un seul mot de vrai.

Nous commandâmes le dîner. Comme elle avait huit verres d'avance sur moi, je me dis que je pouvais me mettre à la rattraper. Après avoir absorbé deux cocktails bien secs, je décidai de lui révéler qui j'étais. « Un peu plus tôt ou un peu plus tard, pensai-je, elle finirait bien par l'apprendre. »

— Si nous faisions un peu connaissance ? dis-je. Vous savez que vous me connaissez très bien.

Instantanément, ses yeux brillèrent de curiosité.

— C'est vrai ? Seriez-vous une célébrité ?

— Ai-je l'air d'un type célèbre ?

— Oh ! dites-moi.

Ce n'était plus l'Eva que j'avais connue jusqu'ici ; elle était devenue naturelle, curieuse et un peu excitée.

— Je m'appelle, dis-je en la regardant avec attention : ... Clive Thurston.

Ce n'était pas comme avec Barrow, je vis tout de suite que mon nom lui disait quelque chose. Pendant une seconde, elle parut incrédule, puis elle se tourna vers moi :

— C'est donc pour ça que vous vouliez savoir ce que je pensais des *Anges en manteaux de fourrure* ! s'écria-t-elle. Et moi qui vous ai dit que ça ne m'avait pas plu !

— Aucune importance, dis-je. Je voulais avoir votre opinion sincère et je l'ai eue.

— J'ai lu votre pièce *Rain Check*... Jack m'y a emmenée. Mais j'étais assise derrière une colonne et je n'en ai vu que la moitié.

— Jack ? fis-je vivement.

— Mon mari.

— Et qu'est-ce qu'il en a dit ? Ça lui a plu ?

— Oui... (Puis après une hésitation :) À mon tour de me présenter. Je suis Mme Pauline Hurst.

— Vous ne vous appelez donc pas Eva ?

— Si, pour vous.

— Bon... quoique je préfère Pauline ; ce nom-là vous va bien. Eva aussi, du reste.

En moi-même, j'étais assez content de la tournure que prenaient les choses ; je n'avais pas espéré qu'elle se déboutonnerait si vite. Pour éviter de paraître vouloir fouiller dans sa vie privée, je dirigeai la conversation vers des sujets d'ordre plus général. Ce fut un dîner charmant ; elle était très amusante lorsqu'elle décrivait l'un après l'autre les gens qui nous entouraient. Elle avait

135

l'œil juste, surtout pour les hommes : il lui suffisait d'un détail pour deviner leur profession et leur caractère et, pour autant que je pouvais en juger, elle se trompait rarement.

Après le dîner, nous nous rendîmes au théâtre. La pièce l'amusa comme je l'avais prévu. Pendant les entractes nous bûmes pas mal de verres. Après le dernier, au moment de quitter le bar, je sentis que l'on me touchait le bras ! Je me retournai : c'était Frank Imgram.

— Que dites-vous de la pièce ? me demanda-t-il en souriant.

Je l'aurais volontiers étranglé : il n'allait pas manquer de parler à Carol de notre rencontre.

— Excellente, dis-je, et très bien jouée.

— Oui… n'est-ce pas ? fit-il en regardant Eva.

Puis nous fûmes séparés par la foule.

— Quelqu'un que vous connaissez ? demanda Eva lorsque nous eûmes repris nos places.

— Oui, Imgram, l'auteur de *Terre Stérile*.

— Est-ce que ça vous ennuie qu'il m'ait vue ?

— Non. Pourquoi ?

Elle me regarda pendant un moment, mais n'ajouta rien. Pour moi, le dernier acte était gâché : je pensais à ce que dirait Carol.

Nous eûmes la chance de sortir parmi les premiers et de ne plus revoir Imgram. En passant devant le petit bar de Vine Street, je proposai à Eva de boire un dernier verre ; elle accepta sans sourciller. Nous restâmes là assez longtemps et bûmes beaucoup sans qu'Eva parût le moins du monde incommodée. Quant à moi, je me sentais un peu soûl et je me dis qu'il était temps de m'arrêter : c'était moi qui conduisais la voiture.

— On prend le dernier et on s'en va, proposai-je. Un cognac ?

— Pour quoi faire ?

— Pour voir si vous tenez le coup.

— D'accord.

Sauf que ses yeux brillaient très fort, elle semblait en parfait état. Je commandai un double cognac.

— Et pour vous, rien ?

— Non, c'est moi qui conduis.

Elle avala son verre sans broncher. Nous montâmes en voiture et je conduisis lentement jusqu'à l'avenue Laurel-Canyon.

— Vous pouvez mettre votre voiture dans le garage : il y a de la place, dit Eva.

J'eus quelque difficulté à ranger ma grosse Chrysler à côté d'un petit roadster qui était déjà garé.

Eva avait ouvert la porte et m'attendait dans l'entrée. Je montai l'escalier derrière elle, ma valise à la main.

Nous entrâmes dans sa chambre et elle alluma les lampes.

— Eh bien, voilà, nous y sommes, dit-elle d'un air un peu embarrassé.

Elle restait debout, la tête complètement tournée, sans me regarder, le bras droit appuyé sur sa poitrine en un geste vaguement défensif, le coude posé dans le creux de sa main gauche.

Je posai ma valise sur le lit et saisis Eva par les biceps en appuyant légèrement. Elle avait de jolis bras, mais un peu minces ; j'en faisais presque le tour avec mes doigts.

Nous restâmes ainsi un instant puis je l'attirai vers moi. Pendant dix secondes elle essaya de se dégager, puis elle desserra lentement les bras et les posa sur mes épaules.

X

Je me réveillai parce que j'avais très chaud et que j'étouffais. À travers les deux fenêtres en face de moi la lumière grisâtre du petit jour éclairait la chambre d'une lumière douce. Pendant un instant je me demandai où j'étais, puis j'aperçus les petits animaux en verre sur la commode et me tournai aussitôt du côté d'Eva endormie à côté de moi.

Elle était couchée en chien de fusil, un bras étendu au-dessus de sa tête ; une fois ses yeux fermés, son visage reprenait toute sa jeunesse. Accoudé sur l'oreiller je la contemplais, émerveillé de son aspect presque enfantin ; le sommeil adoucissait ses traits et atténuait la saillie de son menton volontaire. Elle ressemblait plus que jamais à un petit lutin, mais je savais que cette ressemblance disparaîtrait aussitôt qu'elle ouvrirait les yeux ; c'étaient eux qui la trahissaient, ils étaient comme des fenêtres à travers lesquelles se lisaient sa révolte et les sombres secrets de sa vie. Même endormie, elle ne se détendait pas : elle remuait, elle avait des soubresauts, elle agitait les lèvres comme si elle se parlait à elle-même ; elle ouvrait et refermait constamment les doigts en geignant. Elle avait le sommeil de quelqu'un qui ne vit que sur ses nerfs, des nerfs douloureux et perpétuellement tendus. Je rabattis doucement son bras ; avec un soupir elle étendit les bras et les noua autour de moi dans une étreinte serrée.

— Chéri, ne t'en va pas ! murmura-t-elle.

Bien entendu, elle dormait et bien entendu ce n'était pas à moi qu'elle parlait. À qui rêvait-elle ? À son mari ou à un amant ? Mais je voulus penser que c'était à moi et je la serrai tout contre moi, sa tête sur mon épaule. Tout à coup, elle fit un bond comme un ressort qui se détend. Elle s'éveilla et s'écarta brusquement de moi ; puis elle cligna des yeux en me regardant, bâilla et retomba lourdement sur son oreiller.

— Bonjour ! fit-elle, quelle heure est-il ?

Je regardai ma montre-bracelet ; il était cinq heures trente-cinq.

— Oh ! zut, dit-elle, pourquoi ne dors-tu pas ? Je me rappelai qu'il faisait trop chaud.

— Combien avons-nous donc de couvertures ? dis-je tout en les comptant ; il y en avait cinq en plus de l'édredon. Fallait-il que je sois soûl pour ne pas m'en être aperçu hier soir !

— Tu as besoin de tout ça ?

— Naturellement, dit-elle en bâillant. Sans ça, j'ai froid dans mon lit.

— Sans blague ! dis-je en rejetant les couvertures.

— Clive ! fit-elle en se dressant sur le lit, je ne veux pas... je te défends !...

— Calme-toi, tu vas voir.

Je repliai les couvertures de manière à n'en avoir plus que deux de mon côté et toutes les autres sur elle.

— Et comme ça, est-ce bien ?

— Mmmm, fit-elle en se renfonçant dans le lit avec un soupir satisfait. J'ai la tête en bouillie. Est-ce que j'étais soûle hier soir ?

— Tu as fait tout ce qu'il fallait pour ça.

— Oui, je devais l'être, dit-elle en s'étirant voluptueusement. Dieu que je suis fatiguée ! Rendors-toi, Clive.

J'avais la bouche sèche. Si seulement j'avais pu sonner Russell pour avoir une tasse de café... mais évidemment ici il n'y avait personne.

Eva leva les yeux :

— Veux-tu du café ?

— Bonne idée, dis-je déjà ragaillardi.

— Eh bien, tu n'as qu'à le faire chauffer, Marty l'a tout préparé, dit-elle en se pelotonnant sous les couvertures.

Il y avait bien longtemps que je n'avais pas fait mon café moi-même, mais j'en avais tant envie que je me levai et passai dans la pièce à côté pour atteindre la petite cuisinière. Je mis le café sur le feu et allumai une cigarette.

— Où est la salle de bains ? criai-je.

— Au-dessus et à droite.

Je montai un escalier raide : il y avait trois portes sur le palier ; je les ouvris avec précaution l'une après l'autre. Sauf la salle de bains, les deux autres pièces étaient vides et poussiéreuses ; personne ne devait jamais y entrer. Je me passai de l'eau sur la figure, me recoiffai et redescendis pour trouver l'eau en train de bouillir. Le café prêt, je le posai sur un plateau tout préparé avec des tasses, du sucre et de la crème, puis je rentrai dans la chambre.

Eva était assise dans le lit, une cigarette aux lèvres ; elle me regarda d'un air endormi en se grattant la tête.

— Je dois en avoir une tête, dit-elle.

— Un peu défoncée, mais ça ne te va pas mal.

— Ce que tu peux être menteur !

— Tu verras qu'un de ces jours tu te guériras de ton complexe d'infériorité, dis-je tout en remplissant les tasses. Si le café n'est pas bon, ce ne sera pas ma faute, ajoutai-je en m'asseyant sur le lit.

— Après ça, je vais avoir envie de dormir, dit-elle. Alors, ne commence pas à bavarder.

— O.K.

Le café était buvable et la cigarette avait déjà moins le goût de papier d'emballage.

Elle se mit à regarder les étoiles par la fenêtre, et tout à coup :

— Dis donc, tu n'es pas en train de prendre le béguin, j'espère ?

Je faillis laisser tomber ma tasse.

— Pourquoi diable me demandes-tu ça ?

Elle me regarda, fit une moue et détourna les yeux.

— En tout cas, tu perds ton temps, dit-elle d'une voix dure, froide et décidée.

— Tu ferais mieux d'avouer que tu as la gueule de bois et que tu cherches quelqu'un sur qui passer tes nerfs. Finis ton café et dors, ça vaudra mieux.

Ses yeux devinrent sombres.

— Tu ne pourras pas dire que je ne t'ai pas averti. Il n'y a qu'un seul homme dans ma vie, c'est Jack.

— Eh bien, c'est parfait, dis-je d'un ton dégagé et en finissant ma tasse. Tu y tiens donc tant que ça ?

— Il est tout pour moi, dit-elle avec un geste impatient. Dis-toi bien que, toi, tu n'as aucune chance.

J'eus du mal à maîtriser ma colère mais je savais que dans l'humeur où elle était — et qui était si loin de celle de la veille — nous ne ferions que nous quereller sans résultat.

— C'est bon, c'est bon, fis-je en ôtant ma robe de chambre et en me reglissant dans le lit. Je me rappellerai que Jack est tout pour toi.

— Tu feras bien, fit-elle d'un ton sec.

Sur quoi elle me tourna le dos et se remit en boule.

J'étais dans une rage folle. Ainsi, elle avait vu clair dans mon jeu, elle avait deviné que je m'attachais à elle ! Inutile de nier, je la trouvais mystérieuse et excitante et je la voulais pour moi seul. Je savais bien que c'était de la folie mais que faire ? Peut-être ne serait-ce pas arrivé si elle avait agi différemment ; mais plus elle se montrait froide, plus j'avais envie d'elle. C'était plus qu'un simple désir sensuel ; ce que je voulais c'était briser les obstacles qu'elle mettait entre nous et la forcer à m'aimer.

En pensant à son mari, j'éprouvai une jalousie féroce. Me l'avait-elle assez répété qu'il était tout pour elle ! Et pourtant elle acceptait mon argent et elle était là, couchée à côté de moi ! Elle m'avait dit : « Tu perds ton temps », comme si elle avait eu affaire à un mendiant. Pouvait-on être plus vulgaire et plus lâche ?

Je me tournai sur le côté et regardai sa petite tête brune sur l'oreiller ; j'aurais voulu la prendre dans mes bras. Mais même dans son sommeil — car elle s'était rendormie — elle restait froide et hostile. J'écoutais son souffle inégal et je notais chacun de ses tressaillements. Subitement, ma colère s'évanouit et fit place à une grande pitié et tandis que je rêvais à tout ce que j'aimerais faire pour elle si seulement elle me le permettait, je m'endormis…

Lorsque je me réveillai, le soleil filtrait à travers les rideaux. Eva était dans mes bras, sa tête sur mon épaule, sa bouche sur mon cou ; elle dormait paisiblement, calmée, détendue. Je la gardai contre moi pleinement heureux. Elle était si mince, si légère et si tiède ; c'était si bon de sentir son haleine sur mon cou et l'odeur de ses cheveux ! Elle dormit ainsi pendant presque une heure, puis elle remua, ouvrit les yeux et me regarda.

— Bonjour, fit-elle en souriant.

Je caressai doucement sa figure du bout des doigts.

— Comme tes cheveux sentent bon ! dis-je. As-tu bien dormi ?

— Mmmmm... (Elle bâilla longuement et reposa sa tête sur mon épaule.) Et toi ?

— Oui. Comment va la tête ?

— Ça va. As-tu faim ? Veux-tu que j'aille te chercher quelque chose à manger ?

— Non. J'irai, moi.

— Reste tranquille, dit-elle en sautant à bas du lit.

En chemise de nuit, elle avait l'air d'une gosse. Elle enfila sa robe de chambre, se regarda dans la glace, fit une dernière grimace et disparut.

Je montai dans la salle de bains et me rasai soigneusement. Lorsque je revins elle s'était recouchée ; sur la table de nuit se trouvait le plateau avec du café et de fines tartines de pain beurré.

— Tu n'as pas envie que je te fasse cuire quelque chose ? me demanda-t-elle pendant que je me reglissais dans le lit.

— Non, merci. Mais tu sais donc faire la cuisine ? dis-je en prenant sa main dans la mienne.

— Naturellement. Crois-tu que je ne sache rien faire ?

Elle avait la paume sèche et dure et je pouvais facilement entourer son poignet entre mon pouce et mon index. J'examinai les trois lignes nettes au creux de sa main.

— Tu es surtout très indépendante, dis-je ; c'est le fond de ta nature.

— C'est vrai. Et quoi encore ?

— Tu es capricieuse, emportée.

— Oui, j'ai un caractère terrible, je deviens folle quand je me mets en colère.

— Et qu'est-ce qui te met en colère ?

— Des tas de choses, dit-elle en posant l'assiette sur ma poitrine.

— Jack, par exemple ?

— Lui, surtout.

Elle but son café en regardant rêveusement par la fenêtre.

— Pourquoi ?

— Oh ! fit-elle en pinçant les lèvres, il est jaloux de moi et moi, je suis jalouse de lui. (Elle se mit à rire.) On se bat. La dernière fois que nous sommes sortis ensemble, il y avait une femme qui ne cessait pas de le regarder, une petite blonde insignifiante mais assez bien faite. Je lui ai dit que si ça lui plaisait, il n'avait qu'à aller avec elle ; il m'a répondu que je n'étais qu'une gourde, mais il a continué à la regarder. Ça m'a rendue folle. Sais-tu ce que j'ai fait ?

— Raconte.

— J'ai empoigné la nappe et j'ai tout flanqué par terre. (Elle reposa sa tasse et partit d'un éclat de rire.) Oh ! Clive, j'aurais voulu que tu voies ça, le gâchis, le bruit... et la tête de Jack ! Alors je suis partie et je l'ai laissé là et j'étais si furieuse qu'en rentrant j'ai cassé tout ce qui m'est tombé sous la main dans le salon ! C'était épatant : j'ai flanqué par terre tout ce qu'il y avait sur la cheminée, la pendule, et les animaux de verre de Jack — tiens, c'est tout ce qu'il en reste, fit-elle en désignant la commode. Je les garde ici parce qu'il croit qu'ils sont tous cassés. Et puis il y avait aussi deux photos... et puis enfin, tout. (Elle alluma une cigarette et aspira profondément la fumée.) Naturellement, il était furieux quand il est rentré. Je m'étais enfermée dans la chambre à coucher mais il a enfoncé la porte. J'ai cru qu'il allait me tuer mais il s'est contenté de faire sa valise et il est parti sans même me regarder.

— Et tu ne l'as pas revu depuis ?

— Oh ! il me connaît, dit-elle en secouant sa cendre dans la tasse vide, il sait bien que je me mets tout le temps en colère. Moi je ne peux pas souffrir les gens mous. Et toi ?

— Moi, j'aime une vie tranquille.

— Quand Jack est en rogne, lui !...

Elle leva les bras au ciel en s'esclaffant.

Je constatai qu'elle parlait très volontiers de son mari ; elle paraissait même enchantée de trouver quelqu'un à qui parler de lui. En lui posant de temps en temps une question, je finis par reconstituer une partie de sa vie. Je savais parfaitement qu'elle était menteuse mais il y avait certainement du vrai dans ce qu'elle me raconta.

Elle était mariée depuis dix ans. Auparavant, elle avait dû mener une vie assez mouvementée. Elle avait connu Jack au cours d'une bombe, cela avait été le coup de foudre ; ils s'étaient mariés presque aussitôt. À cette époque, elle avait quelque argent. D'où le tenait-elle ? elle ne m'en dit rien, mais ce devait être une somme assez importante. Jack était ingénieur des mines et son travail l'appelait dans toutes sortes de pays lointains où sa femme ne pouvait pas le suivre. Les quatre premières années de mariage durent paraître longues et monotones à une femme aussi nerveuse et trépidante qu'Eva ; elle avait des goûts de luxe et son mari ne gagnait que peu d'argent. Au début cela n'avait pas eu d'importance puisqu'elle était indépendante et qu'elle n'avait pas besoin de l'argent de Jack : elle savait qu'il ne manquait de rien et que cette vie lui plaisait. Mais Eva était joueuse ; son mari aussi d'ailleurs ; elle jouait aux courses et lui au poker — toujours gros jeu —, mais comme il était très fort, il s'en tirait toujours avec un gain.

Pendant qu'il était dans l'Ouest africain — il devait y avoir environ six ans — elle avait rencontré une bande de noceurs et s'était mise à boire et à parier de grosses sommes aux courses. Sa déveine persistante ne l'avait pas arrêtée ; elle espérait toujours se refaire. Et puis, un beau matin, elle s'était trouvée sans le sou, complètement à sec. Elle n'avait rien dit à Jack, sachant qu'il serait furieux. Bref, comme elle avait du succès auprès des hommes, le besoin d'argent l'avait amenée là où elle en était aujourd'hui. Cela durait depuis six ans et Jack croyait toujours qu'elle vivait sur ses rentes.

— Un jour ou l'autre il saura tout et je me demande ce qui arrivera, dit-elle en haussant les épaules d'un air résigné.

— Pourquoi ne changes-tu pas ? dis-je en allumant une dixième cigarette.

— Parce qu'il me faut de l'argent... et puis, qu'est-ce que je ferais si j'étais seule toute la journée ? Je me trouve déjà assez seule comme ça.

— Tu ne connais personne ?

— Non… Je n'ai que Marty… Elle part tous les soirs vers sept heures et je reste toute seule jusqu'au lendemain.

— Pas d'amis ?

— Non. Et d'ailleurs, je n'en veux pas.

— Pas même moi ?

Elle vira sur elle-même pour me regarder.

— Je me demande quel est ton jeu, dit-elle. À quoi penses-tu ? Si tu n'es pas amoureux de moi, qu'est-ce que tu cherches ?

— Je te l'ai dit, tu me plais, tu m'intéresses et je ne demande qu'à être ton copain.

— Il n'y a pas de copains pour moi, dit-elle.

— Allons, dis-je en jetant ma cigarette et en l'attirant près de moi, ne sois donc pas si méfiante. Il y a toujours un moment où on a besoin d'un ami ; je pourrais peut-être t'aider.

Elle se laissa aller contre moi.

— Comment ça ? Je n'ai besoin de rien. La seule chose que j'aie à craindre c'est la police, et je connais un juge qui est bien placé.

Au fond, elle avait raison ; en dehors de l'argent, qu'aurais-je pu faire pour elle ?

— Tu pourrais tomber malade… repris-je, mais elle me rit au nez.

— Ça ne m'arrivera jamais et personne ne s'occuperait de moi. Quand une femme est malade, les hommes la quittent. Qu'est-ce que tu veux qu'ils en fassent ?

— Tu es plutôt cynique.

— Tu le serais aussi si tu avais vécu comme moi.

J'appuyai ma figure contre ses cheveux :

— Dis-moi si je te plais, Eva ?

— Oh ! tu n'es pas un mauvais type, dit-elle d'un ton indifférent. Qu'est-ce que tu cherches, un compliment ?

— Non, dis-je en riant. Où irons-nous déjeuner ?

— N'importe où, ça m'est égal.

— Veux-tu aller au cinéma ce soir ?

— Si tu veux.

— Eh bien, entendu alors. (Je regardai la pendule : il était midi passé.) Je boirais bien quelque chose, tu sais.

— Et moi, il faut que je prenne mon bain. (Elle s'écarta de moi et sortit du lit.) Fais donc le lit, Clive, moi, j'ai horreur de ça.

— Bon, dis-je en la regardant faire des mines devant la glace.

Pendant qu'elle était en haut, je restai étendu à réfléchir. Somme toute, je lui avais inspiré assez de confiance pour qu'elle me parlât d'elle. En me révélant sa vie passée, elle m'avait montré combien elle pouvait être compliquée et difficile. Rien d'étonnant à ce qu'elle fût cynique : elle ne serait pas commode à manier, surtout avec ce mari dont elle était visiblement folle. Si elle n'avait aimé personne, j'aurais pu avoir une chance, mais le lien sensuel qui existait entre elle et Jack ne m'en laissait guère. Je me rendis compte avec dépit que je n'étais pas plus avancé que la veille.

Je me levai pour faire le lit, après quoi je passai

dans l'autre pièce pour téléphoner au restaurant *Barbecue* et retenir une des tables du fond. Eva était déjà redescendue.

— J'ai fait couler ton bain, me cria-t-elle. Comment vais-je m'habiller ?

— Tu pourrais mettre une robe… mais j'aimais bien ton tailleur d'hier.

— Les tailleurs me vont mieux que les robes, dit-elle en me regardant prendre l'escalier ; ils m'avantagent, ajouta-t-elle en riant, les mains sur sa poitrine.

— Comme tu voudras, dis-je.

Le reste de la journée s'écoula trop vite à mon gré. La plus parfaite confiance régnait : elle me parla de ses relations masculines sans jamais oublier Jack. Nous nous amusâmes beaucoup mais j'avais le sentiment que je ne gagnerais jamais de terrain ; il y avait toujours entre nous un mur auquel je me heurtais. Jamais elle ne voulut me dire ce qu'elle gagnait et quand je lui demandai si elle mettait de l'argent de côté, elle me répondit : « Tous les lundis, je dépose à la banque la moitié de mon gain et je n'y touche jamais. » Elle me dit cela avec tant d'assurance que je ne la crus pas ; je savais combien les femmes de ce genre sont négligentes et dépensières. Je ne pouvais naturellement pas la démentir mais j'aurais parié qu'elle n'avait pas un sou de côté. J'essayai de la persuader de prendre une assurance : « Ce sera quelque chose pour tes vieux jours », lui dis-je. Mais ça ne l'intéressait pas ; je crois qu'elle ne m'écoutait même pas. « Puisque je te dis que je fais des économies... et puis, est-ce que ça te regarde ? »

Elle eut cependant un mot qui me fit plaisir. Nous avions été voir le dernier film de Bogart et nous avions pas mal bu ; en rentrant, elle s'était affalée sur le coussin de la voiture, la tête renversée sur le dossier, les yeux fermés.

— Marty m'avait dit que je me raserais avec toi, me dit-elle ; elle trouvait que j'étais folle de passer tout un week-end avec toi. Elle sera bien épatée d'apprendre que je ne t'ai pas fichu à la porte.

— Tu m'aurais fait ça à moi ? demandai-je en lui prenant la main.

— Bien sûr, si tu m'avais barbée.

— Alors, tu t'es amusée ?

— Mmmm... oui, beaucoup.

C'était déjà quelque chose.

Nous bavardâmes tard dans la nuit. Il devait y avoir longtemps qu'elle ne s'était pas abandonnée ainsi : on aurait dit qu'elle avait ouvert les portes d'une écluse, les mots coulèrent d'abord lentement et puis, de plus en plus librement. Je ne peux pas me rappeler tout ce qu'elle me dit, mais il était beaucoup question de Jack : leur vie semblait être un tissu continu de querelles sans fin et de réconciliations tumultueuses. Je crus comprendre que ses rapports avec elle étaient basés sur une sorte d'affection brutale qui satisfaisait sa nature perverse. Il pouvait la battre, à condition de ne pas la tromper ; elle ne doutait d'ailleurs pas de sa fidélité. Elle me raconta comment un soir, en rentrant, elle avait glissé et s'était foulé la cheville. Jack s'était moqué d'elle et l'avait abandonnée sur le trottoir ; il était fatigué et avait envie de dormir. Lorsqu'elle était enfin parvenue à rentrer en boitant, elle l'avait trouvé endormi, et le lendemain matin il l'avait sortie du lit pour qu'elle lui fît du café. Elle semblait ne l'en admirer que davantage.

J'en restai sidéré. C'était si éloigné de mes habitudes avec les femmes que je n'arrivais pas à comprendre.

— Et tu supportes ça ? Tu n'aimes pas qu'on te traite gentiment ?

Je sentis qu'elle levait les épaules.

— Vois-tu, Clive, j'ai horreur de la faiblesse. Jack est fort, il sait ce qu'il veut et rien ne l'arrête.

— Enfin, si ça te plaît...

En parlant des hommes qui venaient la voir, elle ne prononçait jamais de nom. Sa discrétion me plut : cela m'assurait au moins qu'elle ne parlerait pas de moi. Nous continuâmes à bavarder jusqu'à l'aube. Enfin, je sombrai dans le sommeil. Eva était pelotonnée contre moi, sa tête tout près de la mienne : elle parlait toujours et je l'entendais vaguement dire qu'elle attendait prochainement le retour de Jack...

Mais cette fois j'étais trop éreinté ; je m'en foutais.

XI

Je rentrai chez moi vers midi. Le groom de l'ascenseur me gratifia de son plus beau sourire — celui des étrennes.

— Bonjour, monsieur Thurston. Avez-vous lu l'histoire de ces deux types qui ont été tués hier soir devant la Manota ?

— Non.

— Ils se bagarraient pour une poule et ils sont tombés du trottoir juste sous les roues d'un camion. Y en a un qui a la figure toute défoncée.

— Eh bien, ça lui changera la physionomie, dis-je en sortant de l'ascenseur et en ouvrant ma porte.

Russell était dans le vestibule.

— Bonjour, monsieur Clive, dit-il d'un ton qui annonçait une catastrophe.

— Bonjour. (J'allais monter dans ma chambre quand j'aperçus son regard ; je m'arrêtai net.) Qu'est-ce qui ne va pas ?

— Miss Carol vous attend dans le salon, dit-il d'une voix chargée de reproches.

Son visage, son regard, toute sa personne n'étaient que blâme.

154

— Miss Carol ? fis-je stupéfait. Qu'est-ce qu'elle veut ? Pourquoi n'est-elle pas au studio ?

— Je ne sais pas, monsieur ; elle attend depuis plus d'une demi-heure.

Carol était debout près de la fenêtre ; elle ne se retourna pas tout de suite bien qu'elle m'eût certainement entendu entrer. Je ne pus m'empêcher d'admirer son dos mince et sa jolie robe à carreaux rouges et blancs.

— Bonjour, dis-je en refermant la porte derrière moi.

Elle écrasa sa cigarette dans un cendrier et pivota sur les talons. Elle m'examina avec tant d'attention que je détournai mon regard.

— Vous ne travaillez donc pas ce matin ? dis-je en traversant vers elle.

— J'avais besoin de vous voir.

— Ça, c'est gentil, venez vous asseoir. Rien de cassé j'espère ?

— Je ne sais pas encore, dit-elle en s'installant sur le divan et en allumant une autre cigarette.

Je me sentis tout à coup fatigué et nullement d'humeur à écouter un sermon.

— Écoutez, Carol..., mais elle leva la main pour m'interrompre.

— Il n'y a pas d'« écoutez, Carol » qui tienne. Ce n'est pas le jour, dit-elle d'un ton sec.

— Excusez-moi, je suis un peu nerveux ce matin. Voyons, s'il y a quelque chose qui ne va pas, dites-le-moi carrément.

— Je viens de rencontrer Merle Bensinger, elle est très inquiète à votre sujet.

— Elle a eu tort de vous parler de moi ; elle oublie que je suis son client, dis-je assez froidement.

— Mais c'est parce qu'elle vous aime beaucoup, Clive. Elle croyait que nous étions fiancés.

Je m'installai dans un fauteuil assez loin de Carol.

— Quand bien même nous serions mariés, elle n'a pas le droit de parler de mes affaires, dis-je en bredouillant presque de fureur.

— Elle ne m'a rien dit de vos affaires, répliqua Carol d'un ton calme. Elle m'a simplement demandé d'essayer de vous persuader de travailler.

— Mais, bon sang, je ne fais que ça. Si elle a peur pour ses commissions, elle n'a qu'à le dire.

— C'est bien, Clive, si vous le prenez comme ça...

— Parfaitement, je le prends comme ça. Mais comprenez donc, Carol, qu'on ne peut pas forcer un écrivain à écrire. D'ailleurs, vous le savez très bien : on est en train ou on ne l'est pas. Seulement Merle voulait que je lui fasse un imbécile d'article pour le *Digest* et ça ne me disait rien. Voilà pourquoi elle est furieuse.

— Elle ne m'a même pas dit un mot du *Digest*, mais ne parlons plus de Merle, parlons plutôt de Bernstien, dit-elle en croisant ses jolies chevilles.

— Eh bien quoi, Bernstien ?

— Vous savez qu'il est venu chez moi samedi ?

— Oui, vous me l'avez dit.

— J'ai fait tout ce que j'ai pu ; je lui ai lu des passages de votre pièce, j'ai même obtenu qu'il emporte le manuscrit.

— Quoi ? Vous lui avez remis une copie du manuscrit ? Comment vous l'êtes-vous procurée ?

— Oh ! il se trouvait que j'en avais une, dit-elle d'un ton impatient. Mais peu importe... j'espérais tellement... (Elle s'interrompit avec un geste de lassitude.) Si vous aviez été là, tout aurait marché si bien ! J'ai peur, Clive, que vous ayez laissé passer une belle occasion.

— Je n'en crois rien, dis-je en aspirant une longue bouffée de fumée. Si Bernstien avait eu tellement envie de tourner *Rain Check*, il l'aurait fait depuis longtemps ; quand il faut batailler comme ça pour convaincre un type, c'est qu'il n'est guère chaud ; il fait des tas de promesses et puis il se défile. Vous ne me ferez pas croire qu'Imgram ait dû se donner tant de mal pour vendre son bouquin à Gold ?

— Il n'y a rien de commun entre *Rain Check* et *Terre stérile*, dit vivement Carol, puis, voyant mon geste d'agacement, elle se reprit : Oh ! pardon, Clive, ce n'est pas ce que je voulais dire... Je voulais dire que ce sont deux choses tout à fait différentes... enfin que...

— Allez-y, fis-je d'un ton rogue, inutile de prendre des gants. Ce que vous voulez dire c'est que ma pièce ne tient pas debout et que si nous ne nous y mettons pas tous les trois, vous, Highams et moi, jamais Bernstien ne se donnera la peine de la lire.

Elle se mordit la lèvre sans répondre.

— Eh bien, continuai-je, moi ça ne me convient pas. Le jour où je la céderai, ce sera parce qu'on aura reconnu ce qu'elle vaut et sans que j'aie besoin de la crier comme un marchand de quatre saisons. Bernstien peut aller se faire f...

— C'est bon, Clive. Que Bernstien aille au diable, à quoi cela vous avancera-t-il ?

— Aurez-vous bientôt fini de vous inquiéter de moi ? Écoutez-moi bien, Carol, quand j'aurai besoin d'aide, je vous le dirai, mais je commence à trouver qu'il y a trop de gens qui se mêlent de mes affaires. Naturellement, ajoutai-je pour ne pas la vexer, je vous remercie beaucoup, mais après tout, ça ne regarde que moi et je m'en tire assez bien.

— En êtes-vous bien sûr ? dit-elle en me regardant avec insistance. Voilà deux ans que vous n'avez rien écrit et que vous vivez sur votre passé. À Hollywood, cela ne suffit pas : un écrivain qui ne se renouvelle pas est fichu.

— Eh bien, vous verrez ce que je vais sortir avant peu. Est-ce que Gold ne m'a pas fait une offre ? Ça semble indiquer que je ne suis pas tellement tombé.

— Ne crânez donc pas, Clive, dit-elle en s'animant, il n'est pas question de votre talent ; la question est de savoir quand vous allez vous mettre à travailler.

— Ne vous occupez pas de ça, dis-je. Pourquoi n'êtes-vous pas au studio ? Je vous croyais en plein boulot avec Imgram.

— C'est exact, mais il fallait que je vous voie, Clive ; on commence à jaser sur votre compte.

(Elle se leva et se mit à marcher de long en large.)
Ne sommes-nous pas fiancés ?

C'était un sujet que je ne me sentais pas disposé à aborder pour l'instant.

— Qu'est-ce que ça veut dire : on jase sur mon compte ?

— On parle de votre week-end. Oh ! Clive, comment avez-vous pu faire une chose pareille ? Êtes-vous devenu fou ?

« Nous y voilà », pensai-je, puis tout haut :

— De quoi diable voulez-vous parler ?

— À quoi bon mentir ? Je suis au courant. Je ne pensais pas que vous en étiez encore là, vous n'êtes cependant plus un collégien ?

— Qu'est-ce que ça signifie ? Que voulez-vous dire ?

— Oh ! Clive, dit-elle en se rasseyant, il y a des moments où vous êtes stupide et détestable. (Sa voix était lasse, désabusée, affreusement triste.) Vous voulez jouer à l'irrésistible, n'est-ce pas ? Au grand charmeur qui fait perdre la tête à toutes les femmes. Mais pourquoi avoir choisi celle-là ? À quoi cela vous mènera-t-il ?

D'un geste nerveux je tendis le bras pour prendre une cigarette.

— Vous me traitez un peu durement, Carol, dis-je en dominant difficilement ma colère… et je ne suis pas d'humeur à en entendre davantage. Il vaudrait peut-être mieux que vous retourniez au studio avant que nous ne prononcions des paroles que nous regretterions plus tard.

Elle demeura assise pendant quelques secondes, les mains serrées sur ses genoux et le corps tendu ; puis elle respira profondément et se détendit.

— Pardon, Clive, je vois que je m'y prends mal. Est-ce que cela ne peut pas s'arranger ? Ne pouvez-vous pas vous reprendre ? Il n'est pas encore trop tard, n'est-ce pas ?

— Vous faites un tas d'histoires à propos de rien, dis-je en jetant ma cigarette sur le tapis. Pour l'amour de Dieu, tâchez d'être raisonnable, Carol.

— En tout cas, vous avez passé le week-end avec elle, dit-elle d'un ton cinglant. A-t-elle cédé à vos séductions ?

Je me levai d'un bond.

— En voilà assez, Carol. Croyez-moi, allez-vous-en ou nous allons nous faire du mal.

— Rex Gold m'a demandé de l'épouser.

Il y a de cela des années, j'ai reçu un coup de sabot de cheval. C'était ma faute : on m'avait prévenu qu'il était vicieux, mais je me croyais de taille à le mater. Et puis, tout à coup, il s'était cabré et je me souvenais d'être resté par terre dans la boue, tout endolori, à regarder stupidement ce cheval, comme si je n'arrivais pas à croire qu'il m'eût fait une chose pareille. C'était exactement ce que j'éprouvais maintenant.

— Gold ? dis-je en me rasseyant brusquement.

— Je n'aurais pas dû vous en parler maintenant, dit Carol en se frappant les poings. Vous allez croire que c'est du chantage…, non, j'ai eu tort.

— Je n'aurais jamais cru que Gold...

Après tout, pourquoi ? Elle était charmante, pleine de talent ; elle ferait une femme parfaite.

— Qu'est-ce que vous allez faire ? demandai-je après un long silence.

— Je ne sais pas, dit-elle. Depuis ce week-end, je ne sais plus.

— Qu'est-ce que le week-end a à voir là-dedans ? dis-je. La question serait plutôt de savoir si vous aimez Gold ou non.

— Vous savez bien qu'à Hollywood la question est tout autre, dit Carol. Si j'étais sûre que nous... que vous et moi... Vous rendez-vous compte de ce que vous me forcez à dire ?

Je ne répondis rien.

— Je vous aime, Clive, comprenez-vous ?

Je voulus saisir sa main, mais elle la retira.

— Non, ne me touchez pas ; laissez-moi parler. J'ai supporté beaucoup de choses. Voilà deux ans que nous nous connaissons : j'ai peut-être tort de vivre dans le passé, mais je ne puis oublier le jour où vous êtes venu voir Robert Rowan. À cette époque-là, nous n'étions rien, ni l'un ni l'autre. Je vous ai aimé dès que je vous ai vu : j'admirais votre pièce, il me semblait que celui qui avait de tels sentiments ne pouvait être que bon, généreux et propre. J'ai aimé votre air timide lorsque Rowan vous parlait. Vous étiez simple et gentil, très différent des autres hommes qui venaient au bureau ; j'ai cru que vous alliez faire de grandes choses et c'est pourquoi je vous ai conseillé de venir ici, de lâcher New York avec ses tares et ses

161

pièges. Il fut un temps où vous n'aviez pas d'amis et où vous vous plaisiez en ma compagnie ; nous allions partout ensemble, nous ne nous quittions pas. Un jour, vous m'avez demandé de vous épouser ; j'ai accepté, et le lendemain vous aviez déjà oublié ; vous ne vous êtes même pas donné la peine de me téléphoner... Aujourd'hui même, je ne sais pas ce que je suis pour vous, mais je sais ce que vous êtes pour moi — ce qui ne veut pas dire que je veuille vous rappeler votre promesse. Je ne voudrais pas de vous à ce prix-là.

J'étais très ennuyé. Je savais bien qu'il fallait prendre une décision, mais je voulais réfléchir. Jusqu'au samedi précédent, j'aimais Carol — aujourd'hui, c'était moins sûr. Il fallait pourtant que je dise quelque chose, je ne pouvais pas la laisser s'humilier ainsi devant moi ou bien alors, elle partirait et tout serait fini. Et je ne voulais pas que ce fût fini : je tenais trop à elle, elle représentait pour moi les deux plus belles années de ma vie, la compréhension, l'affection, le soutien dont j'avais besoin. Je n'osais penser à ce que serait ma vie sans elle.

— Lorsque vous m'avez dit que vous m'aimiez, reprit-elle, je vous ai cru sincère, probablement à cause de tout ce que vous étiez pour moi. Vous valiez beaucoup mieux quand vous étiez pauvre, Clive. On dit que le succès gâte les gens, c'est ce qui vous est arrivé. Voyez-vous, je me fais du souci pour vous parce que je ne vois pas où vous allez. Vous n'avez fait aucun progrès ; vous croyez disposer d'une baguette magique, mais c'est faux.

Personne ne l'a parce qu'elle n'existe pas. Le seul moyen est de travailler, de n'être jamais satisfait de ce que l'on a fait et de viser toujours plus haut. Alors, seulement, on sent que l'on a quelque chose à exprimer et que ce quelque chose vaut d'être écrit.

— Quel magnifique discours ! dis-je agacé. Mais, parlons un peu de vous. Allez-vous épouser Gold ?

— Je n'en sais rien, dit-elle en fermant les yeux. Je n'en ai pas envie, mais cela présente des avantages.

— En êtes-vous sûre ?

— Gold a des idées... de l'argent... il est puissant. Il me laisserait ma liberté ; il y a encore de beaux films à faire. Vous ne comprenez pas cela, Clive, j'ai de l'ambition — pas pour moi-même — mais pour le cinéma. Gold m'écouterait, je pourrais avoir de l'influence sur lui.

— Il ne s'agit pas de songer à l'éducation des foules ; pensons d'abord à nous. Vous pouvez parfaitement travailler à l'amélioration du cinéma sans être obligée d'épouser Gold.

— Cela vous ferait vraiment de la peine ?

— Naturellement, voyons. Seulement, mettez-vous à ma place pour un moment. Je n'ai jamais cessé de vous aimer, je vous aime toujours mais pour l'instant je ne puis aller plus loin. Il y a quelque chose qui ne va pas : je suis devenu incapable d'écrire et à moins que ça ne s'arrange bientôt, je vais me trouver coincé. Ce ne sera pas la première fois, mais jusqu'ici j'étais seul ; je ne peux pas songer à vous entraîner dans le pétrin.

Elle resta quelques secondes à regarder ses mains.

— C'est simplement parce que vous avez perdu le contact avec la réalité et que vous avez passé votre temps à vous amuser.

Elle s'interrompit pour ajuster soigneusement ses manchettes ; puis, brusquement :

— Mais, qu'est-ce qui vous a pris d'aller vous afficher avec cette femme ?

La rage me saisit.

— C'est ce sale petit arriviste qui a été vous raconter ça ? Ça ne m'étonne pas de lui, c'est bien dans sa manière d'aller faire des cancans de concierge.

— Jerry Highams vous a vu aussi.

— Et puis après ? Highams sait très bien pourquoi je la fréquente. Vous savez que je ne vous mentirais pas, Carol : eh bien, c'est sur elle que je vais faire mon film, voilà toute l'histoire.

— Il faut que je retourne au studio, dit Carol en se levant. Je regrette infiniment tout ceci, Clive, mais je ne vois pas ce que nous pouvons y faire.

— Vous ne me croyez pas ? dis-je en me levant à mon tour. Gold m'a commandé un scénario ; comment pourrai-je l'écrire sans étudier mon modèle ?

Elle secoua la tête.

— Je n'en sais rien, Clive, et ça n'est pas mon affaire. Je suis lasse d'avoir à vous partager avec toutes vos amies et je ne me sens pas la force de

164

lutter avec une professionnelle. Je pense que nous ferions mieux de ne plus nous revoir jusqu'à ce que vous ayez rompu avec elle.

— C'est impossible ! m'écriai-je très inquiet. Voyons, il s'agit pour moi d'une occasion unique, Gold m'a offert cinquante mille dollars et je ne peux pas traiter le sujet sans me documenter auprès de cette femme. Puisque je vous dis qu'il n'y a rien d'autre entre nous ! Vous ne voulez pas me croire ?

— Non, dit-elle en dégageant son bras que j'avais saisi. Mais soyez tout de même prudent, Clive, ou vous allez souffrir ; ces femmes-là savent faire marcher les hommes comme vous.

La colère me reprit.

— Merci mille fois, vous êtes vraiment trop bonne. Chaque fois que je la verrai, je penserai à vous et je ferai bien attention à moi.

Le sang lui monta au visage.

— Vous pouvez garder pour vous vos ironies de mauvais goût. J'ai grand-peur que vous n'alliez au-devant de plus grands ennuis que vous ne le pensez.

— Ne vous en faites donc pas pour moi ; je n'ai rien à craindre tant que vous voudrez bien m'honorer de votre pitié, répliquai-je. Nous n'avons donc plus aucune raison de nous disputer, il vaut beaucoup mieux que nous restions en bons termes et que nous considérions tout cela comme une plaisanterie.

— Évidemment, vous vous y connaissez en plaisanteries de ce genre, dit-elle d'un ton acerbe.

Dans ces conditions, toute discussion est terminée entre nous.

— Parfait, dis-je décidé à la pousser à bout comme je l'étais moi-même. Et surtout n'oubliez pas de m'inviter à votre mariage : je n'irai pas, mais invitez-moi tout de même, j'aurai la satisfaction de refuser quelque chose à Gold. Ce qui ne m'empêchera pas d'accepter ses cinquante mille dollars.

Son regard était chargé de mépris ; j'eus soudain envie de lui faire du mal.

— Je vois d'ici le mariage, repris-je avec un sourire narquois. Ce sera très Technicolor : la mariée était ravissante, elle s'est donnée à Rex Gold pour réaliser son ambition de relever la morale des peuples en faisant de plus beaux films... Ce sera à crever de rire. C'est bien vous, ma chère, qui disiez tout à l'heure que vous ne vouliez pas lutter avec des professionnelles, n'est-ce pas ?

— Je ne vous souhaite qu'une chose, c'est qu'elle vous fasse beaucoup souffrir, dit Carol en pâlissant. Vous en avez besoin. Vous avez besoin d'une sévère correction et j'espère de tout mon cœur qu'elle vous la donnera.

— Savez-vous que vous avez de la chance d'être une femme et de vous trouver sous mon toit, sans quoi j'aurais une sérieuse envie de...

— De me frapper, peut-être ?

— Exactement, ma jolie.

— Adieu, Clive.

— Magnifique ! C'est ce que l'on appelle le drame concentré. Pas de grands mots, mais quelque chose de net, de définitif ! Ah ! vous connaissez bien votre métier et vous avez le sens du théâtre, mais n'oubliez pas vos répliques le soir de vos noces, ma bonne amie.

Elle avait atteint la porte ; elle partit sans se retourner. La pièce me parut tout à coup curieusement vide. J'allai vers le dressoir, me versai un whisky, puis, sans même reposer la bouteille, un deuxième. Je recommençai quatre fois. En repassant dans le vestibule, je me sentis un peu soûl et une forte envie de pleurer.

Russell descendit juste comme je mettais mon chapeau ; il me regarda d'un air triste, mais sans rien dire.

— Miss Carol va épouser M. Rex Gold, dis-je en articulant soigneusement mes mots. Ça doit vous intéresser, vous l'amateur de potins. Vous savez qui est M. Rex Gold, n'est-ce pas ? Eh bien, elle l'épouse parce qu'elle veut faire des films éducatifs pour la classe ouvrière. Oui, repris-je en me penchant sur la balustrade, c'est comme ça. Est-ce que vous croyez, vous, que ça vaut le sacrifice ? Moi pas. J'ai l'idée que la classe ouvrière s'en fout complètement, mais allez donc discuter avec les femmes…

Si j'avais frappé Russel en pleine figure, il n'aurait pas eu l'air plus ahuri. Il essaya de parler, mais les mots ne voulaient pas sortir. Je le quittai, pris l'ascenseur et montai en voiture.

« Mon pauvre vieux, me dis-je, tu me fais de la peine. »

Et je m'en fus au Cercle littéraire où je trouvai la foule habituelle. Je serrai quelques mains et m'installai au bar.

— Donnez-moi un double scotch.

— Bien, monsieur Thurston. Avec un peu de glace ?

— Écoutez-moi, mon vieux. Quand je voudrai de la glace je vous en demanderai. Je n'ai pas besoin de vos boniments.

— Très bien, monsieur Thurston, dit le barman dont le visage s'empourpra.

Je vidai mon verre et le tendis de nouveau au barman.

— Encore un pareil, sans glace et sans boniments. Ne vous donnez même pas la peine de me dire qu'il fait beau.

— Très bien, monsieur Thurston.

Si Gold refusait mon scénario, je serais bientôt comme ce pauvre type, je serais obligé de faire le premier métier qui me tomberait sous la main.

Non, tout de même pas, me dis-je. J'aimerais mieux me tuer. Quand ça va trop mal, on peut toujours se tuer ; si seulement j'avais un revolver, je le ferais tout de suite ; je me mettrais le canon dans la bouche et je me ferais sauter le crâne, on ne doit rien sentir. Ce serait assez rigolo de faire ça ici. Quel sujet de conversations ! Un type comme Imgram pourrait parler de ça au lieu d'aller raconter qu'il m'avait vu au théâtre avec Eva...

Je vidai mon verre à moitié.

« Ce qu'il y a, me dis-je à moi-même, c'est que tu es un peu soûl. Tu te plains parce que Carol t'a laissé tomber, mais il te reste Eva. C'est vrai que Carol est une chic fille, jolie, intelligente, bonne, loyale... mais elle va épouser Rex Gold. Okay. Mais j'ai toujours Eva. Et puis, après tout, non, mais ça ne fait rien... Eva n'a pas épousé Gold... non, c'est la femme de Jack. »

— Nom de Dieu ! fis-je au barman, j'avais oublié Jack !

Pourquoi fallait-il qu'il y eût toujours quelque salaud dans mon jeu ?... Et puis, assez de Jack, il est au Brésil. *Jack est au Brésil...* encore un titre de chanson. J'appelai le barman.

— Qu'est-ce que vous pensez de ce titre-là pour une chanson : *Jack est au Brésil.* Formidable, hein ?

— Certainement, monsieur, me dit-il avec un coup d'œil inquiet. Un excellent titre, monsieur, pour une chanson comique.

— Une chanson comique ? Pas du tout. C'est une chanson triste, très triste. Je savais bien que vous n'y connaissiez rien !

— Vous savez, monsieur Thurston, en matière de chansons, je...

— Ça va, bouclez-la. Racontez ce que vous voudrez aux gens qui ont le temps d'écouter un barman... pas à moi. Remettez-moi ça, ajoutai-je en poussant mon verre.

Au même moment entraient Peter et Frank Imgram. Naturellement ! Juste comme j'étais pas mal soûl et très en rogne. Je descendis de mon tabouret.

— Hello, Clive, dit Peter. Qu'est-ce que je vous offre ? Vous connaissez Frank Imgram, je crois ?

Si je le connaissais !

— Mais bien sûr, dis-je en reculant pour bien prendre ma distance ; c'est le fameux colporteur des potins d'Hollywood.

Sur quoi, je lui plaçai un direct en plein sur la bouche. Il tomba à la renverse en gargouillant et en essayant d'introduire ses doigts dans la bouche pour retenir son dentier. Il avait beau être l'auteur de *Terre stérile*, il avait de fausses dents ; les miennes étaient bien à moi.

Sans m'attarder pour voir ce qui allait se passer, je sortis du bar, passai dans la rue et montai en voiture. J'eus du mal à m'empêcher de revenir pour administrer une nouvelle correction à ce petit salaud ; j'étais si tendu que j'en avais des picotements dans les yeux, dans le nez et dans la nuque.

Et voilà, me dis-je. Pour commencer, Merle Bensinger, ensuite Carol, la chère et douce Carol, et maintenant Frank Imgram... et sans doute aussi Peter. En voilà quatre qui vont désormais me vomir. C'était vraiment du beau travail. Pour peu que je continue, je ne tarderais pas à devenir célèbre. Je descendis le boulevard Sunset à toute allure. Qui sait si avant peu, il se trouverait encore des gens pour m'adresser la parole ? On allait probablement me radier du Cercle littéraire... « Et puis après ? pensai-je, tu as toujours Eva », et je ralentis parce que j'avais tout à coup envie de lui parler. On pouvait m'empêcher de cogner sur

Imgram, mais personne ne pouvait m'empêcher de téléphoner à Eva.

J'entrai dans une cabine. Je devais être plus soûl que je ne le pensais, car je dus m'y reprendre à trois fois pour former le numéro. Lorsque j'y parvins enfin, j'étais en nage et furieux. Ce fut Marty qui me répondit :

— Allô, Miss Marlow ? dis-je.

— Qui est-ce qui parle ?

Qu'est-ce que ça pouvait bien lui f... ? Pourquoi Eva ne répondait-elle pas elle-même ? Se figurait-elle que j'avais envie de dire mon nom à sa bonniche qui s'empresserait de le répéter au laitier, au facteur et à tous les types avec lesquels elle se soûlait ?

— C'est un habitant de la Lune, dis-je.

Un silence, puis la voix de Marty :

— Je regrette, mais Miss Marlow est sortie.

— Ce n'est pas vrai, dis-je. Pas à cette heure-ci. Dites-lui que je veux lui parler.

— De la part de qui ?

— De la part de M. Clive, nom de Dieu ! Êtes-vous contente maintenant ?

— Je regrette beaucoup, mais Miss Marlow est occupée.

— Occupée, fis-je ahuri. Mas il est à peine deux heures...

— Je regrette. Je lui dirai que vous l'avez appelée.

— Attendez, dis-je complètement retourné, est-ce qu'il y a un type avec elle ?

— Je lui dirai que vous avez téléphoné, répéta Marty en raccrochant.

Je lâchai le récepteur qui continua à se balancer au bout de son fil. Je souffrais le martyre. « Si j'avais un revolver sur moi, me dis-je, je me ferais sauter le caisson tout de suite, ici, dans cette saloperie de cabine. Un beau fait divers : "Un célèbre écrivain se suicide dans une cabine téléphonique !" » Seulement, il me manquait un revolver… Je ferais bien d'en acheter un si ça devait continuer comme ça. Une fois mort, Merle Bensinger penserait que j'avais fait ça à cause d'elle, la douce et chère Carol penserait que c'était pour elle, ce petit salopard de Frank Imgram croirait que c'était à cause de lui — et ils se foutraient tous dedans ! Si un jour je le faisais, ce serait pour Eva. Elle s'en moquerait probablement et il ne lui viendrait jamais à l'esprit que ce pût être à cause d'elle.

Eh bien, puisque je n'avais pas de pistolet, j'irais toujours prendre une cuite, ce serait déjà ça. Ça serait même quelque chose d'assez coquet si j'arrivais à me soûler à fond : il me semblait qu'il n'y aurait jamais assez d'alcool dans le monde entier.

Je remontai en voiture en me répétant : « Mon pauvre vieux, tu me fais vraiment pitié. »

Pendant un moment, je me laissai aller à sangloter, la tête contre le volant. Cela ne m'était jamais arrivé : il est vrai que la matinée avait été plutôt mauvaise et que j'étais assez ivre. Je me demandais ce qu'Eva aurait pensé de moi si elle m'avait vu. Ce n'est pas Jack qui aurait fait ça :

Jack aurait couru chez elle, il aurait enfoncé la porte à coups de botte et aurait vidé le type qui était avec elle. Puis, il l'aurait prise par les épaules et lui aurait cogné la tête contre le mur.

« J'ai horreur de la faiblesse, Clive. Jack est fort ; il sait ce qu'il veut et rien ne l'arrête. »

Moi aussi, je savais ce que je voulais, mais je ne défonçai pas la porte et je ne cognai pas la tête d'Eva contre le mur. Je me contentai d'appuyer ma tête contre le volant et de sangloter.

XII

Je me réveillai d'un profond sommeil pour trouver Russell en train de tirer les rideaux. Je me redressai en poussant un grognement : ma tête me faisait mal et ma langue était comme un morceau de cuir.

— M. Tennett demande à vous voir, monsieur, dit Russell debout au pied du lit, la figure sombre.

La pensée d'Imgram me revint tout à coup en mémoire.

— M..., fis-je en retombant sur mon oreiller. Quelle heure est-il ?

— Un peu plus de dix heures et demie, monsieur.

— Oh ! ne prenez pas cet air-là, Russell. Je suppose que vous savez ce qui s'est passé au Cercle ?

— Oui, monsieur, c'est très ennuyeux.

— Naturellement. (Si seulement ma tête m'avait fait moins mal ! J'avais dû rentrer passablement soûl, je ne savais même plus comment je m'étais couché.) Mais ce petit salopard n'a eu que ce qu'il mérite.

— M. Tennett attend en bas, monsieur.

— Bon, dites-lui que je viens. Je ne vois pas très bien comment ça peut s'arranger.

Je me traînai dans la salle de bains : la douche me fit du bien. Après m'être rasé, un bon cognac à l'eau me redonna un peu de ton ; je me retrouvai presque en forme.

Peter était dans le salon.

— Bonjour, dis-je, en me dirigeant vers le dressoir pour me verser un second cognac. Je dormais. Excusez-moi de vous avoir fait attendre.

— Aucune importance.

— Un verre ?

Il fit non de la tête.

Je vins m'asseoir près de lui, sur le divan. Il y eut un silence embarrassant. Nous échangeâmes un coup d'œil et détournâmes ensemble les yeux.

— Naturellement, c'est au sujet d'Imgram, dis-je.

— Hum... Oui. Je suppose que vous étiez soûl ?

— Que voulez-vous que je vous dise ? (J'essayais de rester calme, mais je sentais venir la colère.)

— Ne croyez pas que je sois venu vous faire de la morale, dit vivement Peter, bien que je sois assez surpris que vous ayez pu agir ainsi. Je suis venu vous annoncer que Gold a l'intention de vous poursuivre.

— De me poursuivre ? fis-je interloqué.

C'était vraiment inattendu.

— Malheureusement, oui, dit Peter. Vous comprenez, Imgram est blessé et il ne pourra pas travailler pendant plusieurs jours. Cela va coûter de l'argent au studio et Gold est furieux.

Je ressentis un petit choc de satisfaction : le petit salopard en avait pris un bon coup.

— Oui, je comprends, dis-je.

— J'ai pensé que le mieux était de venir en parler avec vous, continua Peter. (Il semblait très gêné et peu fier de sa mission.) Gold estime que ça va lui coûter cent mille dollars.

— C'est un coup de poing qui revient cher, dis-je pris soudain de terreur. Dites, il n'a tout de même pas l'intention de me demander une telle somme ?

— Légalement, il n'a pas le droit de vous attaquer, ce serait le rôle d'Imgram, dit Peter en s'absorbant dans la contemplation de ses chaussures impeccablement cirées. Seulement, Gold a été voir Imgram.

— Ah ! bon. (J'avalai la moitié de mon verre ; le cognac avait déjà moins bon goût.) Et alors ? Imgram va m'attaquer en paiement de cent mille dollars ? Il ne les aura pas.

— Non, dit Peter en détachant soigneusement la cendre de sa cigarette. Imgram n'a pas l'intention de vous poursuivre, il l'a dit à Gold.

— Je ne comprends plus.

— Moi non plus, avoua Peter. Je crois qu'à sa place, je vous aurais attaqué. Ce que vous avez fait là est assez dégoûtant, Clive.

Je fis un geste évasif.

— Alors, quoi ? Il tend l'autre joue ?

— C'est à peu près ça.

— Quel petit salaud ! dis-je en me levant. Pourquoi ne veut-il pas me poursuivre ? Qu'est-ce que ça peut me faire ?

— Vous feriez mieux de vous asseoir, Clive. Vous avez déjà fait assez de mal comme ça. Mais enfin à quoi pensez-vous ? Vous rendez-vous compte que Carol est effondrée ?

Je vins me placer debout devant lui.

— Écoutez, Peter, je n'ai pas de leçon à recevoir de vous. Croyez-moi, ne vous mêlez pas de ça, ni de près, ni de loin.

— Je ne demanderais pas mieux, dit Peter avec un geste de lassitude. Croyez-vous que ça m'amuse ? Mais vous n'avez pas l'air de vous douter de votre cas. Vous voilà en conflit avec Gold et tout ce qui touche Gold rejaillit sur le studio. Pourquoi avoir frappé Imgram ? Vous aviez peut-être mille raisons que je ne tiens pas à connaître, mais ce qui est fait est fait et voilà tout notre horaire chamboulé. De plus Carol est aux cent coups ; elle ne peut plus écrire une ligne et tout cela est de votre faute.

— Je vois ce que c'est, dis-je en me rasseyant. C'est sur moi que tout va retomber. Que voulez-vous que j'y fasse ?

— Le mieux serait que vous disparaissiez pendant quelque temps. Pourquoi n'iriez-vous pas aux *Trois Points* ? Je ne voudrais pas que vous tombiez sur Gold en ce moment… dans l'état d'esprit où il est. Imgram ne donnera pas suite à l'incident et nous essayons de faire comprendre à Gold qu'il devrait vous laisser tranquille. Mais pour l'instant, mon vieux, il vous en veut à mort.

« Si c'est vrai, pensai-je, c'est la fin de mon scénario. »

— Je ne peux pas m'absenter en ce moment, dis-je après un instant de réflexion ; j'ai trop de travail. Mais je m'arrangerai pour ne pas le rencontrer.

— Espérons que ça marchera, dit Peter d'un air sombre. Il faut que j'aille au studio, nous sommes dans un gâchis épouvantable et Gold est comme un ours qui aurait une rage de dents. Soyez chic et faites le mort pendant quelque temps.

— Entendu, dis-je. À propos, Peter, vous savez que je travaille à un film pour Gold. Pensez-vous que cette histoire va tout démolir ?

— C'est possible, dit Peter en haussant les épaules. Tout dépend du temps que nous allons perdre. Si nous reprenons vite et si votre scénario est bon, tout peut s'arranger. Gold est un homme d'affaires, il ne laissera pas passer un bon sujet, mais il faut que ce soit de premier ordre.

— Oui, évidemment.

J'accompagnai Peter jusqu'à la porte, assez inquiet et embêté. Je commençais à comprendre que je m'étais conduit comme un idiot en boxant Imgram ; cela pouvait gâcher toute ma carrière.

— Pouvez-vous faire quelque chose pour Carol ? demanda Peter brusquement.

— Je ne le pense pas.

Il me regarda longuement et je me sentis tout à coup honteux.

— Elle vous aime, Clive, dit-il doucement, c'est une fille épatante qui mérite d'être mieux traitée. J'avais cru que c'était sérieux entre vous ; ça ne me regarde pas, mais ça me fait de la peine de la voir dans cet état.

Voyant que je ne répondais rien, il resta encore un moment comme hésitant, puis haussa les épaules.

— Excusez-moi. J'espère qu'elle s'en remettra. Au revoir, Clive, ne vous montrez pas pendant quelque temps, je suis sûr que ça s'arrangera si vous êtes prudent.

— Mais oui, dis-je. Et merci de votre visite.

Rentré au salon, je me versai à boire. Certes, j'aurais aimé revoir Carol, mais je redoutais la rencontre. Je l'avais blessée : qui sait si je ne mettrais pas plus de temps à la ramener en lui parlant qu'elle n'en mettrait à se calmer toute seule ? En outre, j'étais trop inquiet, non pas au sujet d'Imgram, mais de Gold ; il pouvait être terriblement dangereux. Aller le voir ? Non, Peter avait raison : mieux valait faire le mort.

Furieux, je fis du regard le tour de la pièce, sachant très bien que je ne pourrais pas rester enfermé entre ces quatre murs. Je deviendrais fou : ce n'était plus comme autrefois, quand je pouvais passer mes journées à lire. Hollywood m'avait rendu agité et l'idée d'être seul, même pour quelques heures, m'était insupportable.

Je consultai ma montre : il était midi moins le quart. Je pensai à Eva : elle devait être au lit en train de dormir. Voilà ce que j'allais faire : aller la voir et essayer de l'emmener déjeuner avec moi. Sitôt ma décision prise, j'éprouvai un réel soulagement. Eva me sauverait de la solitude ; tant que je l'aurais, le reste ne comptait pas.

J'arrivai avenue Laurel-Canyon peu après midi, m'arrêtai devant la maison d'Eva, frappai et attendis. Elle m'ouvrit presque aussitôt et resta debout, clignant des yeux à la lumière, l'air stupéfait.

— Clive ! fit-elle avec un petit rire amusé, j'ai cru que c'était le laitier ! (Visiblement, elle sortait du lit : ses cheveux étaient défaits et elle n'était pas maquillée.) Qu'est-ce que tu viens faire à cette heure-ci ?

— Bonjour Eva, j'ai voulu te faire une surprise. Puis-je entrer ?

Elle se serra dans sa robe de chambre et bâilla.

— J'allais prendre mon bain. Tu aurais pu au moins téléphoner.

Je la suivis dans sa chambre ; cela sentait vaguement le parfum et la sueur.

— Ça pue ici, hein ? dit-elle en ouvrant les fenêtres. (Puis elle s'assit sur le lit et se gratta la tête.) Oooh… je suis crevée.

— Tu n'as pas l'air d'avoir beaucoup dormi, dis-je en m'asseyant à côté d'elle. Qu'est-ce que tu as encore fait ?

— Je dois avoir une sale tête, dit-elle en se renversant sur l'oreiller, mais je m'en fous. Ce matin, je me fous de tout.

— Moi aussi, c'est pour ça que je suis venu, dis-je en examinant sa petite figure tirée. (Elle avait les yeux battus et les deux rides entre ses sourcils étaient très marquées.) Viens déjeuner avec moi.

— Non, je n'ai pas envie de bouger.

— Allons, laisse-toi faire, dis-je. Nous déjeune-rons de bonne heure et tu pourras rentrer aussitôt après si tu veux.

Elle me regarda d'un air intrigué.

— Oh ! zut, dit-elle d'un ton boudeur, ça me barbe de m'habiller. Je t'assure, Clive, j'aime mieux pas.

Je me penchai, lui pris les mains et l'attirai tout contre moi.

— Tu vas venir avec moi, dis-je fermement. Allez, habille-toi. Qu'est-ce que tu vas mettre ?

Elle se dégagea et se dirigea mollement vers le placard.

— Je ne sais pas, fit-elle en bâillant de nouveau. Oh ! ce que je suis vannée !

J'ouvris le placard ; il contenait une demi-dou-zaine de tailleurs.

— Pourquoi ne pas mettre une robe ? dis-je. J'aimerais te voir une fois dans quelque chose de flou et de féminin.

— Je sais mieux que toi ce qui me va, dit-elle en décrochant un tailleur gris. Tiens, je vais mettre celui-ci ; es-tu content ?

— Soit. Maintenant, dépêche-toi de prendre ton bain. Je vais fumer une cigarette en t'atten-dant.

— Je ne serai pas longue, dit-elle en sortant.

Une fois seul, je fis le tour de la chambre, ouvrant les tiroirs, examinant les bibelots en verre qui me rappelèrent son mari. L'atmosphère de la pièce avait quelque chose de secret, de caché qui me fit penser aux hommes qui venaient là… des hommes qui venaient en cachette et qui seraient morts de honte si leurs amis les avaient vus entrer dans cette maison. Cette idée me poursuivait, je souffrais de devoir partager Eva. Bientôt je ne pus rester en place ; je sortis dans le couloir et criai à Eva de se dépêcher.

— J'arrive, dit-elle. Un peu de patience.

À ce moment, la porte d'entrée s'ouvrit et Marty parut. Elle me regarda d'abord d'un air surpris, puis elle sourit.

— Bonjour, monsieur. Un beau temps, n'est-ce pas ?

Je la détestais ; j'avais horreur de son expression à la fois servile et goguenarde. Je me demandai si Eva lui parlait de moi, si elles parlaient ensemble des hommes qui venaient ici. La présence de cette femme qui se moquait peut-être de moi derrière mon dos me fut insupportable.

— Dites à Miss Marlow que je l'attends dans la voiture, lui dis-je d'un ton sec en sortant.

Eva me rejoignit au bout d'une demi-heure ; elle était nette et soignée, mais, en plein jour, elle me parut un peu vieillie et fatiguée.

— Comment me trouves-tu ?

— Merveilleuse.

— Ne mens pas, suis-je correcte ?

— Tu peux aller n'importe où avec n'importe qui.

— Sérieusement ?

— Bien sûr. La seule chose qui te gêne, c'est que tu as honte du métier que tu fais, c'est ce qui te donne ce sentiment d'infériorité. Seulement, tu veux mener la bonne vie. Eh bien, jusqu'ici, tu as réussi. Pourquoi t'en faire ?

Elle me regarda d'un air interrogateur, parut convaincue que je disais la vérité et s'installa sur le siège.

— Je te remercie, dit-elle avec un petit hochement de tête. Où allons-nous ?

— Au *Nikabob*, dis-je en tournant la rue. Ça te va ?

— Mmmm… oui.

— J'ai essayé de te téléphoner hier à deux heures, mais Marty m'a dit que tu étais occupée.

Elle fit la grimace, mais ne dit mot.

— Tu travailles donc sans arrêt ? dis-je comme pour me torturer à plaisir.

— Ne parlons pas de ça. Pourquoi tiens-tu toujours à revenir là-dessus ?

— C'est vrai, je m'excuse ; on ne doit jamais parler boutique. Tu m'intrigues, repris-je après un moment de silence, est-ce que tu te fous vraiment de tout ?

— Pourquoi me demandes-tu ça ?

— Je te crois assez sensible au fond.

— Mais je ne le laisserai jamais voir, dit-elle vivement.

— Drôle de fille ; tu es toujours en garde, tu considères tous les gens comme des ennemis. Je voudrais que tu te détendes et que tu me prennes pour un ami.

— Je n'ai pas besoin d'amis, répondit-elle d'un ton agacé. D'ailleurs, je connais trop les hommes pour me fier à eux.

— Parce que tu ne connais que leurs plus mauvais côtés. Laisse-moi être ton ami.

— Non. Et puis, assez ; tu ne m'intéresseras jamais. Je te l'ai assez répété, je crois.

Il y avait vraiment peu d'espoir pour moi. Je me sentis de nouveau plein de dépit et de fureur. Ne pouvais-je donc rien pour l'émouvoir, pour percer cette cuirasse d'indifférence et de froideur ?

— Au moins, tu es franche, dis-je. Avec toi, on sait où on en est.

— Je voudrais bien savoir ce que tu as derrière la tête, dit-elle en m'examinant attentivement. Qu'est-ce que tu caches derrière cet air doux ? Qu'est-ce que tu veux, Clive ?

— Toi, dis-je simplement. Tu me plais, tu m'intrigues ; j'ai envie de sentir que je tiens une place dans ta vie, c'est tout.

— Tu es fou ; tu dois connaître des centaines de femmes. Pourquoi te faire du souci pour moi ?

Oui… pourquoi ? alors que j'avais Carol ! Pourquoi perdre mon temps à me cogner la tête contre un mur, puisqu'il devenait chaque fois plus clair qu'Eva ne voudrait jamais de moi ? Je n'en savais rien, mais il fallait que je continue, même sans espoir.

— Les autres femmes, je m'en fous, dis-je en arrêtant devant le *Nikabob* ; il n'y a que toi qui comptes.

Elle fit des deux mains un geste d'impatience.

— Il faut que tu sois maboul, dit-elle. Combien de fois faudra-t-il que je te répète que tu ne m'intéresses pas et que tu ne m'intéresseras jamais ?

Je descendis de voiture et fis le tour pour lui ouvrir la portière.

— Eh bien, comme ça, te voilà tranquille, dis-je. Mais alors, pourquoi sors-tu avec moi ?

Elle me lança un coup d'œil dur ; je crus un instant qu'elle allait me tourner le dos et partir. Et puis, tout à coup, elle s'esclaffa :

— Ben quoi, il faut bien que je vive.

Je me sentis pâlir, mais je me contins et nous allâmes nous installer à une des tables du fond. Tout ce que je soupçonnais, tout ce que je me refusais cependant à croire tenait dans ces mots abominables : « Il faut bien que je vive. » Elle ne me tolérait que parce que je la payais pour cela. À ses yeux, je ne différais en rien de tous les autres hommes qui venaient la voir en cachette.

J'entendis qu'elle me parlait ; sa voix était dure :

— Qu'est-ce que tu attends pour commander ?

Debout à côté de moi, le garçon me regardait d'un air étonné ; je pris le menu qu'il me tendait sans pouvoir fixer mon attention sur la carte. Enfin, je revins à moi, mais je n'éprouvais plus aucun plaisir à choisir le menu. Je me sentais vide, flasque et le cœur un peu chaviré. Eva semblait se désintéresser complètement du menu ; à chacune de mes questions, elle se bornait à répondre : « Comme tu voudras, ça m'est égal. »

Je dis au garçon d'apporter une bouteille de whisky ; j'avais besoin de me remonter. Nous n'échangeâmes pas une parole avec Eva jusqu'à ce qu'il revînt. Mauvais départ.

— As-tu des nouvelles de Jack ? demandai-je brusquement pour changer de sujet.

— J'en reçois toutes les semaines.

— Comment va-t-il ?

— Mmmm… très bien.

— Quand rentre-t-il ?

— Mmmmm…

— Il restera longtemps ?

— Je ne sais pas… huit ou dix jours.

— Alors, je ne te verrai plus ?

Elle secoua la tête ; elle semblait regarder dans le vide et je vis qu'elle ne m'écoutait pas.

— J'aimerais connaître ton mari, dis-je après un silence.

— Hein ? Pourquoi ?

— Pourquoi pas ?

— Il te plairait sûrement, dit-elle en s'animant. Tout le monde l'aime… mais il n'y a que moi qui le connaisse bien. Ça me met en colère de voir les gens s'empresser autour de lui. S'ils savaient la façon dont il m'a traitée…

Mais ses yeux et toute sa figure disaient clairement qu'elle était prête à tout supporter de lui.

— Alors, quand nous présentes-tu ?

— Entendu, je lui en parlerai.

Le garçon apporta une excellente soupe au homard à laquelle Eva toucha à peine.

— Tu ne manges pas ?

— Je n'ai pas faim. D'ailleurs, je viens de me lever.

— Tu regrettes d'être venue ?

186

— Non. Si ça ne m'avait pas plu, je ne serais pas venue.

— Tu n'es jamais plus aimable que ça ?

— Pour quoi faire ? Ceux à qui ça ne plaît pas n'ont qu'à me laisser.

— Même avec tes autres hommes ?

— Ils reviennent tout de même. Pourquoi veux-tu que je m'en fasse ?

Évidemment. S'ils étaient tous comme moi, ils reviendraient toujours. Devant son expression mauvaise et arrogante, j'éprouvai le besoin de la blesser.

— Après tout, ça te regarde, dis-je ; seulement, tu ne seras pas toujours jeune ; alors, un jour, ils ne reviendront plus.

Elle pinça les lèvres et haussa les épaules :

— Il est trop tard pour me changer ; je n'ai jamais couru après les hommes et je ne vais pas commencer maintenant.

— Au fond, Eva, je ne crois pas que tu sois heureuse. La vie que tu mènes n'est pas drôle. Pourquoi n'en changes-tu pas ?

— Vous êtes tous les mêmes, dit-elle. Ils disent tous la même chose, mais aucun ne fait jamais rien. Et puis qu'est-ce que tu voudrais que je fasse ? Rester à la maison à me tourner les pouces ? Ce n'est pas mon genre.

— Jack va-t-il continuer à voyager ? Un jour, il voudra peut-être se fixer.

Elle eut un regard lointain et ses yeux s'adoucirent.

— Nous avions pensé à tenir un hôtel... et puis...

Le garçon nous apporta la suite. Dès qu'il fut parti, elle reprit brusquement :

— Croirais-tu que j'ai pleuré la nuit dernière ? Ça t'étonne, hein ?

— Pourquoi as-tu pleuré ?

— J'étais toute seule... J'avais eu une mauvaise journée. Tu ne peux pas savoir ce que certains types peuvent être dégoûtants. On ne peut se fier à personne, ils essaient tous de vous refaire.

— C'est certainement une vie très dure et sans aucune compensation, dis-je. Est-ce qu'il n'y aurait pas un autre moyen de gagner de l'argent ?

— Non. Et puis j'ai tort de me plaindre, mais aujourd'hui, je suis à plat. (Elle respira profondément et dit :) Ah ! les hommes, ce que je peux les haïr !

— Qu'est-ce qui t'est arrivé ?

— Non, rien. J'aime mieux ne pas en parler.

— On t'a maltraitée, hein ?

— Oui... un type qui a essayé de me refaire...

— Il a dû se faire sonner, dis-je, curieux d'en savoir davantage.

— Oui, fit-elle, les yeux brillants de colère. Et je te prie de croire qu'il ne refichera plus les pieds chez moi. Ah ! tiens, partons, ajouta-t-elle en repoussant son assiette presque intacte.

J'appelai le garçon.

— Écoute, Eva, dis-je, tu devrais venir déjeuner ou dîner avec moi, en copains, de temps en temps. Ça te ferait du bien, ça te permettrait de te débonder. Tu vois, moi, je te traite gentiment. Est-ce que tes autres amis en font autant ?

— N... non, fit-elle après une seconde de réflexion.

— Alors, c'est entendu ?

Elle fit d'abord la moue, puis son visage s'éclaira un peu.

— Entendu, Clive. Oui, ça me fera plaisir.

Il me sembla que je venais de remporter une grande victoire.

— Eh bien, je te téléphonerai la semaine prochaine et nous sortirons ensemble.

Dans la voiture, pendant que nous roulions vers l'avenue Laurel-Canyon, elle me dit :

— J'ai passé un bon moment, Clive ; mais quel drôle de type tu fais !

— Tu trouves ?

Arrivés devant chez elle, nous descendîmes tous les deux et restâmes un moment debout.

— Entres-tu ? me dit-elle en souriant.

— Non... pas aujourd'hui.

Elle me regarda, surprise, souriant encore des lèvres, mais plus des yeux.

— Vraiment, tu ne veux pas monter ?

— Non, dis-je, soyons seulement copains : nous sortirons ensemble la semaine prochaine.

— Comme tu voudras. Et... merci pour le déjeuner.

C'était l'instant crucial. Je lisais dans ses yeux qu'elle s'attendait à ce que je la paie pour le temps qu'elle avait perdu avec moi et je sentais que si je voulais poursuivre mon plan, je serais tôt ou tard obligé d'en passer par là. Et, pourtant, je ne voulais pas faire comme Harvey Barrow ; j'étais disposé à sortir avec elle, à l'écouter parler de Jack et de ses petits soucis quotidiens, mais non à lui donner aussi de l'argent.

— Alors, tu me téléphoneras ?

— C'est ça. Au revoir, Eva, et ne pleure plus.

Elle me tourna le dos et rentra chez elle. Je remontai en voiture, et je venais de démarrer, lorsque je vis venir un homme que je ne reconnus pas au premier abord. Puis je remarquai ses longs bras qui lui arrivaient presque aux genoux. En le croisant, je le regardai de plus près : c'était Barrow. Je m'arrêtai un peu plus loin. Que faisait-il dans ce quartier ? Je descendis de voiture pour le guetter et le vis ralentir en passant devant la maison d'Eva. J'eus envie de l'appeler, de courir à lui, de lui écraser mon poing sur sa sale gueule... Au lieu de cela, je restai sur place à l'épier : je le vis pousser la barrière et entrer.

XIII

Depuis le soir où je l'avais chassé des *Trois Points*, je n'avais plus repensé à Barrow et il ne m'était pas venu à l'idée qu'il pût continuer à voir Eva. Il me paraissait impossible qu'il osât se représenter devant elle après la façon dont elle l'avait traité et l'humiliation que je lui avais infligée. Pourtant, il était revenu, il la revoyait, il partageait ses faveurs au même titre que moi et, par là même, me rabaissait à son propre degré de turpitude. C'est à quoi je pensais en rentrant chez moi.

Russell s'avança à ma rencontre dans le couloir et il me suffit de le regarder pour savoir que j'allais avoir d'autres soucis.

— Miss Bensinger vous attend, monsieur.

— Miss Bensinger ? Depuis quand ?

— Elle vient d'arriver : elle a dit qu'elle avait quelque chose d'urgent à vous dire et qu'elle attendrait dix minutes.

Diable ! Il fallait en effet que ce fût important et urgent pour que Merle Bensinger se fût dérangée, elle qui ne quittait presque jamais son bureau. J'allai tout droit au salon.

— Bonjour, Merle ! En voilà une surprise.

Merle Bensinger était une grande fille solide avec des cheveux rouges. Elle portait gaillardement la quarantaine et il n'y avait pas une femme d'affaires plus avisée qu'elle dans tout Hollywood. Elle était plantée devant la cheminée et me regardait d'un air sombre.

— Si ma visite suffit à vous surprendre, vous ferez bien de vous servir un verre de cognac, parce que vous allez en avoir besoin, dit-elle en s'asseyant et sans prendre la main que je lui tendais.

— Écoutez, Merle, je suis désolé au sujet de l'article du *Digest*, mais...

— Il ne s'agit pas de cela, dit-elle d'un ton cassant, il y a bien d'autres choses plus graves. (Elle sortit de son sac un paquet de *Camel* tout froissé.) Comme je n'ai pas de temps à perdre, allons droit au but : est-il exact que vous ayez frappé Frank Imgram ?

— En supposant que ce soit vrai, qu'est-ce que ça peut vous faire ?

— Il me demande ça à moi ! s'exclama-t-elle en levant les yeux au ciel. Écoutez-le ! Il casse la figure de l'auteur le mieux payé d'Hollywood, il lui démolit son dentier et il me demande ce que ça peut me faire ! (Elle me regarda d'un air féroce :) Je me demande vraiment, Thurston, à quoi vos parents ont pensé en mettant au monde un imbécile de votre espèce. L'histoire du *Digest* n'était déjà pas mal, mais ça, alors...

— Allez-y, dis-je, expliquez-moi la situation.

— Elle ne peut pas être plus mauvaise, dit-elle en marchant vers la fenêtre. Vous vous êtes mis à dos le plus puissant et le plus dangereux magnat du cinéma, le vieux Gold. Il a juré d'avoir votre peau et il l'aura. De vous à moi, vous n'avez qu'à boucler votre valise et à filer, vous êtes brûlé à Hollywood.

C'était vrai que j'avais besoin de boire quelque chose : je me versai un whisky bien tassé.

— Vous pourriez m'en offrir un aussi, dit Merle ; vous n'êtes pas le seul à avoir les nerfs sensibles.

Après l'avoir servie, je me laissai tomber dans un fauteuil.

— Et mon contrat avec Gold ? dis-je.

— Écoutez-le ! dit Merle sur le ton du désespoir ; il croit qu'il a un contrat ! Mais, mon pauvre ami, avec un contrat comme celui-là, je ne pourrais rien tirer d'un bébé de deux mois ! Il ne contient aucun engagement ; si votre projet ne plaît pas à Gold, il le refuse et c'est tout.

— Rien ne dit qu'il ne lui plaira pas, fis-je sans grande assurance. Vous ne me ferez pas croire que Gold soit assez fou pour refuser un bon scénario rien que pour le plaisir de m'embêter.

Merle me jeta un regard de pitié.

— Mais comprenez donc que votre incartade lui coûte quelque chose comme cent billets et qu'il faudrait un sacré scénario pour lui faire oublier une perte pareille. À mon avis, il n'y a pas un seul auteur à Hollywood capable de lui faire oublier ça.

Je vidai mon verre et allumai une cigarette.

— Alors, que dois-je faire ? Vous êtes mon conseil, que suggérez-vous ?

— Rien, dit-elle. Gold vous a inscrit sur sa liste noire, on n'y peut rien. Écrivez des romans, mais pour le cinéma et le théâtre, vous êtes barré…

— Allons donc, fis-je, sentant monter la colère, Gold ne peut pas me faire ça. C'est de la folie…

— Peut-être, mais je sais ce dont il est capable ; c'est le seul type d'Hollywood contre lequel je ne puisse rien… Mais, fit-elle tout à coup en claquant des doigts, il y a quelqu'un qui pourrait y arriver.

— Arriver à quoi ? Expliquez-vous.

— À vous réconcilier avec Gold.

— Qui ça ?

— Votre amie… Carol Rae.

Je me levai d'un bond.

— Hé là, attention…

— Doucement, ne vous emballez pas. Carol Rae peut tout arranger, elle et Gold sont comme ça… dit-elle en croisant deux doigts.

— Depuis quand ? fis-je en dominant à grand-peine le tremblement de ma voix.

— Vous savez bien que Gold lui a demandé de l'épouser ?

— Oui, mais ça ne signifie rien.

— Ah ! vous croyez ? Vous ne comprenez donc rien ? Voilà un homme de soixante ans qui n'a jamais été marié et qui tombe tout à coup amoureux. Un homme de cet âge-là ne tombe pas amoureux, il se précipite à la vitesse de mille kilomètres à l'heure. Une fille comme Rae pourrait faire de lui ce qu'elle voudrait... même vous réconcilier avec lui.

Je respirai profondément et l'effort que je dus faire pour dompter ma rage me laissa tout moite.

— Merci du tuyau, Merle, j'y réfléchirai.

Je l'aurais volontiers giflée, mais ce n'était pas le moment de me faire de nouveaux ennemis.

— Vous feriez mieux d'agir, Thurston, dit-elle en se levant. Je vous ai expliqué la marche à suivre, le reste vous regarde. À votre place, j'abandonnerais cette histoire de film et j'écrirais un roman. Déjà certains de vos créanciers sont venus me voir, je les ai évincés, mais ce ne sera pas toujours possible.

J'étais si abasourdi que je ne pus dire un mot.

— Autre chose, reprit Merle au moment de passer la porte. On raconte que vous vous baladez avec une poule ?

Je me sentis vaciller.

— En voilà assez pour aujourd'hui, Merle, ne fourrez pas votre museau dans mes affaires.

— Ainsi, c'est vrai ! s'écria-t-elle d'un ton exaspéré. Vous êtes donc fou ? Il n'y a donc pas assez de femmes séduisantes ici, à Hollywood, sans que vous alliez vous acoquiner avec une grue ? On en parle déjà trop, Thurston, et aucune réputation d'écrivain ne pourrait survivre à un scandale comme celui-là. Pour l'amour du Ciel, reprenez-vous... ou bien fini nous deux.

Je me sentis pâlir.

— Hollywood fera bien de me foutre la paix, dis-je au comble de la fureur. Et vous aussi,

Merle. Je ferai ce qui me plaira, je fréquenterai qui je voudrai et si ça ne vous plaît pas, vous savez ce qui vous reste à faire.

— Quelle gourde ! dit-elle, perdant patience à son tour. J'avais cru qu'à nous deux nous aurions pu gagner de l'argent, mais je me suis trompée. Tant pis pour vous. En ce qui me concerne, ça m'est égal parce que vous êtes déjà à moitié coulé. Vous savez que je suis franche, Thurston, je dis que si vous continuez à vous montrer avec cette femme, vous êtes fichu, ratiboisé, enterré. Si vous ne pouvez pas vous passer d'elle, cachez-vous au moins.

— Adieu, Merle, dis-je en ouvrant la porte. Il ne manque pas d'autres vautours qui ne demanderont qu'à s'occuper de mes intérêts. Entre nous, fini.

— Adieu, Thurston, et surveillez vos sous, vous en aurez besoin.

Une fois seul, je me mis à arpenter la pièce. Pourquoi avait-elle parlé de mes créanciers ? À ma connaissance, je ne devais aucune grosse somme. Qu'avait-elle voulu dire ? Je sonnai Russell.

— Avons-nous beaucoup de factures en retard, Russell ?

— Quelques-unes, oui, monsieur ; je pensais que vous le saviez.

J'allai à mon bureau et sortis d'un tiroir un paquet de factures.

— Vous auriez dû surveiller cela, Russell, dis-je mécontent, je ne peux tout de même pas m'occuper de tout dans cette sacrée boîte.

— Mais, monsieur, je n'avais jamais vu celles-ci, dit Russell. Si je les avais vues, je…

— C'est bon, c'est bon, dis-je vivement, sachant parfaitement qu'il avait raison.

J'avais pris l'habitude de fourrer toutes les factures dans ce tiroir en me promettant de les régler à la fin du mois, et puis je n'y avais plus pensé.

— Tenez, dis-je en m'asseyant, prenez un crayon et un papier et inscrivez les sommes que je vais vous dicter.

— Est-ce que… est-ce qu'il y a quelque chose qui ne va pas, monsieur ? fit Russel subitement inquiet.

— Faites ce que je vous dis et taisez-vous.

Au bout d'un quart d'heure, je trouvai que je devais treize mille dollars à différents fournisseurs.

— Hum, ça ne va pas très bien, dis-je en regardant Russell. Pas bien du tout, même.

— Ils peuvent encore attendre, monsieur, dit Russell en se grattant le menton. Heureusement qu'il y a cette proposition de M. Gold, n'est-ce pas, monsieur ? Je pensais que…

— On ne vous demande pas de penser, fis-je sèchement. Allez, ouste, j'ai affaire.

Dès qu'il fut sorti, j'examinai mon carnet de comptes ; il me restait quinze mille dollars en banque. Si Merle avait dit vrai à propos de mes créanciers, j'allais me trouver à sec dans quelques jours. En rangeant le carnet je m'aperçus que ma main tremblait.

Pour la première fois depuis mon arrivée à Hollywood, je pris peur. Jusqu'ici, tant avec les droits de *Rain Check* qu'avec la vente de mes romans, l'avenir m'avait paru assuré, mais cela ne pouvait pas durer indéfiniment. Ma seule ressource était de réussir le scénario de Gold.

Évidemment, j'avais un train de vie coûteux : les *Trois Points* me restaient encore sur les bras jusqu'à la fin du mois et mon appartement me coûtait cher. Mais ce serait la dernière chose que j'abandonnerais parce que je savais trop bien qu'aussitôt Hollywood commencerait à jaser et que ce serait la fin. À Hollywood, on ne vous juge ni d'après votre mérite ni d'après votre éducation, on ne vous juge que d'après vos revenus.

Pendant trois jours, je m'attelai à mon scénario, mais au bout du troisième jour, malgré tous mes efforts, je dus reconnaître que je n'avais rien fait de bon — simplement parce que, pour la première fois de ma vie, je sentais qu'il fallait absolument que je réussisse. Ce sentiment me causait une terreur panique qui m'empêchait de voir clair et plus j'essayais de me forcer, plus ce que j'écrivais était mauvais.

Finalement, je repoussai la machine à écrire, me préparai un whisky-soda et me mis à arpenter la pièce. Un coup d'œil à la pendule m'apprit qu'il était sept heures dix : sans presque y penser, je saisis le téléphone et appelai Eva.

— Allô, comment va ?

— Très bien, Clive, et toi ?

— Très bien. Dis donc, Eva, veux-tu dîner avec moi ? Puis-je passer te prendre tout de suite ?

— Non… impossible

— Oh ! si… j'ai envie de te voir.

— Impossible.

— Mais je veux te voir, insistai-je le sang aux joues.

— Je te dis que non.

Elle aurait pu au moins manifester quelque regret, pensai-je furieux.

— Tu dînes avec quelqu'un ?

— Oui, là, puisque tu veux tout savoir.

— Bon, bon. Tu ne peux pas te libérer ?

— Non.

Je fus sur le point de raccrocher brutalement mais je pensai aux heures vides qui m'attendaient.

— Et après le dîner ?

— Oui, peut-être. Tu as tant que ça envie de me voir ?

Pourquoi croyait-elle donc que j'étais là en train de me traîner à ses genoux ?

— Oui, dis-je ; à quelle heure ?

— Vers neuf heures et demie.

— Bien. Téléphone-moi dès que tu seras rentrée et je viendrai aussitôt.

— Entendu.

Je lui donnai mon numéro.

— N'oublie pas ; j'attends ton coup de téléphone.

— Oui.

Et elle raccrocha la première.

Pas très encourageante cette conversation, mais tant pis ; j'avais besoin de la voir. Je ressemblais au type qui persiste à mordre sur une dent qui lui fait mal ; mais tout, plutôt que de passer la nuit tout seul.

Russell vint m'interrompre dans mes réflexions. Il jeta un coup d'œil sur le désordre de mon bureau et pinça les lèvres.

— Ça va bien, Russell, dis-je impatiemment ; ne faites pas votre tête de curé, la vie n'est déjà pas si drôle. En fait, tout va aussi mal que possible.

— J'en suis désolé, monsieur. Que se passe-t-il donc ?

J'éprouvai soudain le besoin de me confier à quelqu'un.

— Asseyez-vous là, dis-je en lui indiquant un fauteuil ; il faut que je vous parle.

— Je préférerais rester debout, monsieur Clive, fit-il d'un ton scandalisé.

— Voulez-vous vous asseoir, bon Dieu !... Pardon, Russell, mais je suis à bout de nerfs et je ne pourrai pas vous parler si vous prenez vos grands airs.

— Très bien, monsieur Clive, dit-il en s'installant précautionneusement. Y a-t-il quelque chose que je puisse faire, monsieur ?

— Non, dis-je en secouant la tête et en prenant une cigarette, mais j'ai besoin de causer avec quelqu'un. Ça fait déjà un bout de temps que nous sommes ensemble, hein ? Dans une certaine mesure, votre avenir se trouve lié au mien ; si je sombre, la vie redeviendra difficile pour vous ; je ne vois pas pourquoi vous ne partageriez pas mes ennuis, tout comme vous profitez de mes succès.

Il me regarda fixement sans ouvrir la bouche.

— Je suis dans une mauvaise passe, repris-je après un silence. Carol m'a quitté, Miss Bensinger me lâche, je ne peux pas arriver à mettre debout un scénario et j'ai des dettes. Voilà mon bilan. Qu'est-ce que vous en dites ?

Il se frotta longuement le crâne.

— Je me demande ce qui vous est arrivé, monsieur Clive. Voilà je ne sais combien de temps que vous n'avez rien fait. Il y a déjà quelque temps que cela me tourmente. Si j'osais, je dirais que depuis le jour où vous avez envoyé ce livre à Miss Marlow tout a été de mal en pis.

— Décidément elle est la tête de Turc, dis-je en me levant et en marchant de long en large. Mais vous avez tous tort ; sans elle, je ne sais pas ce que je deviendrais.

— Oh ! je ne peux pas le croire, monsieur, dit-il d'un air stupéfait. Elle ne vous aime pas, j'espère ?

J'éclatai d'un rire faux.

— Rassurez-vous, Russell, je n'ai pas l'intention de l'épouser. D'ailleurs, entre nous, elle se fiche complètement de moi. Vous ne pouvez pas vous imaginer la façon dont elle me traite. (J'écrasai ma cigarette et en rallumai aussitôt une autre.) Ne voyez-vous pas combien je suis seul ? Ça vous étonne, et c'est cependant vrai : je n'ai personne avec qui je puisse parler à cœur ouvert ; tous ces types d'Hollywood me font suer, on ne peut rien leur dire. Si vous n'êtes pas toujours prêt à raconter une blague, ou à étaler votre argent, ils vous accueillent aussi gracieusement qu'une feuille d'impôts.

Russell posa soigneusement ses mains sur ses genoux.

— Je ne comprends pas, monsieur. Vous avez pourtant des amis comme M. Tennett par exemple. Pourquoi ne l'invitez-vous pas de temps en temps à dîner ?

— Peter ? Pensez-vous ? Il est comblé de tout, il ne va pas s'embarrasser d'un type comme moi... C'est comme Carol, elle aussi a réussi, et par-dessus le marché elle va épouser Gold. Joli dénouement, n'est-ce pas, que d'épouser un vieux grippe-sou comme Gold ?

— Il faut dire que vous ne l'avez guère encouragée, monsieur, dit Russell doucement. Je suis sûr que vous auriez pu être très heureux tous les deux, si ça n'avait pas été cette Miss Marlow...

— Assez sur Miss Marlow, fis-je irrité ; je vous dis que je ne peux pas me passer d'elle... La vérité, Russel, repris-je après un silence, c'est que je suis mordu. J'ai commencé par m'amuser, et puis j'ai été pris. Maintenant je l'ai dans la peau.

Russell prit son air grave.

— Mais enfin, monsieur...

— Ne restez pas là comme un empaillé, criai-je. Je n'y peux rien, je vous dis que je l'ai dans la peau.

Il parut réfléchir pendant un moment.

— Il n'y a rien là, monsieur, que d'assez ordinaire. Vous pensez bien que vous n'êtes pas le premier qui se soit laissé prendre par une femme comme Miss Marlow ; c'est déjà arrivé à d'autres et ça arrivera encore.

— Qu'est-ce que vous racontez ? Qu'en savez-vous ?

— Je suis beaucoup plus vieux que vous, monsieur Clive, dit-il tranquillement, et je connais mieux que vous les dessous de la vie. Lorsqu'un homme tombe dans les mains de ce genre de femme, il finit toujours par le regretter.

— Mais, Russel, dis-je, ce n'est pas une poule ordinaire, elle n'est pas comme les autres. Enfin, bon sang, vous ne pensez tout de même pas que j'aurais été m'amouracher d'une fille de trottoir !

— Malheureusement, monsieur, il n'y a pas de différence essentielle entre ces femmes-là. Elles peuvent ne pas se ressembler, avoir des méthodes différentes, mais au fond, elles sont toutes les mêmes. Ce sont des dévoyées pour lesquelles tous les moyens sont bons ; elles n'ont que du mépris pour les hommes qui leur donnent de l'argent et qui se montrent esclaves de leurs appétits. Tout pour elles est affaire d'argent ; j'ajoute que la plupart d'entre elles sont aussi des ivrognes. On ne peut pas les comparer aux autres femmes.

Je me mordis les lèvres.

— Vous avez peut-être raison, dis-je. Mais pourquoi une chose pareille m'est-elle arrivée à moi ? Comment cette sacrée femme a-t-elle pu me mettre le grappin dessus à ce point-là ?

— Est-ce bien sûr, monsieur ? Généralement, ceux qui fréquentent ces femmes-là sont des timides, des hommes qui souffrent d'un complexe d'infériorité. C'est peut-être votre cas. Peut-être sentez-vous obscurément qu'elle vous est inférieure, et cela vous rend-il votre confiance en vous-même ? À mon avis, vous éprouvez une sorte de pitié parce qu'elle se rend compte qu'on ne peut pas l'aimer, qu'elle ne peut se fier à aucun homme et que demain ou dans huit jours, ses clients l'abandonneront pour une autre. Vous lui ressemblez sur plus d'un point : elle n'a pas d'avenir et vous imaginez que le vôtre est perdu ; elle vit seule au milieu d'hommes sans intérêt et sans scrupules, vous croyez vivre seul au milieu de gens qui vous sont supérieurs et qui vous dédaignent. Voilà probablement pourquoi vous pensez ne pas pouvoir vous passer d'elle.

Je jetai ma cigarette.

— Sacré vieux singe, dis-je sans le regarder. Qui aurait cru que vous y voyiez si clair ?

Il se permit un sourire respectueux.

— J'espère que je ne vous ai pas offensé, monsieur Clive, dit-il en s'épongeant le front avec son mouchoir. J'espère surtout, monsieur, que vous allez rompre avec cette femme, elle ne peut vous causer que des ennuis. Tandis que Miss Carol, si je puis me permettre, voilà une jeune femme bien. Pourquoi ne pas aller la voir, lui dire la vérité et lui demander de vous aider ? Je suis sûr qu'elle ne vous abandonnera pas si elle sent que vous tenez vraiment à elle.

Je pensai à mon rendez-vous avec Eva ; il fallait absolument que je la voie ce soir. À quoi bon écouter Russell ? Il avait peut-être raison ; mais, même dans ce cas, pouvais-je reculer au moment même où je commençais à faire des progrès avec Eva ?

— J'y réfléchirai, Russell, dis-je en me levant. Pour le moment, je ne vois pas d'issue, mais cela ira peut-être mieux demain... En tout cas, merci de m'avoir écouté et merci pour vos conseils... Soyez gentil, tâchez de me trouver quelque chose à manger ; je ne sortirai qu'assez tard.

Il se leva vivement et me lança un coup d'œil pénétrant ; je vis ses lèvres se pincer et son visage s'assombrir, mais il sortit sans rien ajouter. J'éprouvai soudain pour lui une réelle affection ; il était visible qu'il se tourmentait à mon sujet et il m'était agréable de savoir qu'il existait au moins une personne qui se souciât de moi. L'heure qui suivit me parut interminable, ma nervosité augmentait de minute en minute. Après le dîner, j'écoutai la radio, l'œil fixé sur la pendule. À neuf heures vingt-cinq, j'arrêtai le poste et essayai de lire. Dans cinq minutes, Eva allait m'appeler. Quelle victoire pour moi ! Ce serait la première fois qu'elle allait faire un geste pour nous réunir ; c'était donc qu'elle pensait tout de même à moi.

Neuf heures trente-sept. Naturellement, on ne pouvait pas lui demander d'être exacte à une minute près, mais d'un instant à l'autre...

Russell entra pour s'informer si je n'avais besoin de rien. Avec un geste d'impatience, je lui fis signe de s'en aller.

— Faut-il rentrer la voiture, monsieur ?

— Non, je vais sortir tout de suite.

— Monsieur n'a plus besoin de moi ?

Je me contins difficilement.

— Non, parvins-je à dire posément. Bonsoir, et ne vous inquiétez pas si je rentre tard.

Dès qu'il fut sorti, je faillis regarder la pendule, mais me retins à temps. « Attends qu'elle t'appelle, me dis-je à moi-même. À quoi cela t'avancera-t-il de regarder l'heure ? Elle va t'appeler puisqu'elle l'a promis. »

Je fermai les yeux et attendis, sentant le doute, la déception, l'humiliation m'envahir lentement, irrésistiblement. J'essayai de compter : arrivé à huit cents, j'ouvris les yeux et regardai la pendule : elle marquait dix heures dix.

J'allai au téléphone, formai le numéro et attendis. La sonnerie retentit longtemps, mais sans réponse. Je raccrochai.

— Saleté, dis-je, sacrée petite roulure.

Tout en me versant un whisky et en allumant une cigarette, je sentais monter en moi une rage froide. Je l'injuriais, cherchant les mots les plus outrageants. Elle était bien toujours la même, égoïste, indifférente, sans parole ; pas un instant elle n'avait pensé à ma soirée gâchée, elle se moquait bien de ce qui pouvait m'arriver…

Je retéléphonai à dix heures et demie : toujours pas de réponse. Tremblant de colère, je me mis à faire les cent pas. La garce ! Mais elle avait tort de me prendre pour une poire… je lui montrerais… Oui, mais comment ? Je ne pouvais rien contre elle, rien, absolument rien. « Ah ! si jamais j'arrive à t'amener où je veux, tu me le paieras. »

Allons donc ! Je savais bien que je ne l'amènerais pas où je voulais, et que si nous devions nous revoir ce serait encore moi qui souffrirais, qui céderais.

Après cela, je téléphonai de dix minutes en dix minutes. Tant pis si cela devait durer toute la nuit. À onze heures et demie, elle répondit :

— Allô ?

— Eva... commençai-je, mais je dus m'interrompre tant les mots s'embrouillaient dans ma tête. La rage et la tension nerveuse m'avaient épuisé.

— Ah ! c'est toi, Clive ?

Sa voix calme, indifférente, me rendit la force de balbutier :

— Je t'ai attendue... Tu m'avais dit neuf heures et demie... regarde l'heure qu'il est... j'ai attendu.

— Ah oui ?

Il y eut un silence, puis je l'entendis dire à voix basse :

— Bon Dieu que je suis soûle !

— Ah ! tu es soûle ? criai-je. Et moi alors, tu t'en fous ?

— Oh ! assez, Clive, je suis fatiguée...

— Mais enfin, nous devions nous voir ce soir. Pourquoi as-tu fait ça ?

— Et pourquoi pas ? Tu en demandes trop... Je te dis que je suis fatiguée...

Elle va raccrocher, me dis-je soudain pris de terreur.

— Attends, Eva, ne coupe pas... tu es fatiguée, bon, mais pourquoi ne pas m'avoir téléphoné ? Après notre week-end, tu aurais pu me traiter autrement...

— Oh ! la barbe ! Viens maintenant si tu veux, mais ne continue pas tes jérémiades.

Avant que j'aie pu placer un mot, elle avait raccroché. Sans une seconde d'hésitation je saisis mon chapeau et courus à l'ascenseur. Quelques instants plus tard, je roulais vers l'avenue Laurel-Canyon ; il faisait clair de lune, les rues étaient encombrées, mais je fis le trajet en treize minutes. Elle m'ouvrit aussitôt.

— Ce que tu peux être assommant, Clive ! dit-elle en entrant dans la chambre. Qu'est-ce qui te prend ? Il n'y a pourtant pas longtemps que tu es venu.

Je la regardai, essayant de dominer ma colère. Elle portait sa robe de chambre bleue et elle sentait fortement le whisky. Elle leva les yeux vers moi et fit la grimace.

— Bon Dieu, dit-elle en bâillant. Je suis crevée.

Elle se laissa tomber sur le lit, la tête sur l'oreiller, les yeux dans le vide ; elle paraissait avoir du mal à fixer les objets. Elle m'inspira soudain de la répulsion :

— Tu es soûle, dis-je d'un ton accusateur.

— Il y a des chances... fit-elle en portant la main à sa tête. En tout cas, j'ai bu assez pour ça.

— Et pendant ce temps-là, moi j'attendais ! Tu n'as donc aucune espèce de sentiment pour moi ?

D'un effort elle se redressa sur les coudes ; elle avait sa figure dure et ses yeux brillaient comme des cailloux humides.

— Un sentiment pour toi ? Pour qui te prends-tu ? Je t'ai prévenu, Clive, il n'y a qu'un homme qui compte pour moi, c'est Jack.

— Oh ! fous-moi la paix avec ton Jack !

— Ah ! je voudrais que tu te voies, tu es trop drôle ! fit-elle avec un rire moqueur en se laissant retomber sur l'oreiller. Et puis, assieds-toi au lieu de rester debout raide comme la justice.

— Où as-tu été pendant ce temps-là ?

— Je n'ai pas pu me dégager, c'était un client. Et puis, est-ce que ça te regarde ?

— En somme, tu m'as bel et bien oublié.

— Non, fit-elle avec un ricanement insolent, j'ai bien pensé à toi, mais je me suis dit que ça te ferait les pieds. Comme ça, maintenant, tu ne te figureras plus que tout t'est dû.

Avec quelle joie je l'aurais battue !

— Très bien, dis-je, puisque c'est ainsi, je m'en vais.

— Ne fais pas l'idiot, dit-elle en me passant les bras autour du cou. Reste... je veux que tu restes.

« Petite garce, pensai-je, c'est mon argent que tu veux. »

— C'est égal, dis-je en m'écartant du lit, je ne croyais pas que tu me traiterais comme ça.

Elle se croisa les mains derrière la tête et me regarda en ricanant.

— Oh ! je t'en prie, change de disque. Je t'ai prévenu de ce qui arriverait si tu en pinçais pour moi, pas vrai ? Allons, sois gentil, viens te coucher.

Je m'assis sur le lit près d'elle.

— Tu crois vraiment que je suis amoureux de toi ? En tout cas, tu t'en fous bien, n'est-ce pas ?

— J'en ai plein le dos des types qui ont le béguin, dit-elle en se détournant. Je n'ai pas besoin de ça ; ils n'ont qu'à me laisser tranquille.

— C'est bien ce qui t'arrivera si tu es avec eux comme avec moi, et tu ne l'auras pas volé.

— Penses-tu ! Ils reviennent toujours et puis même s'ils ne revenaient pas, il n'en manque pas d'autres. Moi, je ne dépends de personne, tu comprends.

— Si tu ne dépends de personne, c'est grâce à Jack, dis-je pour la vexer, mais suppose qu'il lui arrive quelque chose ? Qu'est-ce que tu deviendrais ?

— Je me tuerais.

— On dit ça, mais tu n'en aurais pas le courage.

— Crois-tu ? J'ai déjà essayé une fois : j'ai avalé une bouteille de Lysol. Tu sais ce que c'est ? Ça ne m'a pas tuée, mais pendant des mois j'ai craché le sang.

— Pourquoi avais-tu fait ça ? demandai-je si ému que ma colère s'évanouit dans l'instant.

— Ça ne te regarde pas. Allons, assez bavardé ; viens te coucher, je suis fatiguée.

Je sentis sur ma joue son haleine chargée d'alcool et me détournai pris de dégoût.

— Bien, dis-je, ne pensant plus qu'à m'évader de cette horrible chambre, je vais dans la salle de bains, j'en ai pour une minute.

— Dépêche-toi, fit-elle en ôtant sa robe de chambre et en se glissant dans le lit.

Puis elle ferma les yeux et se mit à respirer bruyamment par la bouche.

Je restai debout à regarder le second oreiller pas très propre et vaguement taché de graisse. Ainsi, elle m'invitait à coucher dans les draps qui avaient servi à un autre homme ! C'en fut assez pour me décider : j'allai fumer une cigarette, assis sur le rebord de la baignoire. Cette fois, tout était fini entre nous et j'en éprouvai d'abord un immense soulagement : je l'avais vue telle qu'elle était, je savais que rien ne pourrait modifier ses sentiments à mon égard et qu'elle n'en voulait qu'à mon argent. J'aurais pu passer sur sa froideur et son ivrognerie, mais la vue des draps sales avait suffi pour tuer ma passion d'un seul coup et définitivement.

Comme il est curieux de penser que le désir sensuel repose sur un équilibre si délicat que le plus petit détail est capable de le détruire. Un geste inconscient, un mot irréfléchi, une simple manie, un tic trop souvent répété, et c'est la fin d'un grand amour qui avait résisté à des assauts en apparence autrement redoutables. Le fauteur ne s'en rend pas compte, l'autre se résigne à l'inévitable et tous deux continuent à vivre côte à côte sans changement visible. Bien qu'on ne se soit rien dit, que personne n'ait marqué le coup, quelque chose qui leur était infiniment précieux à tous deux est mort.

Bien que ma flamme pour Eva ne fût point d'une si haute qualité, elle venait de s'éteindre. Elle avait cessé de m'intéresser. Je restai pendant quelque temps dans la petite salle de bains et redescendis doucement. Eva gisait en travers du lit, la figure rouge et elle ronflait.

Il ne restait plus en moi qu'un assez vague sentiment de dégoût. Je sortis de ma poche deux billets de vingt dollars que je posai sur la commode, près des animaux en verre, puis, sur la pointe des pieds, je regagnai ma voiture et rentrai chez moi.

XIV

Étendu dans mon lit, aux premières heures de l'aube, je me demandais comment mes relations avec Eva avaient pu durer si longtemps. Elle avait vraiment tout fait pour m'éloigner d'elle et il avait fallu que je fusse aveuglé par la passion pour ne pas avoir rompu plus tôt.

À présent, j'étais libéré de ce désir, de cette attirance et de cette jalousie qui m'avaient saisi dès notre première rencontre. Comme Russell avait raison ! Toutes les prostituées se ressemblaient, elles sortaient toutes du même moule. Quelle folie de ma part de croire qu'Eva était une exception et qu'elle pouvait avoir une autre mentalité, simplement parce que extérieurement elle faisait moins grue ! Je reconnaissais qu'une fois sorti du cadre louche de sa petite maison, elle pouvait soutenir la comparaison avec les femmes les plus chic d'Hollywood ; elle avait même plus de caractère, plus de personnalité ; c'était certainement ce qui m'avait trompé. Je me félicitais de l'avoir vue la veille dans l'état où je l'avais trouvée ; rien n'aurait pu me prouver aussi clairement que nous appartenions à deux mondes totalement opposés.

Certes, je l'avais échappé belle : je frémis à l'idée de ce qui aurait pu arriver si j'avais continué à la voir. Puis de fil en aiguille, je me mis délibérément à examiner toute ma vie passée. Somme toute, je m'étais conduit comme un gredin et un imbécile ; je pensai à John Coulson, à Carol, à Imgram, à tout ce que j'avais fait de mal et, pris soudain de terreur, je tâchai d'évoquer quelque bonne action capable de me racheter à mes propres yeux. Je ne pus m'en rappeler aucune. Ainsi, j'étais arrivé à l'âge de quarante ans sans avoir accompli une seule chose dont je puisse être fier — sauf peut-être de m'être séparé d'Eva. Du moment que j'avais eu assez de volonté pour faire cela, c'est que je pouvais encore me réhabiliter et sauver ma réputation d'écrivain.

Mais, c'était là une tâche trop lourde pour mes seules forces ; j'avais besoin d'aide, et je ne pouvais en attendre que de Carol. À cette pensée, je me sentis envahi de tendresse et d'affection pour elle ; je me dis que je l'avais traitée honteusement et je pris la résolution de ne plus jamais la blesser ni la chagriner. Quant à son mariage avec Gold, il ne pouvait pas en être question : j'irais la voir aujourd'hui même.

Je sonnai Russell qui arriva quelques minutes plus tard avec mon petit déjeuner.

— Russell, dis-je, je me suis conduit comme un parfait imbécile. C'est vous qui aviez raison : j'y ai

214

réfléchi pendant une partie de la nuit et je vais me ressaisir. J'irai ce matin voir Miss Rae.

Il m'examina d'un œil scrutateur, leva les sourcils et alla ouvrir les rideaux.

— J'ai idée que Miss Marlow ne s'est pas montrée très aimable hier soir, monsieur Clive.

Je ne pus m'empêcher de rire.

— Comment l'avez-vous deviné ? dis-je en allumant une cigarette. Vous savez donc tout ? Eh bien oui, je l'ai vue en effet hier soir, je l'ai même vue sous son vrai jour, et non plus telle que je voulais me la représenter et je vous assure que cela fait une sérieuse différence. Elle était soûle et... Mais passons. Bon Dieu, je l'ai échappé belle, Russell. Enfin, c'est passé, et je vais me remettre au travail dès aujourd'hui, mais il faut d'abord que je voie Carol. (Je vis ses yeux briller de plaisir.) Croyez-vous qu'elle consentira à m'écouter ?

— Je l'espère, monsieur, dit-il gravement. Cela dépendra de la façon dont vous vous y prendrez.

— Je le sais bien. Évidemment ce ne sera pas facile, mais si elle veut seulement m'écouter, je crois que j'arriverai à m'expliquer.

Il se mit en devoir de me verser mon café et je vis qu'en dépit de son calme apparent, sa main tremblait.

— Vous avez été un bon ami pour moi, Russell, dis-je en lui serrant le bras. Croyez-moi, je ne l'oublie pas.

À mon grand embarras, je le vis sortir précipitamment son mouchoir et se moucher bruyamment.

— Vous avez été très bon pour moi, autrefois, monsieur Clive, et cela me faisait de la peine de vous voir malheureux, me dit-il bouleversé.

— Allez préparer mon bain, voulez-vous ? Et courez vite, sinon je sens que nous allons nous mettre à sangloter dans les bras l'un de l'autre.

Il était un peu plus de neuf heures et demie lorsque j'entrai dans le salon de Carol. Elle arriva au bout d'un instant ; elle était pâle et de larges cernes bleuâtres s'étalaient sous ses yeux.

— Je suis contente de vous voir, Clive, dit-elle en se croisant les mains sur les genoux.

— Il fallait absolument que je vous voie, dis-je sans bouger de la fenêtre, et soudain tremblant à l'idée qu'il était peut-être trop tard. J'ai été idiot, Carol ; voulez-vous me permettre de m'expliquer ?

— Si vous voulez, dit-elle d'une voix sans timbre. Asseyez-vous, Clive, vous n'avez rien à craindre de moi.

Il y avait quelque chose d'inquiétant dans le son de sa voix et j'eus l'impression que tout ce que je pourrais dire ne servirait pas à grand-chose.

— Je ne sais comment vous dire combien je regrette mes grossièretés à votre égard, dis-je en m'asseyant près d'elle. Je devais être fou ; je ne savais plus ce que je disais.

— N'en parlons plus, dit-elle en levant la main. Qu'est-ce qui vous arrive ? Vous avez des ennuis ?

— Des ennuis ? Vous voulez dire avec Gold ? Non, rien ne saurait me laisser plus indifférent. J'ai réfléchi à tout cela et c'est pourquoi je suis ici.

— Ah ! je croyais…

— Vous croyiez que j'étais venu vous demander de plaider ma cause auprès de Gold, n'est-ce pas ? Merle me l'a conseillé mais j'ai refusé. Ce n'est pas du tout cela : que Gold fasse ce qu'il voudra, je m'en moque. S'il ne m'achète pas mon scénario, tant pis ; d'ailleurs je ne sais même pas si je l'écrirai. Tout cela est fini pour moi. Je suis seulement venu vous faire des excuses et vous dire que j'allais me remettre au travail dans un jour ou deux.

Carol poussa un soupir et rectifia sa coiffure.

— Je voudrais pouvoir vous croire, Clive, mais vous m'avez déjà dit cela si souvent.

— Je sais que j'ai mérité cette réflexion et que je me suis assez mal conduit, surtout envers vous, mais tout cela est fini. Je ne sais pas ce qui m'a pris pour cette femme, une sorte de folie, mais uniquement physique. En tout cas, c'est passé. Hier soir…

— Je vous en prie, Clive, je ne désire pas le savoir, quoique je devine assez bien… Enfin, si vous me dites que c'est fini, je veux bien vous croire, dit-elle en allant à la fenêtre.

Je courus à elle et l'attirai contre moi malgré sa résistance.

— Pardonnez-moi, Carol, suppliai-je, j'ai été infect avec vous, c'est vrai, mais je vous aime tant. Vous êtes la seule femme qui comptiez pour moi. Oubliez tout le reste.

Elle me repoussa doucement.

— Nous sommes tous les deux dans le pétrin, mon cher. Voici ce qui se passe : Gold sait toute l'affection que j'ai pour vous, et cependant il veut m'épouser. S'il peut espérer vous écarter de son chemin, il sait qu'il a une chance ; par conséquent il fera tout pour cela. J'ai peur de lui, Clive, il est si puissant et si implacable.

— C'est à cause de moi que vous avez peur ? Mais alors, Carol, vous m'aimez toujours ! Allons, soyez bonne, dites-le-moi.

Elle sourit.

— Ce n'est pas d'aujourd'hui, Clive. Enfin, si vraiment vous avez quitté cette femme, j'avoue que j'en suis heureuse. Au fond, je savais bien qu'une femme comme celle-là ne vous retiendrait pas longtemps.

Je la pris dans mes bras.

— Je ne peux pas me passer de vous, Carol. J'étais si seul, j'avais tant besoin de soutien… Mais si vous me pardonnez, peu importe tout le reste.

Elle me passa la main dans les cheveux.

— Cher grand fou, dit-elle tout bas, je n'ai jamais cessé de vous aimer.

Avec quelle ardeur et quel plaisir je serrai contre moi son corps mince et souple ! Puis je m'écartai et tout en lui tenant les poignets :

— Je viens de passer une période affreuse qui m'a mis sens dessus dessous, mais si vous m'aimez vraiment, je vais tout racheter, dis-je en la regardant au fond des yeux.

— Oui, je vous aime.

Tout s'arrangeait. Je la repris dans mes bras et l'embrassai.

— Voilà qui est réglé, dis-je.

— Quoi donc ?

— Notre mariage.

— Mais, Clive...

Je l'embrassai de nouveau.

— Voilà ce que vous allez faire ; vous allez oublier le studio et nous allons passer une merveilleuse semaine tous les deux. Après quoi, vous retournerez au studio où vous vous ferez probablement aubader, mais cette fois ce sera sous le nom de Mme Clive Thurston, et si Gold vous saque, il perdra la meilleure dialoguiste d'Hollywood que les plus grands cinéastes se disputeront à prix d'or.

— Non, fit-elle en secouant la tête, c'est impossible. (Mais ses yeux rayonnaient de bonheur.) Je n'ai jamais laissé tomber personne et je ne vais pas commencer maintenant. Je vais aller voir Gold, je lui demanderai un congé... en lui disant pourquoi.

C'est seulement alors que je me rendis compte qu'elle avait accepté et je la couvris de baisers.

— Non, dis-je au bout d'un moment, vous n'irez voir Gold qu'après que nous serons mariés, j'aime mieux ne pas prendre de risques. Nous allons nous marier immédiatement et ensuite vous irez les avertir au studio. Je vais tout préparer : nous emmènerons Russell et nous irons aux *Trois Points* qui est toujours inoccupé et où je pourrai travailler. Ce n'est pas trop loin du studio, la balade en voiture vous fera du bien et nous serons isolés du reste du monde.

Elle me saisit aux épaules, riant de mon enthousiasme et de mon ardeur.

— Soyez raisonnable, mon chéri ; nous ne pouvons pas être mariés aujourd'hui, nous n'avons pas de licence.

— Eh bien, nous allons sauter en voiture jusqu'à Tijuana où on n'exige pas de licence. On ne demande que cinq dollars et la présence d'une jolie fille comme vous. Et la semaine prochaine nous passerons à la mairie ; comme cela tout sera en règle et vous ne pourrez plus m'échapper.

Elle éclata de rire.

— Vous êtes complètement fou, Clive, et moi aussi, je suis folle... de vous. Depuis le premier jour où je vous ai vu, si gentil et si timide, dans le bureau de Rowan, j'ai été folle de vous. Il y a de cela deux ans, deux ans que vous me faites attendre, méchant.

— J'ai été idiot et aveugle, dis-je entre deux baisers, mais nous allons rattraper le temps perdu. Allez vite mettre votre chapeau, nous partons pour Tijuana.

Elle sortit en courant. Aussitôt, j'appelai Russell au téléphone :

— Russell, vous allez avoir une journée chargée, lui dis-je sans chercher à dissimuler mon excitation. Préparez tout ce qu'il nous faut pour huit jours ; vous allez partir mettre tout en ordre aux *Trois Points*. Arrangez-vous avec l'agence par téléphone. Pour l'appartement, Johnny Neumann sera trop content de le prendre, il en a toujours eu envie. Désormais, Russell, nous vivrons au chalet, loin des tentations mondaines ; je vais me mettre à travailler. Quand vous aurez fait tout cela, filez aux *Trois Points* en taxi et attendez-nous dans le courant de l'après-midi. Croyez-vous que vous y arriverez ?

— Certainement, monsieur, dit-il d'une voix où perçaient à la fois le triomphe et la joie. Vos valises sont déjà prêtes, monsieur ; j'avais prévu ce qui arrive et que vous seriez pressé. Tout sera prêt pour vous accueillir, Mme Thurston et vous, cet après-midi. (Il toussota cérémonieusement et ajouta :) Permettez-moi d'être le premier à vous féliciter, monsieur Clive ; de tout mon cœur je vous souhaite d'être heureux tous les deux.

Puis il raccrocha.

Je restai un instant abasourdi devant l'appareil.

« Du diable si l'animal n'a pas manigancé tout ça », dis-je à haute voix. Et je sortis en courant pour crier à Carol de se presser.

J'étais assis dans la Chrysler, devant les bureaux de l'International Pictures Co. Devant moi défilait un flot ininterrompu d'employés, de figurantes, de charpentiers, de techniciens de toute sorte ; les uns me jetaient un regard curieux, d'autres, trop occupés à bavarder, passaient à côté de moi sans me voir, d'autres enfin regardaient la Chrysler d'un œil envieux. Impatient, je tapotais le volant du bout des doigts.

Tout était prêt : les bagages étaient dans le coffre de la voiture et nous étions en route pour Tijuana, mais Carol avait absolument tenu à voir Gold avant que nous fussions mariés.

« C'est plus correct, Clive, m'avait-elle dit sérieusement. Je lui ferai comprendre la situation, mais il a été très bon pour moi et je ne veux pas avoir l'air de me cacher. Je vous en prie, ne prenez pas cet air-là : Gold ne peut pas s'opposer à notre mariage, il me demandera seulement de revenir vite au studio. »

Je n'en croyais rien. « Il va nous jouer un vilain tour. Un type de cet âge-là, avec tout son argent et toute sa puissance, n'accepte pas une déconvenue. Je suis sûr qu'il va nous jouer un mauvais tour. »

Elle avait ri et était entrée dans les bureaux. Il y avait déjà de cela vingt minutes et je commençais à m'inquiéter. Une crainte affreuse m'envahit : si Carol perdait sa situation et que je ne puisse pas remonter le courant, qu'allait-il nous arriver ? L'idée d'en revenir à la vie d'autrefois me serrait le cœur. J'écrasai ma cigarette d'un geste brusque en m'affirmant à moi-même que pareille chose ne nous arriverait pas ; tant que Carol serait près de moi, je serais capable d'écrire de bonnes choses. Nous nous aiderions mutuellement, à nous deux nous formerions une équipe imbattable.

— Toujours soucieux ? dit Carol en me touchant le bras.

Je sursautai parce que je ne l'avais pas entendue venir. Je scrutai son visage : il était sérieux, mais calme, son regard rencontra le mien en toute sérénité.

— Tout va bien, dit-elle en souriant. Naturellement il a été surpris mais il a été très chic. Je regrette qu'il m'aime autant parce que j'ai horreur de faire de la peine.

— Qu'est-ce qu'il vous a dit ? demandai-je en ouvrant la portière. Vous a-t-il accordé une semaine de congé ?

— Oui. De toute façon, le film est arrêté, Jerry Highams est malade. Pas gravement, mais ce sera un retard, et puis... Frank est toujours absent. (Elle parut tout à coup embarrassée :) Dites donc, Clive...

— Qu'y a-t-il ?

— Gold voudrait vous voir.

Une inquiétude me prit.

— Et pourquoi, diable, veut-il me voir ?

— Il a demandé si vous étiez là, dit-elle en arrangeant sa jupe, et quand je lui ai dit que oui, il a demandé à vous voir, sans dire pourquoi.

— Il veut annuler notre contrat, dis-je soudain furieux. Ce sera sa revanche.

— Oh ! non, Clive, dit vivement Carol. Gold n'est pas homme à faire cela ; je suis sûre qu'il...

— Alors, pourquoi tient-il tant à me voir ? Bon Dieu, aurait-il l'intention de me faire des recommandations sur la façon dont je dois me conduire avec vous ? Je ne le supporterai pas.

Carol parut soucieuse.

— À mon avis, vous devriez le voir, Clive, il est très influent et… Mais enfin c'est votre affaire. N'y allez pas si cela vous déplaît.

Je sortis de la voiture en claquant la portière.

— C'est bon, j'y vais, ce ne sera pas long, dis-je en montant les marches quatre à quatre.

Ça ne me plaisait pas du tout cette histoire-là. Non pas que Gold me fît peur, mais il était certain qu'un type puissant et arrogant comme lui allait tout de suite dominer la situation. Le cœur battant fortement, je suivis le long couloir, frappai à la porte et entrai : une ravissante fille coiffée à la Veronica Lake était assise à un bureau surchargé de paperasses.

— Bonjour, monsieur Thurston, me dit-elle avec un sourire aimable. Entrez tout droit : M. Gold vous attend.

Le bureau de Gold était meublé comme un salon. Pas de bureau, mais une immense table autour de laquelle vingt personnes pouvaient facilement s'asseoir. Autour d'une cheminée monumentale, plusieurs fauteuils et un vaste canapé. Au-dessus de la cheminée un Van Gogh authentique constituait la seule note de couleur vive de toute la pièce. Gold était assis dans un fauteuil face à la porte : à côté de lui, une petite table sur laquelle se trouvaient quelques papiers, un téléphone et une grosse boîte à cigares en ébène. Lorsque j'entrai, il leva les yeux et renfonça plus profondément sa tête dans ses épaules.

— Asseyez-vous, monsieur Thurston, dit-il en me désignant un fauteuil en face de lui.

J'avais le cœur battant, la bouche sèche et je ne parvenais pas à dominer mes nerfs. Je m'assis, croisai les jambes et le regardai en essayant de paraître calme.

Pendant un moment, il mâchonna son cigare, tout en lançant des jets de fumée au plafond. Enfin, ses yeux mornes et fauves virèrent de mon côté.

— Je viens d'apprendre, dit-il d'une voix grave et unie, que Carol et vous alliez vous marier cet après-midi.

Je tirai une cigarette de mon étui et en tapotai le bout deux ou trois fois sur l'ongle de mon pouce gauche, avant de répondre :

— En effet.

— Croyez-vous que ce soit raisonnable ? dit-il.

Je sentis une crampe dans le mollet.

— Il me semble que cela ne regarde que nous, monsieur Gold.

— C'est possible, mais je connais Carol depuis longtemps et je ne veux pas qu'elle soit malheureuse.

— Je vous comprends, dis-je pris entre la colère et ma crainte de cet homme. Je vous assure que Carol sera très heureuse... beaucoup plus heureuse que si elle avait un homme du double de son âge, monsieur Gold.

Malheureusement, je prononçai cette dernière phrase en bredouillant, ce qui atténua son effet.

— Je me le demande... dit-il en secouant la cendre de son cigare. (Il parut réfléchir un instant puis continua :) Comme je n'ai guère de temps à perdre, monsieur Thurston, vous m'excuserez si je vais droit au but.

En le regardant assis là comme un énorme lion avec son visage ridé et froid, je sentis combien Carol avait raison de redouter pour moi sa colère.

— Je ne dispose moi-même que de peu de temps, répliquai-je ; Carol m'attend.

Il joignit les doigts bout à bout et m'examina de son regard froid et comme endormi.

— Je ne peux pas arriver à comprendre comment Carol a pu s'amouracher de quelqu'un d'aussi insignifiant que vous, me lança-t-il en plein visage.

— Ne trouvez-vous pas que vous allez un peu loin ? dis-je, sentant le sang me monter à la tête.

— Non. Si vous me demandez pourquoi je vous trouve insignifiant, je vais vous le dire : vous n'avez aucun fond, vous avez réussi par une chance extraordinaire, par une sorte de hasard, à vous faire une certaine notoriété et à gagner plus d'argent que vous ne l'aviez jamais rêvé. Tout ce qu'on peut dire c'est qu'il s'agit là d'un résultat d'autant plus surprenant que si votre première pièce est excellente, vos romans ne sont que de vulgaires feuilletons. Je me suis souvent demandé comment vous aviez pu écrire cette pièce. Voyez-vous, monsieur Thurston, lorsque j'ai su que Carol était éprise de vous, j'ai pris la peine de me renseigner sur votre compte.

— Je n'ai pas l'intention de vous écouter plus longtemps, monsieur Gold, dis-je, les dents serrées. Ma vie privée ne regarde que moi.

— Ce serait vrai si vous n'étiez pas en train d'essayer de la faire partager à Carol, dit-il tranquillement. Mais comme vous avez été assez bête pour le faire, j'entends m'occuper de votre vie privée. (Il examina son cigare pendant un moment, puis reporta ses regards sur moi.) Vous êtes non seulement un écrivain sans valeur et sans avenir, monsieur Thurston, mais vous êtes encore un individu parfaitement méprisable. Je ne puis naturellement pas vous empêcher d'épouser Carol, mais j'ai le droit de surveiller ses intérêts et je me propose de le faire.

Je me levai.

— Voilà qui dépasse la plaisanterie, m'écriai-je emporté par la colère plus forte que ma peur. Vous m'insultez parce que vous vouliez Carol et que je vous l'ai soufflée. C'est très bien, je me débrouillerai sans vous ; je ne veux pas de vos cinquante mille dollars, vous pouvez aller au diable vous et votre studio.

Il continuait à me regarder de son air lointain et distrait.

— Tenez-vous à l'écart de cette fille Marlow, monsieur Thurston, ou bien vous aurez affaire à moi.

— De quoi voulez-vous parler ? dis-je stupéfait.

— Allons, allons, ne perdons pas de temps. Je sais que vous êtes acoquiné avec cette femme ; j'ai d'abord cru qu'il s'agissait d'une de ces foucades comme en ont les hommes que les femmes convenables n'intéressent plus ou qui ont quelque vice qu'ils ne peuvent satisfaire autrement. Mais ce n'est pas votre cas ; vous avez été assez faible et assez bête pour vous laisser embobiner ; cela suffit pour démontrer votre veulerie et votre déchéance. Je n'en ai d'ailleurs pas été surpris, monsieur Thurston, c'est bien ce que j'attendais de vous.

— C'est bon, dis-je affreusement gêné d'être ainsi découvert. Vous avez dit tout ce que vous aviez à dire ? j'espère que vous voilà satisfait. Quant à moi, je vais de ce pas épouser Carol. Pensez à moi ce soir, monsieur Gold, et songez que vous auriez pu être à ma place.

— Je n'y manquerai pas, dit Gold en gonflant les lèvres sur son cigare ; je penserai certainement à vous deux. Croyez bien que je ne vous oublierai ni l'un ni l'autre, et, si vous rendez Carol malheureuse, vous aurez lieu de le regretter, monsieur Thurston, je vous le promets.

Nos regards se croisèrent, mais je dus détourner les yeux devant les siens et je sortis de son bureau les genoux un peu mous, le cœur chaviré et un peu effrayé.

Le trajet me sembla long en suivant le couloir avant de retrouver le soleil et Carol qui m'attendait.

XV

Lorsque je me reporte dans le passé, je me rends compte que les quatre premiers jours de mon mariage avec Carol furent les plus beaux de ma vie. J'avais trouvé en elle une compagne qui me rendait la confiance et le calme, qui me distrayait, qui satisfaisait mes sens en même temps que mon esprit.

Nous nous levions vers dix heures et nous déjeunions sous la véranda avec, sous nos yeux, toute la vallée qui s'étendait comme un somptueux tapis. À droite, les eaux calmes du lac du Grand Ours reflétaient les grands sapins et les petits nuages en crème fouettée qui dérivaient mollement dans le ciel lumineux. Après le déjeuner, nous passions un chandail et un short et nous allions en voiture jusqu'au lac où Carol se baignait pendant que je la regardais ou que je lançais ma ligne. Lorsque le soleil devenait trop chaud, je me mettais à l'eau à mon tour, je la rejoignais et alors nous luttions à main plate ou nous nous provoquions à la course comme des gamins en vacances. Nous rentrions pour nous mettre à table, servis par Russell ;

après quoi, nous bavardions, nous regardions le paysage et nous bavardions de nouveau. L'après-midi nous partions pour de longues promenades en forêt, le soir nous écoutions le phonographe. Je trouvais délicieux de regarder Carol étendue sur le grand divan que nous avions tiré sur le balcon, avec les étoiles qui scintillaient au-dessus de nous et le son de la musique qui nous parvenait du salon.

Je racontai presque toute ma vie à Carol — sans mentionner ni John Coulson, ni Eva — je lui parlai de la maison de Long Beach, de mes débuts comme employé de bureau et du désir que j'avais toujours eu d'écrire. Je fus bien obligé de mentir un peu pour que mon histoire tienne debout, mais comme j'en étais venu depuis longtemps à considérer la pièce de Coulson comme étant de moi, je n'eus aucun mal à convaincre Carol que j'étais l'auteur de *Rain Check* — et à m'en convaincre moi-même encore davantage.

Dans notre grande chambre à coucher, avec les fenêtres ouvertes et les rideaux tirés pour laisser entrer le clair de lune, je restais étendu sur le lit en tenant Carol dans mes bras. Elle dormait paisiblement, la tête sur mon épaule, un bras en travers de ma poitrine, jusqu'à ce que le soleil vînt la réveiller. J'écoutais son souffle léger et le souvenir de ce que nous avions fait dans la journée me berçait d'une douce satisfaction.

Et cependant, il restait en moi quelque chose d'inapaisé qui remuait tout au fond de mon subconscient. J'éprouvais par moments comme un désir inassouvi, d'abord vague, puis plus précis et de plus en plus impérieux ; et je compris que le contact charnel d'Eva avait laissé en moi une empreinte indélébile. Tant que Carol restait près de moi, je dominais assez aisément ce sentiment : sa gentillesse, son affection, sa personnalité suffisaient à chasser l'influence qu'Eva exerçait à distance ; mais dès qu'elle me laissait seul, ne fût-ce que pour aller dans le jardin, il me fallait lutter contre la tentation d'appeler Eva au téléphone pour entendre de nouveau le son de sa voix.

Peut-être comprendrez-vous difficilement pourquoi je n'arrivais pas à oublier complètement Eva. Je crois avoir déjà dit que la plupart des hommes mènent une existence double, parce que leur nature même est double ; or, je commençais à me rendre compte que Carol ne contentait que le côté spirituel de mon être et que sans la possession physique d'Eva je ne connaîtrais jamais dans sa plénitude la satisfaction totale à laquelle j'aspirais.

Il serait faux de croire que j'acceptais cet état de choses sans m'insurger. Pendant ces quatre jours et ces quatre nuits, je réussis à chasser Eva de ma mémoire, mais je sentais bien que la bataille était perdue d'avance. Le bonheur que me donnait Carol ne pouvait pas durer ; sans doute était-ce trop demander à un homme comme moi qui n'ai jamais pu résister longtemps à la tentation. La crise survint brusquement le soir du quatrième jour.

La soirée était idéale : la lune dans son plein était suspendue au-dessus de la montagne, éclairant le lac d'une lumière crue et noyant les alentours dans une ombre profonde. La journée avait été chaude et il faisait encore si lourd que nous ne pouvions pas nous décider à nous coucher. Carol ayant proposé une baignade dans le lac, nous avions pris la voiture et nous nous étions attardés dans l'eau tiède ; nous ne rentrâmes que vers une heure et demie du matin. Nous étions en train de nous déshabiller lorsque le téléphone se mit à sonner. Nous nous regardâmes surpris. La sonnerie retentissait toujours, persistante, harcelante dans le silence de la nuit ; j'éprouvai soudain une surexcitation intolérable.

— Qui cela peut-il être à cette heure-ci ? dit Carol.

Je la vois encore assise sur le bord du lit presque entièrement dévêtue ; elle était ravissante avec sa peau hâlée et ses yeux brillants.

— C'est sûrement une erreur, dis-je en passant ma robe de chambre. Personne ne sait que nous sommes ici.

Elle m'adressa un sourire et j'allai dans le hall. Je décrochai le récepteur.

— Allô, qui est-ce qui parle ?

— Allô, espèce de lâcheur, dit Eva.

Pétrifié, la gorge serrée, j'agrippai l'appareil.

— Quoi c'est toi, Eva ? dis-je tout bas en regardant par-dessus mon épaule dans la direction de la chambre.

232

— Sale lâcheur, reprit Eva, en voilà une façon de me laisser tomber.

Je comprenais à peine ce qu'elle disait, je tremblais d'émotion et de désir, le sang faisait battre mes tempes.

— Comment ? fis-je en essayant de me dominer. Qu'est-ce que tu dis ?

— Quand je me suis réveillée et que j'ai vu que tu n'étais pas là, ça m'a fichu un coup. Je me suis demandé ce que tu étais devenu.

J'eus brusquement conscience de ce que représentait cet appel : Eva avait pris la peine de me téléphoner et pour cela il avait fallu qu'elle découvrît mon adresse ! Je ne lui étais donc pas aussi indifférent qu'elle voulait bien le dire ? Je triomphais enfin ! Dans l'instant, j'oubliai tout ce qu'elle m'avait fait pour ne plus penser qu'à la victoire qui avait failli m'échapper et, tandis que je restais là à écouter sa voix, je sentis qu'elle m'était aussi indispensable que Carol elle-même. Je sus que tous mes efforts pour l'oublier n'avaient été qu'hypocrisie, qu'elle n'avait jamais cessé d'occuper mes pensées depuis le moment où je l'avais laissée étalée sur son lit, cuvant sa cuite.

— Tu n'en reviens pas, hein ? dit-elle en riant. Mais comme tu m'as possédée déjà une ou deux fois, nous sommes quittes.

Il y eut un silence, puis elle reprit d'une voix mauvaise :

— Je vais te dire quelque chose, Clive : je t'ai renvoyé ton fric, je n'en veux pas. C'est dégoûtant la façon dont tu es parti après m'avoir promis de rester.

— Quoi, tu as renvoyé l'argent ? dis-je incrédule. Pourquoi ?

— Je te l'ai déjà dit, je ne veux pas de ton sale fric.

Mon heure de triomphe était déjà passée. J'aurais accepté qu'elle m'injuriât, qu'elle raccrochât violemment l'appareil, qu'elle criât de colère, mais me renvoyer mon argent, c'était là une insulte intolérable.

— Mais enfin pourquoi ? répétai-je sans savoir ce que je disais.

— Je te dis que je n'en veux pas, je n'en ai pas besoin, Dieu merci, et je n'accepte pas qu'on me traite comme ça.

C'était de la folie ; si elle se mettait à refuser mon argent, je n'aurais plus aucune prise sur elle. J'essayai de me calmer.

— Je ne te crois pas, dis-je ; d'ailleurs je n'ai rien reçu. Tu mens très certainement.

— Puisque je te dis que je l'ai renvoyé.

— Où l'as-tu adressé ?

— Au Cercle littéraire ; c'est bien ton club, n'est-ce pas ?

— Je ne comprends toujours pas pourquoi. Cet argent était pour toi.

— Encore une fois, je ne veux pas de ton argent, ni de toi non plus. Inutile de me téléphoner, ni de venir me voir ; Marty est prévenue, elle ne te laissera pas entrer et si tu téléphones, elle ne répondra pas.

— Eva, ne sois donc pas si entêtée, dis-je en serrant le récepteur si fort que les doigts me firent mal ; je veux te revoir.

— Non, Clive. Cesse de faire l'imbécile. Je t'ai déjà prévenu, mais tu n'as pas l'air de vouloir comprendre. Nous ne nous reverrons plus.

J'oubliai où j'étais, j'oubliai Gold, j'oubliai l'image d'Eva soûle sur son lit, j'oubliai Carol... Je ne pouvais pas admettre qu'Eva pût me renvoyer ainsi ; c'était à moi de la lâcher quand j'en aurais assez, à moi de lui donner de l'argent et des ordres.

— Allons, allons, dis-je, veux-tu que je vienne demain ? Nous reparlerons de tout cela tranquillement.

— Non et non. Inutile de venir, ni de téléphoner. Tu m'embêtes, tu es trop exigeant, tu me fais perdre mon temps.

— Ne m'en veux pas, laisse-moi te voir et t'expliquer... Je ne pouvais pas dormir et je ne voulais pas te déranger... Mais il n'est pas possible que je ne te revoie plus. Je t'en prie, Eva...

— Oh ! assez, je suis fatiguée. Adieu.

Et elle raccrocha.

« Eva... ! » Je restai un long moment à contempler stupidement l'appareil. Était-ce possible ? Étais-je donc un chien pour qu'une putain se permette de refuser mon argent et de m'interdire sa porte ? De ma vie, je n'avais subi pareille humiliation. Ma main tremblait en raccrochant le récepteur. Je la reverrais, il le fallait...

— Qui était-ce, Clive ? cria Carol.

— Rien, un type que je connais, dis-je d'une voix rauque et tremblante.

— Je n'ai pas entendu, dit-elle en venant me rejoindre. Qui était-ce ?

J'allai vers le buffet et me versai à boire ; je n'osais pas la regarder.

— Rien, un camarade qui devait avoir un peu trop bu.

— Oh !

Il y eut un long silence dont je profitai pour avaler mon verre.

— Soif ? dis-je en cherchant une cigarette.

— Non, merci.

J'allumai une cigarette et me tournai vers Carol ; nous nous regardâmes longuement. Ses yeux étaient pleins de questions.

— Allons nous coucher, j'ai sommeil, dis-je avec un sourire forcé.

Aussitôt dans la chambre Carol se recoucha pendant que je faisais les cent pas en achevant ma cigarette. Elle avait l'air soucieux et inquiet.

— Qu'est-ce qu'il te voulait ? dit-elle tout à coup.

— Qui ? Quoi ?

— Ton ami... Celui qui a téléphoné.

— Je n'en sais rien, il était noir, je l'ai envoyé au diable.

— Ah ! bien. Pardon.

— Excuse-moi si j'ai été un peu brusque, mais il m'a agacé : tu comprends : être dérangé comme ça en pleine nuit...

Elle me lança de nouveau un regard interrogateur, mais je me détournai, ôtai ma robe de chambre et me mis au lit. Elle vint se blottir contre moi, la tête sur mon épaule, je la pris dans mes bras et nous restâmes ainsi longtemps dans l'obscurité sans rien dire. En moi-même, je me répétais : « Imbécile, triple idiot, tu es en train de gâcher ton bonheur, tu es fou. Il n'y a pas cinq jours que tu es marié et déjà tu triches. Cette femme que tu as dans tes bras, elle t'aime, elle ferait n'importe quoi pour toi, tandis qu'Eva, qu'est-ce qu'elle ferait pour toi ? Rien, tu le sais bien. »

— Qu'y a-t-il, Clive ? Un ennui ?

— Mais non.

— Sûr ?

— Sûr.

— Il faudrait me le dire, Clive ; je veux tout partager avec toi.

— Je te dis que non, chérie. Je suis fatigué et cet idiot m'a énervé. Dors. Demain il fera beau.

— Bon. Mais tu me le diras si jamais tu as un ennui ?

— Oui.

— Promis ?

— Juré.

Elle soupira et se serra plus fort contre moi.

— Je t'aime tant, Clive. Il ne faut pas laisser gâcher notre bonheur, tu sais.

— Bien sûr, dis-je tout en me traitant intérieurement de salaud, car je savais bien que je mentais. (Il me les fallait toutes les deux. Y réussirais-

237

je ? c'était peu probable.) Allons, dors, dis-je, je t'aime, la vie est belle et tu n'as rien à craindre.

Peu après, elle s'endormit.

Satanée garce d'Eva, pensai-je. Pourquoi m'avoir appelé ? Tout va être à recommencer. J'aurais certainement fini par l'oublier avec le temps. Quelle idée de me dire qu'elle ne voulait plus me revoir !

Ça, non. Je m'arrangerais pour la revoir. Carol devait retourner lundi au studio ; j'attendrais qu'elle y soit et j'irais m'expliquer avec Eva. Je passerais au Cercle prendre sa lettre et je l'obligerais à reprendre l'argent. Après quoi, je l'enverrais se faire f... Ou bien... Je n'étais déjà plus très sûr de ce que je ferais.

Il faisait presque jour lorsque je m'endormis enfin, épuisé, endolori, plein d'amertume.

Les deux jours suivants s'écoulèrent lentement : promenades sur le lac, baignades, phono, lecture. Nous sentions tous les deux qu'il y avait quelque chose qui n'allait pas, mais nous ne nous dîmes rien. Moi, naturellement, je savais ce qu'il en était. Je ne crois pas que Carol ait rien deviné ; j'en suis même sûr, bien que je surprisse maintes fois son regard triste et inquiet.

Maintenant que j'avais laissé s'abattre la barrière, c'était comme si Eva avait été dans la maison ; si j'essayais de lire, son visage m'apparaissait sur les pages de mon livre, si j'écoutais de la musique, j'entendais sa voix me dire : « Je n'en veux pas, de ton sale fric », et cette phrase revenait sans arrêt comme une ritournelle. La nuit, je me réveillais croyant tenir Eva dans mes bras, et, quand je m'apercevais tout à coup que c'était Carol, mon cœur battait à tout rompre. Bientôt, j'en vins à la désirer comme le morphinomane attend sa piqûre ; je comptais les heures qui me séparaient du moment où Carol devait rentrer au studio. Pourtant, j'aimais toujours Carol. C'était comme s'il y avait eu en moi deux individus : l'un qui réclamait à grands cris la froideur d'Eva et l'autre qui s'épanouissait à la chaleur de l'amour de Carol. Et je n'avais de pouvoir ni sur l'un ni sur l'autre.

Le samedi après-midi, nous étions assis dans le bateau : Carol portait un maillot de bain rouge qui allait merveilleusement avec sa peau dorée et ses cheveux noirs.

— Comme ce serait beau si nous pouvions rester toujours aussi heureux que maintenant, dit-elle.

Je donnai quelques coups de rames avant de répondre :

— Nous serons toujours heureux, ma chérie.

— Qui sait ? Il y a des moments où j'ai peur qu'il nous arrive quelque chose de mauvais.

— Il n'y a aucune raison, dis-je en cessant de ramer et en regardant l'immense étendue d'eau. Que veux-tu qu'il nous arrive ?

Elle resta un moment silencieuse.

— Ne faisons pas comme tant d'autres ménages qui se trompent et qui se mentent.

— N'aie pas peur, nous n'en viendrons jamais là, dis-je en me demandant si elle devinait mes pensées.

— Si jamais tu te lasses de moi, Clive, dit-elle en laissant traîner ses mains dans l'eau, si un jour tu en désires une autre, il faudra me le dire. J'aimerais mieux cela que de découvrir que tu me trompes.

— Qu'est-ce qui te prend ? dis-je en me penchant vers elle. Pourquoi me parles-tu de cela ?

— Simplement pour te prévenir, dit-elle en souriant. Je crois que si tu me trompais je te laisserais en plan et je ne te reverrais de ma vie.

J'essayai de plaisanter.

— Parfait, maintenant je connais le moyen de me débarrasser de toi.

— Oui, tu vois comme c'est simple.

De retour au chalet, nous aperçûmes une grande Packard arrêtée dans l'allée.

— Qui cela peut-il être ? dis-je en examinant la voiture.

— Allons voir, dit Carol. Quelle scie d'être dérangés juste pour notre dernier jour.

Un petit bonhomme brun et assez gros était assis sous la véranda avec un whisky à côté de lui sur la table. Il salua Carol de loin et se leva.

— Qui est-ce ? fis-je à mi-voix.

— C'est Bernstien, répondit-elle tout bas en me pinçant le bras. Bernstien de l'International Pictures. Que peut-il bien nous vouloir ?

Dès que nous l'eûmes rejoint, Bernstien commença par tapoter affectueusement la main de Carol, puis il se tourna vers moi.

— C'est donc vous, Thurston, dit-il en me tendant une patte grasse et molle. Enchanté de vous connaître et croyez bien que je ne dis pas ça à tous les écrivains ; demandez plutôt à Carol.

— C'est vrai, dit-elle avec un coup d'œil malicieux. En tout cas, vous ne me le dites jamais à moi.

— Ainsi, vous voilà en pleine lune de miel. Comme c'est romanesque ! Vous êtes heureux, ça se voit ; alors tout va bien. Et quelle mine elle a ! Vous savez, Thurston, j'ai eu l'œil sur cette petite fille depuis le jour où elle est arrivée à Hollywood. Elle est pleine de talent, mais on sentait qu'il lui manquait quelque chose. Je lui disais souvent : « Ma petite Carol, ce qui vous manque, c'est un homme, un bel homme bien solide... » Le malheur, reprit-il en se penchant à mon oreille, c'est qu'elle ne me trouvait ni assez beau, ni assez solide. Ha, ha, fit-il en passant son bras autour de Carol, maintenant, elle va nous faire des chefs-d'œuvre, n'est-ce pas ?

Tout cela était très gentil, mais je me demandais où il voulait en venir. Il n'avait pas dû venir exprès d'Hollywood pour me dire qu'il était enchanté de me connaître et que Carol avait besoin d'un bel homme.

— Asseyons-nous, reprit-il en se dirigeant vers la table, et buvons quelque chose. Carol, je suis venu pour causer avec votre charmant mari, j'ai des tas de choses à lui dire, sans quoi je ne serais pas venu interrompre votre lune de miel. Vous me connaissez, ma jolie, je suis un romantique, j'ai une âme d'amoureux, il faut quelque chose d'important pour que je sois venu vous déranger dans votre solitude.

— Allez-y, Sam, de quoi s'agit-il, dit Carol, les yeux brillants de curiosité.

Bernstien se passa la main sur la figure, écrasant presque son grand nez crochu.

— J'ai lu votre pièce, monsieur Thurston et je la trouve excellente.

— Vous parlez de *Rain Check* ? dis-je tandis qu'un frisson me passait dans le dos. Oui, c'est une bonne pièce.

— Et qui ferait un fameux film, dit-il d'un air rayonnant. C'est pour cela que je voulais vous voir ; à nous deux, nous allons en faire un film épatant.

Je lançai un coup d'œil à Carol qui me pressa la main.

— Je te l'avais bien dit que Bernstien serait emballé, dit-elle radieuse.

— C'est sérieux ? demandai-je.

— Si c'est sérieux ? Serais-je ici si ce ne l'était pas ? Bien sûr que c'est sérieux. Seulement voilà, il y a un petit quelque chose ; ce n'est rien, mais enfin...

— Ah ! un pépin ? fis-je déjà déçu. Qu'est-ce que c'est ?

— C'est à vous de me le dire. Que s'est-il passé entre vous et R.G. ? Racontez-moi ça afin que je puisse faire le nécessaire. Et puis nous nous mettrons tout de suite au film ; nous vous ferons un contrat et tout ira comme sur des roulettes. Mais avant tout, il faut que je vous raccommode avec Gold.

— Rien à faire, dis-je. Il me déteste parce qu'il est amoureux de Carol. Vous comprenez ?

Bernstien nous regarda l'un après l'autre et se mit à rire.

— Très drôle, fit-il dès qu'il eut retrouvé son souffle. J'ignorais cela, mais à sa place je serais comme lui. (Il vida la moitié de son verre et leva un doigt :) Il y a bien un moyen... peut-être pas fameux... mais qui devrait réussir. Écrivez votre scénario et je le montrerai à R.G. en lui disant que je me charge du film ; il fait tout ce que je veux, mais il me faut d'abord le scénario.

— Et moi, je veux d'abord le contrat.

Il parut contrarié.

— Non, dit-il, c'est R.G. qui les signe, je ne peux pas le faire à sa place. Mais je vous obtiendrai un contrat dès que votre scénario sera prêt. Ma parole, ajouta-t-il en me tendant la main.

Je consultai Carol du regard.

— Tu n'as rien à craindre, me dit-elle, Sam obtient tout ce qu'il veut. S'il te promet un contrat, il te le donnera.

— Okay, dis-je en serrant la main de Bernstien. Je vous fais le scénario et vous le vendez à Gold. Ça va ?

— Entendu. Maintenant, je me sauve, je vous ai déjà pris un temps précieux. Nous allons travailler ensemble, votre pièce est bonne, j'aime vos sentiments et votre façon de les exprimer ; vous allez me faire quelque chose d'épatant. Venez me voir lundi au studio à dix heures — Carol vous montrera le chemin — et nous nous mettrons immédiatement au travail.

Dès qu'il fut parti, Carol se jeta dans mes bras.

— Que je suis heureuse ! dit-elle. Bernstien va te faire un film magnifique ; à vous deux, vous ferez une équipe épatante. Tu n'es pas fou de joie ?

J'étais consterné et effrayé. La voix de Bernstien sonnait dans mes oreilles : « J'aime vos sentiments et votre façon de les exprimer. » Ce n'était pas à moi que cela s'adressait, c'était à John Coulson. J'étais certain de ne pas pouvoir faire le scénario.

Carol se dégagea et se mit à m'observer d'un œil inquiet.

— Qu'y a-t-il, mon chéri ? Pourquoi prends-tu cet air-là ? Tu n'es pas content ?

— Bien sûr que si, dis-je en me détournant pour allumer une cigarette. Seulement je n'ai aucune expérience en matière de cinéma. J'aimerais beaucoup mieux vendre ma pièce à Bernstien et laisser quelqu'un d'autre faire le travail. Il me semble que...

— Allons donc ! dit-elle en me saisissant la main. Tu feras ça admirablement, je t'aiderai. Tiens, commençons tout de suite.

Avant que j'aie pu dire un mot, elle était déjà dans la bibliothèque. Je l'entendis dire à Russell de nous préparer des sandwiches.

— Russel, M. Clive va faire un film avec sa pièce, ce sera magnifique !

244

Elle revint avec le manuscrit et nous commençâmes à le parcourir. Au bout d'environ une heure, Carol avait déjà établi un plan de découpage. Pour ma part, je ne fis rien que de donner mon approbation ; elle avait l'esprit si vif et une expérience si profonde que mes suggestions eussent été inutiles.

Nous fîmes une pause pour avaler nos sandwiches et boire notre vin blanc glacé.

— C'est à toi d'écrire le scénario, me dit Carol entre deux bouchées ; songe donc, avec ton talent de dialoguiste, ce sera parfait.

— Oh ! non, dis-je en me promenant de long en large, je ne pourrais pas, je ne saurais pas comment m'y prendre... Non, c'est impossible.

— Écoute-moi, tu vas voir. Tiens, écoute cette scène...

Et elle se mit à lire un passage de la pièce.

Je m'arrêtai, saisi par la puissance et la beauté des mots. Voilà ce que je ne saurais jamais faire. Ils semblaient pénétrer dans mon crâne, ils me brûlaient le cerveau au point que je dus me contenir pour ne pas lui arracher le manuscrit des mains.

Quel imbécile j'avais été de croire que je pourrais chausser les souliers du mort ! Les paroles de Gold me revenaient en mémoire : « Vulgaires feuilletons... D'autant plus surprenant que votre première pièce était excellente... Je n'ai jamais compris comment vous aviez pu l'écrire. »

C'était trop dangereux ; il suffisait du moindre faux pas pour que je fusse découvert. Déjà, c'était évident, Gold avait des soupçons. Si je commençais à écrire ce scénario on s'apercevrait tout de suite que la pièce n'était pas de moi et Dieu sait alors ce qui arriverait.

— Tu ne m'écoutes pas, mon chéri ? dit Carol en me regardant.

— Non, assez pour ce soir, dis-je en me servant à boire ; nous en avons assez fait pour une fois. J'en parlerai lundi avec Bernstien ; il a peut-être quelqu'un en vue pour écrire les dialogues.

— Mais, chéri…

— J'ai dit : assez pour ce soir, dis-je en lui prenant le manuscrit et en me dirigeant vers la véranda.

Je n'osais plus affronter son regard.

La lune était haute : on pouvait voir le lac, la vallée et les montagnes. Mais pour l'instant ce spectacle ne m'intéressait pas. Toute mon attention était concentrée sur un homme assis sur un banc au bout du jardin. Je ne pouvais pas voir sa figure, parce qu'il était trop loin, mais il y avait pour moi quelque chose d'étrangement familier dans son attitude, dans sa façon de se tenir les épaules voûtées et les mains jointes autour des genoux.

Carol vint me rejoindre.

— Comme c'est beau ! me dit-elle en glissant son bras sous le mien.

— Est-ce que tu vois… ? demandai-je en tendant le bras vers l'homme. Qui est cet homme ? Qu'est-ce qu'il fait là ?

Elle regarda pendant un moment.

— Quel homme ? Qu'est-ce que tu veux dire, Clive ?

Un frisson me parcourut l'échine.

— Tu ne vois pas un homme assis là-bas dans le clair de lune ?

Elle se tourna vivement vers moi.

— Mais non, chéri, il n'y a personne.

Je regardai de nouveau : elle avait raison, il n'y avait personne.

— C'est curieux, dis-je soudain tout tremblant, ce devait être une ombre… On aurait dit un homme.

— Tu rêves, dit-elle d'un ton inquiet ; je t'assure qu'il n'y avait personne.

Je l'attirai contre moi.

— Rentrons, dis-je, il fait froid dehors.

Cette nuit-là, je mis longtemps à m'endormir.

XVI

Sam Bernstien ôta ses grosses lunettes d'écaille et sa figure s'épanouit en un large sourire.

— Voilà ce que j'attendais, dit-il en frappant de la main sur le projet que nous avions écrit avec Carol ; ça n'est pas au point, loin de là, mais c'est déjà une base, c'est un bon commencement.

Assis dans un confortable fauteuil près de la fenêtre, je guettais anxieusement depuis un moment l'expression de sa physionomie.

— J'ai pensé que cela pourrait vous servir de canevas, dis-je, et je l'ai fait volontairement court pour vous permettre d'y apporter les changements que vous jugerez bons.

Bernstien attira vers lui une boîte de cigares, en choisit un et me tendit la boîte que je refusai.

— Je n'espérais pas que vous iriez si vite, dit-il en se frottant les mains. Nous allons le revoir ensemble dans le détail et quand nous nous serons bien mis d'accord sur tous les points, je propose que vous le remportiez, que vous le développiez et que vous me le rendiez le plus tôt possible. À ce moment-là, j'irai voir R.G.

— De ce côté-là, ça n'ira pas tout seul, dis-je.

Il se mit à rire.

— Ça c'est mon affaire ; depuis cinq ans nous avons déjà eu pas mal de petits accrochages, mais, en fin de compte, j'ai toujours gagné la partie. Laissez-moi manœuvrer.

— Très bien, fis-je sans grande conviction ; mais je vous préviens que Gold ne peut pas me voir en peinture.

— Je comprends ça, dit-il en se remettant à rire. Carol est une fille charmante et vous êtes un sacré veinard. Toutefois, si Gold vous déteste, ça ne l'empêche pas d'aimer faire une bonne affaire et ceci en est une, acheva-t-il en frappant de nouveau sur le manuscrit.

— C'est mon avis, dis-je un peu rasséréné par son optimisme. Voulez-vous que nous le parcourions ensemble ?

L'heure qui suivit fut pour moi une véritable révélation, j'en appris davantage sur la technique du cinéma que je ne l'avais fait depuis mon arrivée à Hollywood.

— Ce qu'il y a d'intéressant dans votre pièce, dit Bernstien en allumant un nouveau cigare, c'est qu'elle contient tous les éléments d'un film de grande classe, sans qu'il soit besoin d'y rien ajouter. Et ça, monsieur Thurston, c'est très rare. La plupart des auteurs n'aiment pas que je retouche leur texte ; ils ne se rendent pas compte qu'il faut l'adapter. Pour faire un bon film, la collaboration de l'auteur et du metteur en scène est absolument indispensable et c'est pourquoi, si nous voulons faire quelque chose de bien, il faudra que nous travaillions ensemble. (Il ramassa les notes qu'il avait écrites.) Voyez-vous bien ce que je veux ? Suis-je trop exigeant ?

— Du tout, dis-je sincèrement, je trouve ça épatant.

— Vous avez raison, répondit-il avec un large sourire. Emportez tout cela et donnez-moi vivement une deuxième mouture. Alors, il sera temps d'aller voir Gold.

— Il me reste à vous remercier, monsieur Bernstien, dis-je en me levant. Tout ceci m'a prodigieusement intéressé et je ne tarderai pas à vous apporter mon projet rectifié.

— Ne perdez pas de temps.

Il m'accompagna jusqu'à la porte.

— Je suppose que Carol sera retenue toute la journée ? dis-je en lui serrant la main.

— Je ne sais pas, mais renseignez-vous. Elle doit être avec Jerry Highams ; vous savez où est son bureau ?

— Oui. Au revoir et à bientôt, monsieur Bernstien.

Je parcourus vivement le long couloir sans m'arrêter chez Highams. Il était probable que Frank Imgram s'y trouvait avec Carol et je ne tenais pas à le rencontrer. En sortant, j'aperçus une cabine téléphonique publique. Je regardai l'heure : onze heures vingt-cinq. Avec un peu de chance, Marty ne serait pas encore arrivée ; par conséquent, Eva serait obligée de répondre elle-même. Je m'enfermai dans la cabine et composai le numéro, le cœur battant d'émotion. La sonnerie retentit pendant un long moment...

— Allô ?

C'était elle.

— Comment va, Eva ?

— Bonjour Clive. Ça va ? Quelle heure est-il donc ?

— Est-ce que je t'ai réveillée ? dis-je étonné de son ton amical.

— Non, j'allais prendre mon café, il y a déjà un moment que je suis réveillée.

— Quand puis-je te voir ?

— Quand peux-tu venir ?

— Attention, dis-je trop éberlué pour être prudent, l'autre jour tu m'as dit que tu ne voulais plus me voir.

— Eh bien alors, restons-en là, dit-elle en riant.

— J'arrive tout de suite. Petite peste ! Tu m'as fait passer deux mauvais jours, j'ai cru que tu parlais sérieusement.

Elle rit de nouveau.

— Quel drôle de type tu fais, Clive ! Sur le moment j'étais probablement sérieuse parce que je t'en voulais de m'avoir quittée comme ça.

— Eh bien, je ne recommencerai plus.

— Tu feras bien. Une autre fois je ne te pardonnerai pas si facilement.

— Viens déjeuner avec moi.

— Non. (Sa voix redevint dure.) Non, Clive ; si tu veux venir me voir pour le business, d'accord, mais je ne sortirai pas avec toi.

— Que tu dis. Tu vas venir déjeuner avec moi et sans faire tant de manières.

— Clive ! fit-elle d'une voix inquiète et ennuyée, je te dis que je ne déjeunerai pas avec toi.

— C'est bon, nous en reparlerons tout à l'heure. Je serai chez toi dans vingt minutes.

— C'est trop tôt, je ne serais pas prête. Viens vers une heure.

— Bien, et mets une jolie robe.

— Puisque je t'ai dit que je ne sortirai pas !

— Pour une fois, tu feras ce qu'on te dit, dis-je en riant. Fais-toi chic… — mais la ligne était coupée.

Je raccrochai en souriant.

« Okay, ma belle, me dis-je, on va voir qui est le plus fort. »

J'étais content ; cette fois, c'était moi qui allais la dresser. Elle pouvait toujours raccrocher le téléphone si ça lui faisait plaisir, mais elle viendrait déjeuner avec moi, même si je devais la traîner en chemise au restaurant. La façon dont marchait mon affaire avec Bernstien m'avait rempli de confiance ; je me dis que si je n'étais pas capable de manier une femme comme Eva, c'est que vraiment je ne méritais pas de réussir dans mon travail.

Je passai au Cercle littéraire et demandai mon courrier. On me remit quelques lettres, que j'emportai au bar où je commandai un whisky-soda. Au premier coup d'œil, je vis qu'il n'y avait rien d'Eva ; je retournai demander s'il n'y avait pas d'autres lettres pour moi : on me répondit que non. Eva m'avait pourtant formellement assuré qu'elle avait renvoyé l'argent...

Je l'appelai aussitôt au téléphone, elle répondit presque immédiatement.

— J'espère que je ne te dérange pas, dis-je, mais tu m'as bien dit que tu m'avais renvoyé mon argent, n'est-ce pas ?

— Oui.

— Au Cercle littéraire ?

— Oui.

— Eh bien, il n'est jamais arrivé.

— Que veux-tu que j'y fasse ? Tu ne me crois pas ?

— La question n'est pas là. Cet argent t'appartenait. Es-tu bien sûre de l'avoir envoyé ?

— Bien entendu. De toute façon, je n'en voulais pas, tu m'avais vexée. Et je ne l'accepterai pas si tu essaies de me le rendre.

« Il y a là quelque chose qui n'est pas clair », pensai-je.

— Avais-tu joint une lettre ?

— Pour quoi faire ? dit-elle d'un ton agressif. J'ai mis les billets dans une enveloppe que j'ai adressée au Cercle.

Évidemment, elle mentait ; j'étais sûr qu'elle n'avait jamais eu l'intention de renvoyer cet argent. C'était une façon de crâner ; elle aurait voulu me vexer, mais son avarice avait pris le dessus et elle pensait qu'en me racontant cette histoire, elle tiendrait sa revanche sans bourse délier. Elle avait réussi à me faire souffrir pendant deux jours, mais maintenant le mépris qu'elle m'inspirait pouvait passer pour une victoire à mon compte.

— Elle aura été égarée à la poste, dis-je d'un ton moqueur. Ça ne fait rien, je te rembourserai.

— Puisque je te dis que je n'en veux pas. Je te laisse, mon bain est en train de couler.

— Nous en reparlerons en déjeunant, dis-je, et sur ce j'essayai de raccrocher le premier, mais elle m'avait devancé.

Cette conversation terminée, je retournai au bar, très satisfait d'avoir découvert ce petit mensonge, car si Eva m'avait vraiment renvoyé mon argent, j'aurais eu pour elle une admiration qui m'eût laissé en état d'infériorité. Il en était maintenant tout autrement : « Elle s'est trompée en me prenant pour une poire », pensai-je.

J'étais si pressé de lui mettre, comme on dit, le nez dans ses petites saletés, que les minutes me parurent longues. Jamais, depuis notre première rencontre, je ne m'étais senti aussi sûr d'en venir à bout ; jusqu'ici je m'étais montré trop faible, le moment était venu de lui faire comprendre lequel de nous deux était le maître. Et pour commencer, j'allais la forcer à venir déjeuner avec moi ; après quoi je la laisserais tomber définitivement.

J'arrivai avenue Laurel-Canyon à une heure moins cinq ; devant la maison je lançai un coup de klaxon, je descendis pour frapper à la porte et allumai une cigarette. Au bout d'un moment je me rendis compte que la maison était complètement silencieuse ; habituellement Marty venait ouvrir au premier appel. Intrigué, je frappai de nouveau sans plus de résultat : une sensation de vide m'envahit.

Je frappai encore quatre fois avant de remonter en voiture, puis je descendis lentement l'avenue et ne m'arrêtai qu'après le tournant. En allumant une nouvelle cigarette, je m'aperçus que ma main tremblait.

Tout à coup, je pensai à Harvey Barrow, lorsqu'il m'avait dit : « Elle m'avait promis de venir avec moi et quatre fois de suite sa bonniche m'a dit qu'elle était sortie alors que je savais qu'elle se moquait de moi derrière ses rideaux. » Mes mains se crispèrent sur le volant : avec moi, elle n'avait même pas pris la peine d'envoyer Marty. Je me l'imaginais dans la petite chambre, la tête penchée en m'écoutant frapper, échangeant des clins d'œil avec Marty et lui disant : « Laisse-le frapper, il sera fatigué avant nous. »

Je longeai le boulevard Sunset, la tête vide, sans penser à rien, pris de nausée. J'entrai dans une pharmacie et téléphonai chez Eva : pas de réponse. Elle devait se méfier. Je restai quelque temps adossé au mur de la cabine à écouter le bruit de la sonnerie et soudain j'eus envie de la tuer. Ce fut comme une idée abstraite, impersonnelle qui m'aurait traversé le cerveau à l'improviste mais que j'examinai avec curiosité et plaisir. Puis, saisi d'horreur à cette seule pensée, je raccrochai et retournai à la lumière du jour.

« Suis-je devenu fou ? me demandai-je un instant plus tard en regagnant les *Trois Points*. Que je sois furieux contre elle, passe encore, mais de là à la tuer... l'idée seule est déjà effrayante. »

Pourtant, je sentais que j'éprouverais du plaisir à la tuer ; rien d'autre ne pouvait la toucher tant son armure était forte. De nouveau je chassai cette pensée, mais elle revenait sans cesse me lanciner ; j'envisageai dans tous les détails la façon dont je m'y prendrais.

Je m'imaginai entrant une nuit dans la petite maison en son absence. Je me cacherais dans une des pièces vides du second jusqu'au moment où j'entendrais sa clef dans la serrure et alors, sortant de ma cachette, j'irais sur le palier pour m'assurer qu'elle était seule. J'attendrais qu'elle eût pris son bain et qu'elle fût couchée avant de descendre. Quel plaisir ce serait de la sentir aller et venir, persuadée qu'elle était seule dans toute la maison, alors que je me préparais à la tuer !

Elle serait peut-être soûle comme le soir où je l'avais quittée. Dans ce cas, ce serait encore plus simple : je n'éprouverais aucune pitié si je la trouvais en train de ronfler, puant le whisky.

Je la guetterais du haut du palier ; je l'entendrais se déshabiller. Je connaissais ses habitudes : elle commencerait par ôter sa jupe (elle s'en débarrassait généralement sitôt rentrée parce qu'elle était si étroite qu'elle était gênée pour s'asseoir), puis elle irait prendre un cintre dans l'armoire et elle y accrocherait soigneusement son costume. Après quoi elle allumerait peut-être une cigarette tout en se défaisant de ses dessous. Enfin, elle mettrait sa chemise de nuit et se glisserait dans le lit.

En écoutant attentivement, je reconnaîtrais chaque détail : chacun s'accompagnait d'un bruit spécial, jusqu'au craquement du lit au moment où elle y étendrait son corps si mince. Peut-être lirait-elle pendant un moment ou continuerait-elle à fumer dans l'obscurité ; de toute façon, je lui laisserais largement le temps de s'endormir. Qu'est-ce que cela pouvait me faire d'attendre deux heures de plus ou de moins ? Enfin je descendrais l'escalier à pas de loup en tenant la rampe et en essayant chaque marche avant d'y poser tout mon poids. Je ne la réveillerais que quand il serait trop tard pour qu'elle puisse se sauver.

Je me faufilerais par la porte et je sonderais l'obscurité ; sans la voir, je saurais exactement où était sa tête et je m'assiérais tout doucement au bord du lit sans la réveiller. D'une main, je la prendrais à la gorge, et de l'autre je tournerais le commutateur de la petite lampe de chevet. Alors viendrait l'instant qui effacerait d'un seul coup toutes les blessures qu'elle m'avait infligées, l'instant où son instinct la réveillerait et où elle me reconnaîtrait. Nous nous regarderions dans les yeux et elle comprendrait pourquoi j'étais là et ce que j'allais faire. Je verrais son regard horrifié sans son masque de bois, dépouillé de ses grimaces professionnelles. Cela ne durerait que deux ou trois secondes, mais cela suffirait. Je la tuerais très vite en lui appuyant un genou sur la poitrine et en lui serrant la gorge dans mes mains. Écrasée sous mon poids, elle ne pourrait rien faire, je ne lui laisserais pas le temps de se raidir ni de me griffer. Personne ne pourrait deviner que c'était moi, ce pouvait être aussi bien n'importe lequel de ses nombreux amis.

Je fus tiré de cet affreux cauchemar par un violent coup de trompe et je n'eus que le temps d'éviter une collision avec une grosse Cadillac. J'étais si absorbé que sans m'en apercevoir je roulais en plein à gauche de la route. J'entendis le conducteur de l'autre voiture me lancer des injures en passant et je repris ma droite sans plus m'en écarter.

En arrivant au chalet j'étais encore sous l'influence du plaisir que j'avais eu à imaginer ma revanche sur Eva. Il était près de trois heures : je demandai à Russell de me servir des sandwiches et du whisky sur le balcon.

En l'attendant, je marchai de long en large, furieux du tour qu'Eva venait de me jouer en même temps qu'alarmé de voir à quel point sa cruelle méchanceté pouvait m'affecter. J'étais confondu et effrayé d'avoir pu éprouver du plaisir à envisager un meurtre jusque dans les moindres détails. Trois semaines plus tôt, je n'aurais jamais songé à une chose pareille et voilà qu'aujourd'hui, pendant que j'étais dans cette cabine téléphonique, elle m'était apparue comme la seule solution possible.

« Il faut absolument que je me ressaisisse, me dis-je. Autant reconnaître qu'elle est plus forte que moi et ne plus y penser. Jamais je ne pourrai me remettre à travailler sérieusement si je ne la chasse pas de mon souvenir et si je m'énerve de cette façon. En voilà assez comme cela. »

Russell entra avec son plateau.

— Apportez ma machine à écrire, lui dis-je, j'ai à travailler.

Il me regarda avec un sourire épanoui.

— J'espère, monsieur, que vous avez passé une bonne matinée au studio.

— Oui, dis-je mollement. Soyez gentil, laissez-moi travailler.

Il me lança un coup d'œil déçu et partit dans la bibliothèque. Je me mis à parcourir les notes de Bernstien sans parvenir à concentrer mon attention. Il m'était impossible d'oublier l'humiliation que j'avais subie pendant que j'attendais devant la porte d'Eva. Plus j'y pensais, plus la colère m'étouffait. Quand Russell m'eut apporté ma machine et m'eut laissé seul, je ne pus me décider à me mettre au travail. Au lieu de cela, je finis les sandwiches et avalai verre sur verre.

« Elle me le paiera cher, pensai-je en me versant à boire d'une main tremblante. Je trouverai bien le moyen de lui revaloir ça. » Je vidai plusieurs verres coup sur coup, jusqu'à ce qu'un certain engourdissement dans les jambes m'avertît que l'ivresse était proche. Je repoussai la bouteille et approchai la machine à écrire. « Qu'elle aille se faire f... », dis-je à haute voix.

J'essayai d'écrire la première scène d'après les indications de Bernstien ; au bout d'une heure j'arrachai la feuille et la déchirai en morceaux. Voyant que je n'étais pas en veine d'imagination, je me levai et me mis à déambuler à travers les pièces vides. Russell était parti probablement faire un somme dans les bois ; la maison était si triste que je me demandais si je n'avais pas eu tort de m'installer dans un lieu aussi solitaire. Tant que Carol était là, c'était parfait, mais qu'arrive-rait-il lorsqu'elle serait retenue au studio ?

La pensée d'Eva me poursuivait ; j'essayai assez mollement de la chasser, mais sans succès. Je pris un livre ; au bout de quelques pages je m'aperçus que je ne faisais aucune attention à ce que je lisais et le lançai à travers la pièce. Tout le whisky que j'avais bu était en train de faire son effet ; j'avais la tête lourde et je me sentais capable de n'importe quoi. Je m'approchai du téléphone et, après quelque hésitation, composai le numéro d'Eva.

— Qui est-ce qui parle ? fit la voix de Marty.

Je reposai doucement le récepteur. Non, je ne voulais pas que Marty se payât ma tête. J'allumai une cigarette et regagnai le balcon d'un pas mal assuré.

« Ça ne peut pas durer comme ça, me dis-je ; il faut que je travaille. » Je me remis à ma table pour relire les notes de Bernstien sans parvenir à fixer mon attention ; je finis par y renoncer. Je passai le reste de l'après-midi à me promener dans le jardin en fumant d'innombrables cigarettes, de plus en plus sombre, de plus en plus nerveux.

Carol rentra pour le dîner. Elle descendit de son roadster bleu et crème et traversa la pelouse en courant à ma rencontre. Ce fut comme si un grand poids m'était enlevé des épaules ; je la pris dans mes bras et l'y gardai longtemps.

— Eh bien, chérie, comment cela s'est-il passé ?

— Je suis éreintée, dit-elle avec un soupir ; nous n'avons pas arrêté de la journée. Rentrons et tu vas me donner à boire. Jusqu'ici, reprit-elle, R.G. est enchanté, ce sera un film magnifique ; Jerry est en pleine forme et Gold lui-même nous a donné une excellente idée.

Je lui préparai un gin-fizz et me versai un autre whisky.

— Mais dis donc, Clive, dit-elle tout à coup, est-ce toi qui as bu la carafe à toi tout seul ? Ce matin elle était pleine.

— Penses-tu, dis-je en riant. Tu me prends pour une éponge ; j'ai fait un faux mouvement et j'en ai renversé la moitié.

Elle me lança un coup d'œil, mais je la regardai bien en face et sa figure s'éclaira.

— J'aime mieux ça, dit-elle en souriant. Alors, raconte, qu'est-ce que Sam a dit de ton scénario ?

— Il l'a trouvé très bien ; ce n'est pas étonnant puisque c'est toi qui l'as fait.

— Ce n'est pas moi, c'est nous deux, chéri. J'espère que ça ne t'ennuie pas que je… Je veux dire que si tu préfères que je ne m'en mêle pas, je…

— Tu plaisantes, je me rends très bien compte que je n'y connais rien en matière de cinéma, mais je suis tout disposé à apprendre. Seulement, dis-je en m'asseyant près d'elle et en lui prenant la main, je n'arrive pas à m'en tirer avec les remaniements de Bernstien. Tu sais, Carol, j'aimerais vraiment mieux qu'il donne cela à quelqu'un d'autre ; moi, je ne peux pas.

— Donne-moi d'abord une cigarette et raconte-moi votre entrevue.

Elle m'écouta avec attention, marquant de temps en temps son approbation par un signe de tête.

— Il est formidable, dit-elle lorsque j'eus fini. Il a tout à fait raison, ce sera beaucoup mieux comme cela. À toi de travailler maintenant, Clive ; je suis sûre que tu peux réussir et songe à tout ce que cela représente pour toi.

— Ça te paraît facile à toi, dis-je avec amertume, mais moi je n'arrive pas à m'y intéresser. J'y ai passé tout l'après-midi sans rien faire de bon.

Elle m'observa pendant un instant comme pour essayer de me comprendre.

— Allons, ça ira peut-être mieux demain, dit-elle. Sam va te demander de te dépêcher, il est déjà en retard sur ses prévisions.

— Je n'y peux rien, dis-je agacé. Ça vient ou ça ne vient pas.

Elle me mit ses bras autour du cou.

— Ça viendra, tu verras.

— Et puis flûte, dis-je en allant vers la porte. Je vais passer une robe de chambre et me reposer. As-tu quelque chose à lire ?

— J'ai du travail, dit-elle vivement ; je voudrais revoir une ou deux scènes.

— Tu ne vas pas t'amuser à travailler jour et nuit, dis-je. Repose-toi un peu, ça te fera du bien.

Elle me poussa vers la porte.

— Allez-vous-en, tentateur ! Va t'asseoir sur le balcon, je viendrai t'y rejoindre dès que j'aurai fini.

Le soleil se couchait : le ciel était magnifique, l'air était calme et tiède. Cependant j'étais agité, déprimé, de mauvaise humeur ; je laissai errer mes regards vers l'ombre qui commençait à envahir le jardin. De nouveau, j'aperçus l'homme assis sur le banc, les épaules voûtées, les mains nouées sur ses genoux. Cette fois, je le reconnus, et il me sembla qu'une main glacée m'étreignait le cœur. John Coulson était mort depuis près de trois ans ; je l'avais vu mourir, je l'avais vu être emporté dans son cercueil par quatre hommes vêtus de noir. Et pourtant il était là, dans mon jardin, le dos tourné vers moi, immobile comme un homme perdu dans ses pensées.

Je me levai d'un bond, courus à la balustrade et plongeai mes regards dans l'obscurité. Presque aussitôt la silhouette sur le banc se mua en une ombre projetée par la branche d'un rosier qu'éclairaient les derniers rayons du soleil. Je restai longtemps agrippé à la rampe, écoutant mon cœur qui battait la chamade et tremblant de peur.

Étais-je en train de devenir fou, avais-je des troubles de la vue, ou John Coulson était-il revenu de chez les morts ?

Finalement, je revins à mon fauteuil. La vérité, me dis-je, c'est que j'ai trop bu. À force de travailler sur la pièce de John Coulson, de chercher à imiter ses dialogues et de développer sa pensée, j'avais dû l'évoquer inconsciemment et le peu de lumière aidant, j'avais cru le voir. Il n'y avait pas d'autre explication et pourtant je demeurais troublé et plein d'effroi.

Je restai longtemps sur le balcon à penser à Coulson. Évidemment, c'était une infamie que de me servir de sa pièce pour en faire un film, mais quoi ? je m'étais trop avancé pour reculer. Certes, j'aurais dû commencer par ne pas m'approprier son œuvre, mais alors je ne serais pas ici, installé sur le balcon d'une coûteuse villa, dans un des plus jolis coins de la Californie. Je n'aurais pas connu Carol. Et je n'aurais pas non plus connu Eva, pensai-je avec un pincement au cœur.

— Qu'est-ce que tu fais là, dans le noir ? dit Carol en venant sur le balcon. Il y a trois heures que tu es là ; il est plus de minuit !

— Je réfléchissais, dis-je en me secouant, je ne savais pas qu'il était si tard. As-tu enfin fini ?

Elle vint m'embrasser.

— Ne sois pas fâché, chéri, me dit-elle à l'oreille, j'ai mis au point ta seconde version. Tu ne m'en veux pas, dis ?

Je la regardai abasourdi, fou de jalousie à la pensée qu'elle avait pu faire si facilement ce dont j'avais été incapable.

— Mais ma chérie, dis-je, c'est ridicule. Tu ne peux pas faire à la fois ton travail et le mien. Encore un peu et je vivrais à tes crochets.

— Ne te fâche pas, dit-elle d'un ton suppliant ; je n'ai fait que mettre sur le papier tes propres idées et celles de Sam ; n'importe quelle dactylo pourrait en faire autant. Demain tu le reverras et tu le porteras à Sam. R.G. donnera son accord et vous pourrez vous mettre tout de suite au travail. Embrasse-moi et ne fronce plus tes sourcils.

Je l'embrassai.

— Allons, viens te coucher, dit-elle en me prenant le bras. Demain, il faut que je me lève de bonne heure.

XVII

Au cours des quatre jours qui suivirent, je me rendis de plus en plus compte que j'avais eu tort de m'installer aux *Trois Points*. Je m'étais séparé du reste du monde et maintenant, privé de toute distraction, la solitude que je m'étais imposée me pesait abominablement. J'avais espéré pouvoir profiter du calme pour écrire un roman, mais dès mes premiers essais j'avais dû reconnaître que l'inspiration me faisait défaut.

Avec beaucoup de mal j'étais arrivé à recopier le travail de Carol — ce qu'elle avait fait était si bien qu'il n'y avait guère qu'à le recopier — mais dans l'état où j'étais ce fut déjà un effort que de taper à la machine. Je fus plusieurs fois tenté de téléphoner pour que l'on m'envoie une dactylo. Enfin, c'était fini. Bernstien avait le manuscrit entre les mains et je n'attendais plus que la décision de Gold. S'il l'acceptait, j'étais décidé à insister pour que l'on chargeât quelqu'un — n'importe qui sauf moi — d'établir le scénario définitif. Je savais trop bien que j'en étais incapable, je ne pouvais pas imiter le style brillant de Coulson, et, si je m'y étais risqué, un homme comme Gold se serait aperçu tout de suite que je n'étais pas l'auteur de la pièce.

Ma situation financière commençait à m'inquiéter : mon capital s'amenuisait, mes droits d'auteur diminuaient de semaine en semaine et nos dettes augmentaient. Je n'en dis rien à Carol, sachant qu'elle voudrait payer sa part ; elle gagnait beaucoup d'argent et sauf de menues dépenses et quelques frais de toilette, elle plaçait tout en valeurs immobilières. Quels que fussent mes défauts, j'étais bien résolu à ne jamais accepter un sou d'elle.

Lorsqu'elle était au studio, les journées me paraissaient interminables ; je passais des heures enfermé dans la bibliothèque et quand la solitude me devenait intolérable, je partais faire une promenade dans les bois, en proie à une affreuse dépression. Eva et John Coulson ne cessaient de me hanter.

J'essayai bien d'écrire les dialogues de *Rain Check*, mais à peine eus-je commencé que je crus sentir la présence de John Coulson en train de me surveiller et de se moquer de ma maladresse. Idée absurde, mais qui suffisait à me paralyser.

Trois jours durant je luttai contre la tentation de téléphoner à Eva. Le quatrième jour, peu après le départ de Carol pour le studio, je n'y tins plus. Russell était absent, auprès d'un parent malade ; je venais d'achever mon café et j'entendais encore le bruit de la voiture de Carol abordant la côte. Brusquement, cédant à une impulsion, je jetai mon journal à terre et saisis le téléphone.

Eva répondit presque immédiatement.

— Allô ?

Même après tout ce qu'elle m'avait fait subir, le son de sa voix me fit battre le cœur et courir le sang dans les veines.

— Bonjour Eva, ça va ?

— Tiens, dit-elle joyeusement. Qu'est-ce que tu es devenu depuis si longtemps ?

Je n'en croyais pas mes oreilles : sa voix était aimable et elle paraissait en gaieté. Je ne sais pourquoi j'en éprouvai comme du dépit.

— Es-tu sûre de ne pas te tromper ? dis-je. C'est Clive, le type à qui tu ne réponds pas quand il frappe à ta porte.

— Ha, ha ! Oui, je sais.

Ainsi, elle trouvait cela drôle ! Je serrai le récepteur si fort que mes articulations blanchirent.

— C'est une assez sale blague que tu m'as faite. J'avais combiné un déjeuner. Tu aurais pu au moins me recevoir et t'excuser.

— C'était aussi une assez jolie blague que de me quitter en plein milieu de la nuit, répliqua-t-elle. Et puis, je n'avais pas envie de déjeuner avec toi ; aucun homme n'a le droit de me donner des ordres. J'espère que ça t'aura servi de leçon.

Je grinçai des dents.

— Pourquoi veux-tu toujours me donner des leçons ?

— Le fait est que tu es un bien mauvais élève.

— Je fais ce que je peux, j'essaie.

— Je n'ai jamais connu quelqu'un dont il soit si difficile de se débarrasser.

— Tu veux donc te débarrasser de moi ?

— Tu ne t'en étais pas encore aperçu ?

Son insolence me mit en rage.

— Tu finiras par y arriver, et ce jour-là tu le regretteras, dis-je sèchement.

— Penses-tu ! dit-elle en riant.

Qu'avait-elle donc de changé ? La curiosité l'emporta sur ma colère.

— Tu as l'air bien gaie ce matin. Tu as touché un héritage ?

— Non.

J'attendis une explication qui ne vint pas.

— Dis donc, Eva, j'ai envie de venir te voir.

— Pas aujourd'hui, c'est impossible.

— Mais, enfin, Eva…

— Je ne serai pas là. Si tu viens, il n'y aura personne.

— Où vas-tu ?

— Ça ne te regarde pas.

— Bon. Quand te reverrai-je ?

— Je ne sais pas. Téléphone-moi dans quelques jours.

Tout à coup, il me vint une idée.

— Est-ce que Jack est arrivé ?

— Oui. Es-tu content maintenant ?

Mon ancienne jalousie me reprit.

— Tant mieux, dis-je en mentant. Alors, tu retournes chez toi ?

— Oui.

— Pour longtemps ?

— Je ne sais pas. Ne pose donc pas tant de questions. Je ne sais pas combien de temps il va rester.

— Tu l'attends aujourd'hui ?

— Mmmm… J'ai reçu un télégramme hier soir.

— Rappelle-toi que je veux faire sa connaissance.

Il y eut un silence.

— Oui, entendu.

— Quand le verrai-je ?

— Euh… pas cette fois-ci.

— Alors quand ?

— Un de ces jours, nous verrons ça.

— Dis donc, et tes clients, qu'est-ce qu'ils vont dire ?

— Je n'en sais rien et ça m'est égal. Ils reviendront quand ça leur plaira.

— Eh bien, amuse-toi bien. Je te rappellerai dans quelque temps.

— C'est ça. Au revoir.

Elle raccrocha.

Je reposai violemment le récepteur. À chaque rencontre, à chaque conversation, il était de plus en plus évident qu'elle se moquait de moi. Et cependant je ne pouvais pas me détacher d'elle, c'était plus fort que moi.

Impossible de passer toute la journée au chalet avec l'idée qu'elle allait retrouver son mari. Je serais devenu fou. Je décidai donc d'aller voir si Bernstien avait quelque chose à me dire. J'arrivai au studio vers midi et m'arrêtai près du bâtiment central. Carol accourut me rejoindre.

— Bonjour, chéri, dit-elle en sautant sur le marche-pied, j'ai essayé de t'avoir au téléphone.

— Que se passe-t-il ?

— Écoute, c'est assommant, mais nous partons en avion pour la Vallée de la Mort. Jerry veut tourner des extérieurs dans un vrai désert ; je pars tout de suite avec lui et Frank.

— Ça veut dire que tu ne rentreras pas ce soir ?

— Non, mon trésor. Oh ! et Russell qui est absent ! comment faire ?

Je ne parvins pas à cacher ma consternation.

— Ne t'inquiète pas, je m'arrangerai. D'ailleurs, j'ai à travailler.

— Je suis navrée de te laisser seul. Pourquoi ne resterais-tu pas en ville ou, mieux encore, pourquoi ne viendrais-tu pas avec nous ?

Je pensai à Imgram et secouai la tête :

— Non, je vais rentrer aux *Trois Points*. Ne t'inquiète pas, je me débrouillerai très bien.

— Viens avec nous, dit-elle d'un air suppliant ; ce sera si amusant.

— Allons, ne fais pas la sotte ; je te dis que tout ira bien. Bon voyage et à demain soir.

— Ça me tracasse de penser que tu seras tout seul. Tu ne préfères pas rester en ville ?

— Ma petite Carol, je ne suis pas un enfant, dis-je un peu sèchement. Maintenant, je te laisse, j'ai besoin de voir Bernstien. (Je venais d'apercevoir Highams et Imgram descendre l'avenue et je ne tenais pas à les rencontrer.) Amuse-toi bien, dis-je en l'embrassant sans vouloir remarquer son air triste et inquiet.

Si seulement Eva avait été libre, j'aurais pu la décider à passer la journée avec moi. Mais non : à moins que Bernstien n'ait quelque chose à me demander, j'allais me trouver complètement désœuvré pendant vingt-quatre heures.

— Entrez directement, me dit sa secrétaire dès que je me fus nommé. M. Bernstien a essayé de vous téléphoner toute la matinée.

Voilà qui promettait.

— Bonjour, fis-je en entrant dans le bureau.

Bernstien sauta sur ses pieds.

— Voilà deux heures que j'essaie de vous joindre. Tout va bien, Gold est d'accord. Cent mille dollars par contrat. Mes compliments.

Je le regardai, sidéré.

— Je pensais bien que vous seriez épaté, reprit-il en riant. Ne vous avais-je pas dit que je lui ferais faire ce que je voudrais ? Je le connais à fond. (Il sortit d'un tiroir une formule de contrat.) Il est d'accord sur tout, j'ai obtenu tout ce que je voulais. Lisez vous-même.

D'une main tremblante je saisis le contrat et commençai à le lire. Mais tout à coup mon cœur cessa de battre et je me sentis pâlir.

— Mais, bégayai-je, ce contrat stipule que c'est moi qui devrai écrire les dialogues définitifs.

— Naturellement. C'est Carol elle-même qui a émis l'idée et quand je lui en ai parlé, Gold a exigé que ce soit une condition *sine qua non*. Il a dit que tout le film reposait sur le brio de votre style, ce sont ses propres termes.

Je m'affalai sur un siège. Ainsi Gold savait. Voilà pourquoi il m'offrait cent mille dollars ; il savait bien que je n'oserais jamais écrire les dialogues.

— Vous n'êtes pas content ? me demanda Bernstien d'un air stupéfait. Qu'est-ce qui ne va pas ? Vous ne vous sentez pas bien ?

— Ce n'est rien, dis-je d'une voix molle, c'est… c'est la surprise.

— Ah ! bon, dit Bernstien rassuré, vous ne vous attendiez pas à une telle somme. Mais votre pièce est magnifique et elle fera un film épatant. Tenez, buvez donc quelque chose.

Je fus bien aise de vider d'un coup le verre qu'il me tendit. Cependant, je me demandais comment sortir de cette impasse. Rien à faire. Gold m'avait mis au pied du mur.

Je serais incapable de dire ce que je fis pendant les deux heures qui suivirent. Je dus rouler au hasard, assommé par le tour que Gold venait de me jouer, me demandant comment j'avouerais à Carol que j'étais incapable de continuer.

Pourtant, il me fallait de l'argent à tout prix. C'est alors que je pensai au *Lucky Strike*.

À mon arrivée à Hollywood j'avais été un joueur acharné et j'avais fréquenté les bateaux de jeux qui se tiennent au large des côtes de Californie. Ils étaient plus d'une douzaine qui tournaient la loi en restant en dehors de la zone défendue et j'étais allé plusieurs fois sur le *Lucky Strike*. C'était le mieux fréquenté et j'y avais parfois gagné des sommes importantes ; je résolus de retourner y tenter ma chance. Soit parce que je comptais sur ma veine, soit simplement parce que je venais de me trouver un but, je me sentis tout ragaillardi ; je me rendis au Cercle littéraire et encaissai un chèque de mille dollars. Je grignotai un sandwich, bus quelques verres et passai le reste de l'après-midi à lire les journaux. Le soir, je dînai légèrement et à neuf heures et demie, je partis en voiture pour Santa Monica. Une fois rangé dans le garage découvert de la jetée, je restai un bon moment dans la Chrysler à contempler la rade.

On pouvait voir au loin le *Lucky Strike* ancré à la limite de la zone des trois milles et brillant de tous ses feux ; déjà de nombreuses petites chaloupes faisaient la navette avec la côte. Je descendis de voiture et gagnai le bout de la jetée ; le vent soufflait avec force, l'air sentait le poisson, le sel et le gas-oil ; les vagues faisaient trembler l'embarcadère.

Le trajet dura environ dix minutes, la chaloupe-taxi roulait et tanguait assez fort mais je n'étais nullement incommodé. Nous n'étions que six passagers. Quatre d'entre eux étaient des hommes d'un certain âge, bien habillés et d'aspect cossu. Il y avait aussi une femme, une grande rousse avec une peau blanche et fine ; sous son étroite robe jaune, son corps paraissait souple et doux ; elle avait un air sensuel et un rire pointu, légèrement hystérique. J'étais en face d'elle et je voyais ses jambes qui étaient belles bien qu'un peu épaisses à l'endroit du genou. Elle accompagnait un homme grisonnant et au nez crochu qui paraissait

274

gêné chaque fois qu'elle riait trop fort. Je la regardai et elle me regarda ; je vis qu'elle devinait ma pensée car elle cessa brusquement de rire et rabattit sa jupe.

Le *Lucky Strike* était un bateau d'environ quatre-vingts mètres de long et assez imposant, vu de la chaloupe : on eut quelque difficulté à hisser la femme rousse. Sans doute était-elle un peu gênée d'avoir à grimper par l'échelle de corde ; toujours est-il qu'elle fit beaucoup de manières et que l'homme au nez crochu finit par se fâcher. Je la perdis de vue aussitôt à bord et je le regrettai ; elle était lumineuse comme une bougie dans une chambre noire.

Je me mêlai à la foule mais ne vis personne de connaissance. Je me rendis au bar ; il était bondé mais je parvins à faire un signe au barman et j'eus ce qui restait d'un double whisky lorsque le verre eut franchi plusieurs rangées de têtes. Comme il était vain d'en espérer un second, je me dirigeai vers le grand salon où l'on jouait aux dés. J'eus quelque mal à atteindre la grande table ; il me fallut jouer des coudes, mais la foule était de bonne humeur et me laissa passer. Sur le tapis vert, les dés roulaient, frappaient le rebord de la piste et rebondissaient : l'un s'arrêta pile montrant un cinq tandis que l'autre roulant un peu plus loin s'arrêtait à son tour sur un six. Un soupir s'éleva au moment où le gagnant rafla toutes les mises. Un grand gaillard velu ramassa les dés et les agita dans une main tandis que de l'autre il posait vingt dollars sur le tapis. Celui qui venait de gagner se leva pour partir et je pris sa place.

Je suivis le jeu pendant cinq minutes, puis des dés vinrent à moi. Je misai deux billets de vingt dollars et fis coup nul ; j'ajoutai un troisième billet et tirai un cinq, je passai cinq fois avant de sauter. Après quoi je jouai les tableaux. La rousse était venue se mettre à côté de moi, sa hanche contre la mienne ; je m'appuyais contre elle sans la regarder. Je pris de nouveau la main, misai cent dollars, passai deux coups et perdis.

— Vous perdez gros, dit la rousse.

Je m'épongeai la figure avec mon mouchoir et cherchai des yeux l'homme au nez crochu. Il était coincé à la table, juste en face de nous, et ne pouvait pas nous entendre.

— Il vous plaît ce type-là ? demandai-je, après avoir ramassé plusieurs coups de dix dollars.

— Ça vous intéresse ? dit-elle en s'appuyant contre moi.

Je repris les dés et réussis un coup double.

— On ne sait jamais, dis-je.

Sur quoi je passai trois fois.

— Ce sont mes cheveux rouges qui vous portent veine, dit-elle.

Je donnai encore sept fois et passai la main.

— Allons faire un tour, dis-je en tâtant ma poche pleine d'argent. Vous venez souvent ici ?

— Je connais tous les bons endroits, dit-elle en se faufilant à travers la foule.

Je remarquai que cela faisait plaisir à pas mal d'hommes ; il y avait de quoi.

Elle me conduisit au bout du pont et grimpa un escalier de fer. Je ne la voyais pas, mais je sentais son parfum ; je la suivis à la piste. Tout à coup nous nous trouvâmes seuls : j'étais adossé au bastingage et elle se serra contre moi.

— Dès la minute où je t'ai vu... commença-t-elle.

— Oui, avec moi c'est comme ça, dis-je en lui prenant la taille.

Elle était souple et grasse, mes doigts entraient dans sa chair.

— Embrasse-moi, dit-elle en passant ses mains sous mon veston.

Nous restâmes enlacés un long moment, puis elle s'écarta brusquement :

— Ah ! j'étouffe, dit-elle.

Je voulus l'attirer de nouveau mais elle me repoussa avec une force surprenante.

— N'essaie pas de me violer, dit-elle en riant, vas-y doucement.

Je lui aurais volontiers écrasé mon poing sur la figure mais je ne bougeai point.

— Je ferais mieux de rentrer, dit-elle.

— Comme tu voudras.

— Il va se demander où je suis.

— C'est probable.

— Tu m'as fait mal, dit-elle en se tâtant les lèvres.

— Penses-tu !

— Mmmm...

Elle tendit les mains, et je la repris dans mes bras.

— Je ne suis pas comme ça avec tout le monde, dit-elle comme pour s'excuser.

— Tant que tu es comme ça avec moi, ça me suffit, dis-je.

Sur le pont d'en dessous, quelqu'un partit d'un éclat de rire. Je connaissais cette façon de rire, ce ne pouvait être qu'Eva. Je repoussai la tête de la rousse.

— Qu'est-ce qui te prend ? dit-elle d'une voix mourante.

Encore le rire d'Eva. Je me penchai par-dessus la rampe, mais on n'y voyait rien ; il faisait trop noir.

— Hé là, fit la rousse en colère.

— Fous-moi la paix !

Elle essaya de me gifler mais je lui saisis le poignet ; il était gras et mou. Elle poussa un gémissement. Je lui lançai une injure et la quittai.

En bas, je me mis à la recherche d'Eva ; je l'aperçus enfin debout près de la porte de la salle de la roulette. À côté d'elle se tenait un homme grand, à la face dure, dans un smoking impeccable. Je savais qui c'était.

Pendant que je m'approchais d'eux, ils entrèrent dans la salle. Il la tenait par le coude et elle rayonnait de bonheur.

XVIII

Je ne voulus pas me faire voir tout de suite. La salle, malgré ses vastes dimensions, était pleine à craquer ; je ne pouvais apercevoir que les lampes qui éclairaient les tables. Lorsque je pus enfin m'approcher, Eva n'était pas là ; elle devait être à la table du fond, mais la foule était si dense que je ne pus bouger.

Au moment où le croupier annonça : « Faites vos jeux, messieurs », il se produisit un remous qui m'entraîna ; un instant après, lorsqu'il dit : « Les jeux sont faits, rien ne va plus », la pression se relâcha suffisamment pour que je puisse me dégager un peu et faire quelques pas vers le fond de la salle. Encore n'y parvins-je qu'en jouant des coudes et en prodiguant des excuses aux gens que je bousculais. Il me fallut plus de dix minutes pour atteindre la table du fond : Eva se tenait debout derrière Jack Hurst qui avait trouvé le moyen de s'asseoir.

Le croupier annonça : « Onze, noir, impair », ratissa les mises perdantes, poussa une petite pile de jetons vers Hurst et chantonna de nouveau :

« Faites vos jeux, messieurs, faites vos jeux. » Je vis
Eva se pencher et dire quelque chose à l'oreille de
Hurst ; ses yeux brillaient, elle était presque belle.
Il secoua la tête d'un geste impatient sans se re-
tourner et misa sur impair noir.

Je l'examinai avec curiosité. Il était grand, large
d'épaules et d'aspect puissant ; les yeux étaient
profondément enfoncés sous les arcades sourciliè-
res, le nez droit, presque pas de lèvre supérieure ;
la bouche formait une ligne mince et dure comme
un coup de crayon. Son smoking lui allait bien et
son linge était éblouissant. Il paraissait avoir une
quarantaine d'années.

C'était donc là le type qui avait séduit Eva. Je
la comprenais ; si désagréable que cela pût m'être,
je devais reconnaître que Jack Hurst était un bel
homme. Eva tenait une main posée sur son épaule
et ne le quittait pas des yeux, elle surveillait chacun de ses gestes avec adoration. Je ne la reconnaissais pas ; jamais je ne l'avais vue si animée ni
si heureuse.

N'empêche que j'étais fou de jalousie. Si Hurst
avait été un petit bonhomme mal fichu, cela
m'aurait paru moins dur, mais ce n'était pas le cas
et la comparaison ne m'était pas favorable. Il était
mieux que moi ; on voyait que c'était un homme
habitué à obtenir tout ce qu'il voulait.

La roulette se mit en marche. Eva se pencha en
avant, Hurst suivit la boule des yeux sans broncher. « Rien ne va plus ! » La boule bondit, se
heurta au bord de la roulette, rebondit et finalement s'arrêta dans l'un des trous. Le croupier

poussa encore une pile de jetons vers Hurst et lui sourit, mais Hurst ne s'en aperçut pas.

Je fis lentement le tour de la table pendant que Hurst continuait à ramasser de nouveaux jetons. Enfin, après avoir écarté de force une grosse vieille femme, je réussis à me placer juste derrière Eva. Je sentais l'odeur de ses cheveux ; j'avais envie de la toucher, mais je me contins.

— Double ta mise, dit-elle tout bas à Hurst.

— La ferme, dit-il en étalant six jetons entre le 16 et le 13.

Je me penchai et lançai trois plaques de cent dollars sur le rouge. Eva se retourna et me vit.

— Bonsoir, fis-je.

Sa figure se figea et elle me tourna le dos. « Très bien, pensai-je ; si tu veux jouer à ce jeu-là, petite garce, nous allons rire. »

Le rouge sortit. Le croupier rafla les jetons de Hurst et s'apprêtait à me payer.

— Non, dis-je, laissez porter.

Hurst qui perdait une cinquantaine de dollars misa de nouveau sur le noir. Le rouge sortit encore.

— Laissez courir, dis-je.

Hurst me jeta un coup d'œil par-dessus son épaule et me fit un petit sourire que je lui rendis largement. Je pouvais me permettre ça. Il rangea soigneusement ses jetons en petites piles qu'il plaça sur la première et la troisième douzaine. Encore le rouge. Il devait perdre dans les deux cents dollars et moi, j'en avais maintenant huit cents sur le tapis. Le croupier m'interrogea du regard ; je lui fis signe de tout laisser.

Hurst s'apprêtait à miser de nouveau, lorsque Eva lui dit :

— Pas la peine d'insister, allons-nous-en.

Il répondit simplement :

— La ferme !

Sa conversation avec elle semblait se borner là. « Rouge ! » annonça le croupier. Hurst perdait encore.

Je mis deux cents dollars sur *Passe* et laissai toute ma masse sur le rouge. Les gens s'écrasaient derrière moi ; cela commençait à faire une belle somme.

Hurst ne joua pas ce coup-là. La roue se mit à tourner. La boule parut hésiter devant le 36 rouge, puis finalement s'arrêta sur le 13 noir. En ratissant les mises, le croupier me fit un signe de tête ; j'essayai de sourire, mais sans grand succès.

Il y eut comme une détente autour de la table ; les gens attendaient pour voir si j'allais continuer à miser. Mais non. Je venais de voir quinze cents dollars me passer sous le nez, j'étais refroidi.

Hurst recommença à jouer et gagna. On aurait dit qu'il ne pouvait gagner que lorsque je ne jouais pas. Je laissai passer deux coups avant de mettre deux cents dollars sur le noir. Le rouge sortit. « Bon, me dis-je, je vais jouer le rouge, j'aurais dû m'y tenir. » Je perdais déjà quatre cents dollars. En me penchant pour lancer mes plaques, je frôlai la manche d'Eva et ressentis comme une décharge électrique ; elle s'écarta vivement, d'où je conclus qu'elle savait que c'était moi. Que m'importait ? Il me suffisait d'être près d'elle et de voir perdre l'homme qu'elle aimait.

Je mis cinq cents dollars sur le rouge et gagnai. Cela dura pendant un quart d'heure ; deux fois je faillis ramasser mon gain, mais chaque fois quelque chose me retint. Le rouge sortit onze fois de suite ; on entendait les gens haleter. Je voulus faire *paroli* sur un coup de cinq mille deux cents dollars.

— Non, dit le croupier, la banque ne marche pas.

Cela déclencha une violente discussion. Un petit bonhomme avec une cicatrice qui lui barrait la figure commença à hurler qu'on n'avait pas le droit de refuser le coup, mais le croupier resta impassible.

— Veux-tu faire tourner ta n... de D... de roue et au trot ! dit Hurst d'une voix qui siffla comme un coup de fouet.

Le croupier se mit à parler à voix basse avec un grand type maigre qui venait de s'approcher de la table.

— Hé ! Tony, dis-lui de lancer sa roue, dit Hurst.

Le type maigre regarda ma pile de jetons et pinça les lèvres. Il regarda Hurst, puis moi et se tourna vers le croupier :

— Eh bien, qu'est-ce que vous attendez ? dit-il.

— Faites vos jeux, messieurs, dit le croupier avec un haussement d'épaules.

La foule se pencha en avant ; l'émotion était à son comble. Je baissai le bras et rencontrai la main d'Eva : elle ne la retira pas lorsque je la pris dans la mienne et cela me fit plus d'effet que la vue de la roulette. La boule hésita d'abord longtemps, parut s'arrêter sur le rouge, alla rouler dans une case noire. Un soupir s'éleva de la foule.

— Pourquoi ne vous êtes-vous pas retiré, espèce d'idiot ? dit Eva en lâchant brusquement ma main.

Hurst se retourna et nous regarda l'un après l'autre. Tous les yeux étaient fixés sur moi qui restais là, debout, les genoux vacillants. Pour un coup de trop, je venais de perdre dix mille dollars.

— Eh bien, vous êtes content ? dit le type maigre en m'adressant un clin d'œil moqueur.

— Oui, assez, bredouillai-je.

Puis, sans regarder Eva, je me frayai un chemin dans la foule et me dirigeai vers le bar.

Il était encore trop tôt, la pendule marquait dix heures cinq. Je commandai un double scotch, l'avalai et dis au barman de me laisser la bouteille. Tout compte fait, ce serait décidément une mauvaise soirée.

Je venais de boire sans désemparer pendant une heure lorsque je vis arriver Eva, seule. Avant que j'aie eu le temps de l'aborder, elle entra aux lavabos et en ressortit au bout de quelques minutes en compagnie de la rousse. Elles passèrent toutes deux à côté de moi sans me voir.

— Il est splendide, disait la rousse, il a l'air d'un marin et j'adore ses lèvres minces.

— Il n'en pince pas pour les rousses, dit Eva en ricanant.

284

— Je me jetterais au feu pour lui, reprit la rousse avec son rire aigu qui me crispait.

Je les vis rentrer dans la salle de la roulette où je les suivis après avoir jeté une poignée de monnaie au barman. Personne : ni Eva, ni Hurst, ni la rousse. Je la cherchai en vain dans les autres salles, puis je montai sur l'entrepont. Toujours personne. Je montai sur le pont supérieur. La rousse était là.

— Tu as perdu ton ami ?

— Il est parti ; je suis venue regarder la lune.

Après tout, elle n'était peut-être pas si mal que ça ; je me rappelais la façon dont mes doigts étaient entrés dans sa chair.

— Comment rentres-tu ?

— Pas à la nage, bien sûr, dit-elle en riant et je me mis à rire aussi.

Plein comme je l'étais, tout pouvait me faire rire — même une perte de dix mille dollars.

Je la coinçai contre la balustrade sans qu'elle se défendît.

— Tu ne m'en veux pas d'avoir voulu te gifler ? dit-elle.

— Au contraire, dis-je en l'attirant vers moi.

Et cette fois, je lui écrasai durement les lèvres.

— C'est malin, fit-elle en me repoussant. C'est tout ce que tu sais faire ?

— Oh ! non, je sais aussi conduire une voiture et jouer du phonographe. Qui est cette femme à qui tu parlais tout à l'heure ?

— Eva Marlow ? Celle-là, alors, tu parles d'une grue.

— Et toi, non ?

— Seulement avec mes amis, dit-elle en riant.

— Comment l'as-tu connue ?

— Qui ça ?

— Eva Marlow.

— Qui t'a dit que je la connaissais ?

— Tu viens de le dire toi-même. Écoute, ne restons pas là, allons boire quelque chose.

— Si tu veux. Où ça ?

— J'ai ma voiture. Viens, foutons le camp d'ici.

— Mais je ne suis pas libre.

— Tu m'as dit que ton ami était parti.

— Je veux dire qu'il faudra que tu me paies.

— Naturellement, parbleu.

Je tirai de ma poche une liasse de billets que je comptai ; il y avait quinze cents dollars. Somme toute, j'en gagnais encore cinq cents, ce n'était déjà pas si mal. Je lui tendis deux billets de vingt dollars.

— Oh ! mais ce n'est pas assez, dit-elle.

— La ferme ! C'est un acompte, je t'en donnerai d'autres plus tard. Allons, partons.

Sitôt débarqués, nous nous rendîmes au garage.

— Tu en as une chic bagnole ! dit-elle en voyant la Chrysler.

Je m'installai au volant sans m'occuper d'elle. Il faisait un beau clair de lune et j'étais assez soûl ; pour le moment je me sentais bien.

— Est-ce que ta femme te fait suivre ? me demanda la rousse tout à coup.

— Tu es folle ? Qui te dit que je sois marié ?

— Parce qu'il y a un flic qui t'a pisté toute la soirée. Tu ne t'en es pas aperçu ?

— Un flic ? Où est-il ?

— Là, un peu plus loin, il attend que tu démarres.

En suivant la direction qu'elle m'indiquait, j'aperçus un petit homme aux grands pieds, debout à côté d'une vieille Ford. Il avait les mains dans ses poches, un mégot lui pendait aux lèvres et il paraissait résigné à une longue attente.

— Comment sais-tu que c'est moi qu'il file ?

— Parce qu'il ne t'a pas lâché depuis le moment où tu es monté sur le bateau ; et maintenant il se prépare à te suivre dans son tacot. Moi, tu sais, les flics, je les flaire à un kilomètre.

Je me rappelai les paroles de Gold : « Je ne vous oublierai ni l'un ni l'autre, et, si vous rendez Carol malheureuse, vous aurez affaire à moi, monsieur Thurston. » Ainsi, ce salaud m'espionnait.

— Attends, je vais lui faire son affaire, dis-je frémissant de colère. Ne bouge pas, tu vas voir ce que je vais lui passer.

— Vas-y, mon gars, dit la rousse en battant des mains, et colle-lui un gnon de ma part.

Je m'approchai du type qui se redressa aussitôt et sortit les mains de ses poches. Il faisait nuit, mais pas assez pour m'empêcher de le voir : c'était un petit bonhomme à la figure ronde ornée de lunettes sans monture.

— Bonsoir.

— Bonsoir, monsieur, dit-il en essayant de se défiler.

— C'est pour le compte de M. Gold que vous me suivez ? (Il bredouilla quelque chose, mais je l'interrompis :) Ça va, dis-je, M. Gold m'a parlé de vous.

— Dans ce cas, vous en savez autant que moi.

— Je n'aime pas beaucoup qu'on me suive, dis-je en souriant. Enlevez donc vos lunettes.

Il commençait à avoir peur ; il jeta un regard inquiet autour de lui, mais il n'y avait personne en vue. D'un geste vif, je lui fis sauter ses lunettes que j'écrasai du talon.

— Je n'y vois rien sans lunettes, gémit-il piteusement.

— C'est vraiment dommage, fis-je en l'empoignant par le col de sa veste et en lui flanquant un coup de poing en pleine figure.

Décidément je devenais bon à ce jeu-là. Tout comme Imgram, ce petit policier à la manque portait un dentier qui lui bloqua la gorge ; il essaya de l'arracher, mais je ne lui en laissai pas le temps. D'une seule main, je le saisis par les poignets et le collai contre le mur ; son chapeau tomba. Alors, l'empoignant par les oreilles je lui cognai la tête contre le mur. Il plia les genoux, mais je le retins.

— Une autre fois, lui dis-je en continuant à le secouer, tu feras mieux de rester chez toi. Si jamais je te retrouve sur mon chemin, je te mets en miettes.

D'une poussée, je l'envoyai rouler sur le sol huileux ; il se releva en hâte et disparut en courant.

La rousse m'attendait, la tête passée dans la portière.

— Tu as été épatant, dit-elle. Quelle belle brute tu fais !

J'avais beau être assez soûl, je ne tenais pas à être vu en compagnie d'une poule de ce genre. Elle était compromettante, mais elle connaissait Eva et j'espérais apprendre par elle tout ce que je désirais savoir depuis longtemps. Nous nous arrêtâmes dans plusieurs bars sur le chemin d'Hollywood et j'essayai de la faire parler, mais elle avait surtout envie de parler d'elle-même ; d'un autre côté, je n'osais pas trop insister de peur d'éveiller ses soupçons.

— Écoute, ça suffit, lui dis-je à la fin. Allons-nous-en dans un endroit tranquille. Tout ce bruit me fatigue.

— Tu sais que si nous allons dans un endroit tranquille, ça va te coûter de l'argent... un gros paquet, dit-elle en posant son petit nez retroussé sur le bord de son verre.

— Ne parle donc pas toujours d'argent, dis-je ; on croirait que c'est la seule chose qui t'intéresse.

Elle se pencha tout contre moi.

— Au fond, c'est vrai, dit-elle, seulement je ne le gueule pas sur les toits, parce que tu comprends, ça ne fait pas distingué.

En l'examinant, je m'aperçus qu'elle était déjà à moitié soûle ; encore quelques verres et elle ne saurait plus ce qu'elle disait. Je commandai deux double whiskys et, tout en buvant, il me vint une idée lumineuse : j'allais l'emmener aux *Trois*

Points. Ainsi je ferais d'une pierre deux coups : je l'amènerais à me parler d'Eva et elle me tiendrait compagnie. Après tout était-ce ma faute si Carol et Russell m'avaient laissé tout seul ? Cela me parut une idée épatante, une des meilleures que j'aie jamais eues : on s'installerait sur le balcon et on parlerait d'Eva toute la nuit. Pas mal comme façon de tuer le temps en l'absence de Carol, hein ?

Je fis part de mon projet à la rousse.

— Ça me va, dit-elle, seulement ça va te coûter gros... et je veux que tu me paies d'avance.

Pour la calmer, je lui donnai deux autres billets de vingt dollars et l'emmenai dehors.

— Faudra qu'tu sois plus généreux que ça, dit-elle en se laissant tomber sur les coussins de la voiture. T'as pas le droit d'soûler une femme et d'l'emmener d'force n'importe où sans raquer.

En cours de route, elle m'expliqua qu'elle était seule dans la vie et que, bien qu'elle s'efforçât d'être toujours convenable, elle avait beaucoup de frais. Enfin, elle s'endormit et ne se réveilla que devant le garage. Les quelques pas que nous fîmes pour atteindre le chalet la remirent un peu d'aplomb.

— Mince, ce que c'est chic ici ! s'écria-t-elle.

Je l'amenai dans le salon et allumai la lumière. Dans ce décor, elle avait l'air d'un vase gagné à une loterie de foire au milieu d'une collection de porcelaines de l'époque Ming.

— Voilà, dis-je, viens regarder la lune sur le balcon.

290

— Qu'est-ce que ça doit représenter comme fric, tout ça ! dit-elle en regardant autour d'elle d'un air effaré. C'est formidable. Jamais j'ai rien vu de pareil.

Elle paraissait si éberluée que je décidai de lui donner le temps de se remettre, et je la laissai déambuler pendant que j'allais préparer de quoi boire. Lorsque je revins, elle était encore en train de feuilleter mes livres et d'examiner les meubles l'un après l'autre.

Je m'installai dans un fauteuil pour mieux l'observer. Elle n'avait de bien que son abondante tignasse rousse ; à part cela, ce n'était qu'une vulgaire prostituée déjà un peu mûre. À la lumière, sa robe jaune trop étroite apparaissait de mauvaise qualité et toute tachée ; elle lui collait au corps, son grand corps mou et sensuel, comme un maillot de bain. Ses chaussures étaient éculées et son bas gauche avait filé de la cheville jusqu'au genou.

— Qu'est-ce que tu regardes ? dit-elle tout à coup.

— Toi.

Elle vint s'échouer lourdement près de moi sur le canapé, me passa le bras autour du cou et voulut me mordre l'oreille. Je la repoussai.

— Qu'est-ce qui te prend ? fit-elle, les yeux vagues.

— Viens sur le balcon, dis-je plein de dégoût.

Je voulais qu'elle me parle d'Eva et puis qu'elle s'en aille.

— Non, je suis bien là, dit-elle en se renversant.

— Tiens, bois ça.

Je vidai la moitié du shaker dans son verre.

Elle en renversa une partie avant d'avaler le reste, puis, se frappant la poitrine avec le poing, elle s'écria :

— Pfuit, ça m'a descendu jusqu'aux mollets !

— C'est fait pour ça, dis-je en me levant pour regarnir le shaker.

— Sais-tu que tu es le premier micheton qui m'ait emmenée chez lui ? dit-elle en s'allongeant sur le canapé. J'y comprends rien.

— Ne cherche pas, dis-je. Il y a des choses qu'il ne faut pas chercher à comprendre.

Elle se mit à rire sottement.

— Comment que ta femme tressauterait si elle savait ça ! Si j'étais à sa place et que je te prenne à amener des femmes dans ma chambre, qu'est-ce que tu prendrais ! Je trouve ça dégoûtant de la part d'un homme.

— C'est possible, dis-je en déplaçant ses jambes pour m'asseoir, c'est peut-être dégoûtant, mais je m'ennuie. Ma femme n'avait qu'à pas me laisser seul.

— Tu as raison, dit-elle après un moment de réflexion ; une femme ne devrait jamais abandonner son homme. Moi, je ne le ferais pas... si j'en avais un, acheva-t-elle en riant.

— Je parie qu'Eva Marlow n'abandonne jamais son mari, insinuai-je d'un air détaché.

— Elle ? Il y a longtemps qu'elle l'a plaqué.

— Mais non, puisqu'elle était avec lui ce soir.

— Tu es maboul ; ce n'est pas son mari.

— Mais si.

— Que tu crois.

— Je connais mieux Eva que toi et je te dis que c'est son mari.

— Eh bien, ça prouve que tu la connais moins bien que moi, dit la rousse. Ça fait des années que je la connais ; son mari s'appelle Charlie Gibbs et il y a sept ans qu'elle l'a plaqué, le pauvre crétin. Son seul tort était de n'avoir pas d'argent ; elle le revoit encore de temps en temps, quand elle éprouve le besoin de l'engueuler, et alors, il faudrait que tu l'entendes !... (La rousse renversa la tête et rit si fort qu'elle dut essuyer ses larmes sur sa manche.) Si je te disais que je l'ai entendue engueuler le pauvre petit Charlie au point que les oreilles me brûlaient. Et lui, au lieu de lui coller un bon marron sur le bec, il baisse les épaules et il ne dit rien.

Enfin, j'allais tout savoir.

— Continue, dis-je.

— Qu'est-ce que tu veux que je te dise ? C'est une catin, voilà tout. Ça ne t'intéresserait pas.

— Si. Si. Raconte-moi tout.

— Non.

— Si. Et je te donnerai cent dollars par-dessus le marché.

— Non, ce n'est pas assez, dit-elle mollement.

— Tiens, dis-je en lui agitant le billet sous le nez. Maintenant, parle.

Elle essaya de m'arracher le billet, je fus plus prompt qu'elle.

— Tout à l'heure, dis-je ; tu vois, je le tiens à la main et je te promets de te le donner.

Il y eut dans ses yeux une telle âpreté que j'en eus le cœur soulevé.

— Qu'est-ce que tu veux savoir ?

— Tout.

Pendant tout le temps qu'elle parla, à aucun moment son regard ne s'écarta du billet que je tenais à la main.

XIX

Il est inutile que je vous raconte l'histoire d'Eva
telle que me l'apprit la fille rousse, vautrée à moitié ivre sur le canapé. Elle commença d'abord,
pour me faire plaisir, à mélanger le vrai et le faux ;
je dus lui poser maintes questions et revenir souvent sur de nombreux points avant d'en savoir
assez pour pouvoir reconstituer avec quelque précision la vie d'Eva. Encore n'y parvins-je qu'après
mûres réflexions : cela ressemblait à un jeu de
puzzle que je n'arrivai à résoudre qu'en me rap-
pelant certaines confidences, certaines allusions
et même certains mensonges que m'avait faits
Eva.

Je n'avais jamais douté que son étrange conduite envers moi fût le résultat du violent complexe d'infériorité dont elle était affligée ; j'avais
bien deviné que c'était la base psychologique qui
expliquait toutes ses actions, mais j'ignorais ce
qui avait déterminé ce complexe. Lorsque je sus
qu'elle était une enfant naturelle, continuellement
en butte aux cruautés qui accompagnent si souvent les naissances illégitimes, je commençai à

comprendre bien des choses qui m'avaient jusqu'ici dérouté.

Rien n'est plus pénible pour un enfant que de se sentir un intrus, rien ne peut l'humilier autant que de savoir qu'il n'est pas venu au monde dans les mêmes conditions que les autres enfants. Ses camarades, avec la férocité de leur âge, ne perdent aucune occasion de lui reprocher son illégitimité, et il peut en souffrir profondément.

Eva avait eu une enfance malheureuse et misérable. Repoussée par ses parents, persécutée par ses camarades, elle n'avait pas tardé à se replier sur elle-même. Volontaire et violente par nature, elle s'était transformée en un petit animal têtu, soupçonneux et vicieux. Ses parents ne s'étaient pas occupés d'elle : son père l'avait eue d'une maîtresse et la femme de son père la détestait, ne voyant en elle qu'un rappel constant de l'infidélité de son mari ; elle la battait et l'enfermait dans l'obscurité pendant des heures entières.

À douze ans, Eva fut envoyée dans un couvent dont la mère supérieure considérait le bâton comme le seul moyen d'exorciser les mauvais esprits. Ce traitement ne fit que la buter davantage. Elle s'enfuit du couvent et s'engagea comme serveuse dans un petit restaurant des quartiers pauvres de New York. On perd ensuite sa trace pendant quatre ans, puis on la retrouve comme employée dans un petit hôtel borgne de Brooklyn. Ces quatre années avaient sans doute été dures ; aussi épousa-t-elle Charlie Gibbs dès qu'il se présenta.

Charlie Gibbs — conducteur de camion sans malice et sans ambition — ignorait totalement qui il avait épousé. Eva, avec son âme dure et son caractère infernal, le domina et l'aplatit aussi complètement que s'il avait passé sous les roues d'un laminoir. Elle se lassa vite de tenir son ménage et — après d'innombrables scènes dont Charlie garda le souvenir pendant des années — un beau jour, elle fit ses paquets et retourna à l'hôtel de Brooklyn.

Elle ne tarda pas à devenir la maîtresse d'un assez riche commerçant qui l'installa dans un petit appartement où il venait la voir quand ses affaires le lui permettaient. Il eut tôt fait de regretter son choix : Eva était trop indépendante pour accepter d'être à la disposition d'un homme déjà âgé qui se croyait, à tort, toujours séduisant. Elle devint bientôt intraitable, brisant tout ce qui lui tombait sous la main au moindre prétexte, et finalement le commerçant se débarrassa d'elle en lui donnant une forte somme d'argent.

Sans instruction, sans attaches, dépourvue de tout sens moral, elle ne pouvait que mal tourner. La prostitution lui apparut comme un antidote contre son sentiment d'infériorité : elle devait se dire que, puisque les hommes lui couraient après, c'est qu'elle n'était ni aussi quelconque, ni aussi sotte qu'elle se le figurait. Elle continuait à faire semblant de chercher un emploi, mais, petit à petit, elle s'habitua à ne vivre que des hommes et finalement s'installa dans la petite maison de l'avenue Laurel-Canyon et pratiqua ouvertement son métier.

Telle est l'histoire d'Eva ; elle ne présente aucun intérêt particulier. Si ce n'était l'influence du complexe d'infériorité, n'importe quelle fille des rues pourrait en raconter une semblable.

Il est certain que malgré les punitions corporelles, la vie de couvent avait dû faire naître en Eva un certain désir de respectabilité qui ne s'était jamais complètement éteint. Elle vivait deux existences distinctes : sa vie professionnelle ignoble et humiliante et une autre vie entièrement imaginaire dont elle ne cessait de rêver.

En me remémorant nos conversations au cours de notre week-end, je me rendais compte maintenant de l'habileté avec laquelle elle avait essayé de se faire passer pour différente des autres prostituées. Ce mari distingué et exerçant une profession honorable n'était qu'une invention, de même que la maison de Los Angeles dont elle se montrait si fière. Il me semblait entendre encore son ton dédaigneux lorsqu'elle m'avait dit : « Tu ne penses tout de même pas que j'habite avenue Laurel-Canyon, ce n'est qu'une adresse professionnelle. » La maison de Los Angeles représentait son rêve, une marque de respectabilité, mais ce rêve ne s'était jamais transformé en réalité.

Jack Hurst n'était qu'un joueur professionnel qui ne vivait que de son adresse ; il était marié avec une femme qui lassée de ses fredaines et de sa brutalité, l'avait quitté quelques mois avant qu'il fît la connaissance d'Eva. Il n'était pas homme à passer par les complications d'un divorce, et, même s'il avait jugé bon de se séparer légalement de sa femme, je ne crois pas qu'il aurait épousé Eva.

Même aujourd'hui, je ne comprends pas bien comment il avait pu rester si longtemps son amant. Nul doute que ce fût un sadique ; la façon dont il l'avait traitée lorsqu'elle s'était foulé la cheville le prouvait et la rousse m'avait cité beaucoup d'autres cas semblables. Mais plus il la maltraitait, plus elle paraissait l'admirer ; elle était son esclave. Se pouvait-il que sous son aspect volontaire et renfermé, Eva fût une masochiste ? Il était douteux qu'un autre que Hurst fût capable de réveiller en elle les souvenirs de son enfance martyrisée ; cependant peut-être était-ce là l'explication de leur liaison.

Il était évident qu'Eva souhaitait passionnément épouser Hurst ; c'est pour cela qu'elle allait périodiquement revoir Charlie Gibbs pour lui faire des scènes ; il fallait qu'elle se vengeât sur quelqu'un du peu d'empressement que mettait Hurst à divorcer.

Rares sont les prostituées qui n'ont pas un homme sur lequel elles déversent leur besoin d'aimer et de se dévouer. Ce sont toujours des individus de la pire espèce ; ils savent qu'elles mènent une vie solitaire, vide d'affection, contraire à leurs instincts naturels et qu'elles sont à la merci de celui qui les traitera comme une créature humaine. Dès qu'ils ont pénétré dans leur cœur, ils les dépouillent de leurs gains. Il peut paraître étonnant que ces femmes si dures et si exigeantes avec leurs clients acceptent d'entretenir un homme qui généralement se révèle vite brutal. Mais leur besoin de se sentir une attache, même infâme, est si profond qu'elles supportent tout, pourvu qu'elles puissent croire que leur homme tient à elles et leur est fidèle.

Eva avait eu la chance de tomber sur un homme qui n'avait que rarement besoin d'argent. Lorsqu'il arrivait à Hurst de subir de grosses pertes au jeu, il s'adressait à elle, mais ce n'était pas chez lui une habitude régulière. En dehors de lui, aucun homme n'avait la moindre chance de l'attendrir, il était le seul qui pût la faire vibrer. Depuis dix ans qu'elle exploitait les hommes, elle connaissait toutes leurs manies, toutes leurs faiblesses, et cette existence avait tué ses sentiments de femme aussi radicalement que l'arsenic détruit les mauvaises herbes. Savait-elle encore ce que c'était que d'aimer ? Je ne crois pas qu'elle aimât vraiment Hurst ; elle l'admirait parce qu'il était le seul homme qui l'eût dominée, mais je suis persuadé qu'à certains moments elle le détestait. Le plus surprenant est qu'elle ne laissait rien paraître extérieurement de son avilissement, mais il n'est pas douteux qu'elle en fût secrètement ulcérée. Sans souvenirs auxquels se rattacher et sans espoir dans l'avenir, quoi d'étonnant à ce qu'elle essayât de se fabriquer un monde imaginaire ?

J'ignorais si elle jouait avec ses autres clients le même jeu qu'elle avait joué pour moi, mais c'était probable. Je savais maintenant que pendant tout ce week-end elle n'avait cessé de me mentir et si adroitement que je n'avais rien soupçonné. Un de ses plus jolis mensonges avait été de me citer cette longue liste des restaurants de luxe où elle ne pouvait se montrer de peur d'y être vue par des amis de son mari ! Et quand elle m'avait dit avec le plus grand sérieux : « Je suis Mme Pauline Hurst ! » Et quand elle m'avait raconté qu'elle avait préféré manger sa fortune personnelle et se lancer dans la galanterie plutôt que d'encourir les reproches de son mari !

Assis sur mon balcon, une bouteille de scotch à côté de moi, j'essayais de définir le caractère d'Eva d'après tout ce que j'en savais maintenant. C'était une menteuse et une ivrognesse : on ne pouvait lui accorder aucune confiance. Elle se servait des hommes comme je me servais d'une voiture pour me mener là où j'avais envie d'aller et en sachant que je pouvais la remplacer du jour au lendemain. Elle avait touché le fond de l'avilissement, elle n'était entourée que de gens sans aveu, sa grossièreté était sans limites, son caractère insupportable, son égoïsme insondable. Sa seule qualité était l'honnêteté : entendez par là qu'elle ne vous aurait pas volé votre portefeuille, elle préférait vous demander carrément votre argent. Par ailleurs, elle avait le sens de l'humour et un rire agréable ; elle avait du charme et elle savait s'habiller. Et elle était d'une franchise qui m'avait souvent rendu furieux ; jamais elle ne m'avait « fait marcher » comme l'auraient fait tant d'autres femmes dans un but intéressé ; elle m'avait toujours dit que Hurst était le seul homme qui comptât pour elle et je ne pouvais m'en prendre qu'à moi-même d'avoir persisté dans mes poursuites.

Malgré tout, elle avait réussi à parer ses mensonges de tant de vraisemblance que j'en arrivais à me demander si tout ce que m'avait raconté la rousse était bien la vérité. Elle m'avait tant répété que Jack Hurst ignorait jusqu'à l'existence de la petite maison de l'avenue Laurel-Canyon ! N'avait-elle pas été jusqu'à me dire que le jour où il découvrirait tout, elle n'aurait plus qu'à me demander ma protection ? En tout cas, c'était facile à vérifier : il suffisait de lui téléphoner. Je me versai encore une rasade et consultai ma montre ; il était minuit et quart. La sonnerie retentit pendant si longtemps que je pensai m'être trompé, puis on décrocha et Eva dit : « Allô ! »

Ainsi, c'était bien ça. J'aurais pu ne rien dire, mais le désir de lui montrer que je n'étais pas dupe l'emporta.

— Je t'ai réveillée ?

— Ah ! c'est toi, Clive ? Tu ne peux donc pas me laisser tranquille cinq minutes ?

Sa voix était rauque et cotonneuse.

— Tu es soûle, dis-je.

— Tu parles. C'est fou ce que j'ai bu ce soir.

— Tu sais, ton mari me plaît beaucoup.

— Oui, ça ne m'étonne pas. Mais, je t'en prie, Clive, je ne peux pas te parler maintenant.

— Il est avec toi en ce moment ?

— Hum... Oui, il est là.

Je ne m'attendais pas à cet aveu, mais elle devait être trop ivre pour tenir sa langue.

— Tiens, je croyais qu'il ne connaissait pas la maison ?

Il y eut un silence et je ne pus retenir un sourire. J'aurais voulu pouvoir voir sa figure.

— Je... j'étais un peu partie, alors je l'ai amené ici sans réfléchir... Il est furieux... J'ai peur que tout soit fini entre nous.

— Qu'est-ce que tu me dis là ? Mais alors que vas-tu devenir ?

— Je ne sais pas... (Sa voix sonnait faux.) Laisse-moi, Clive, j'ai mal à la tête et tout va mal...

— Est-ce qu'il va rester longtemps ?

— N... non. Il repart demain.

— Alors, maintenant, il sait tout ? dis-je, décidé à la pousser à bout.

— Écoute, je ne peux rien te dire... Je te laisse... il m'appelle.

Et elle raccrocha.

Cette fois, elle s'était bien trahie ; j'avais bien percé à jour ses petites manigances. Et pourtant je n'en éprouvais aucune satisfaction ; mieux, j'avais un peu honte de constater à quel point la barrière derrière laquelle elle s'abritait était fragile.

— Je t'ai cherché partout, dit la rousse sur le pas de la porte.

Je me retournai vivement. J'avais complètement oublié sa présence ; la vue de ses cheveux défaits et de son visage empourpré par l'alcool me choqua et m'écœura.

— Je vais te reconduire, lui dis-je, décidé à me débarrasser d'elle au plus vite. Allons, partons.

— Tu n'es pas fou ? Je reste coucher ici, je suis fatiguée. Tu m'as invitée à passer la nuit et tu peux être sûr que je ne bougerai pas.

Maintenant qu'elle m'avait dit tout ce que je voulais savoir au sujet d'Eva, je n'avais plus qu'une envie, c'était de la voir au diable. Il fallait que je fusse fou pour l'avoir amenée chez moi.

— Pas de ça, dis-je sèchement. Dans une heure tu seras chez toi. Viens.

Elle se laissa tomber lourdement dans un fauteuil et se défit de ses souliers.

— Non, je reste, dit-elle obstinée.

— Allons, grouille-toi. J'ai eu tort de t'amener ici.

— Tu n'avais qu'à y penser plus tôt, fit-elle en bâillant. Et puis tu n'as pas besoin de faire cette tête-là, je n'ai pas peur de toi, tu sais.

Je l'aurais étranglée avec joie.

— Qu'est-ce qui te prend ? reprit-elle en me regardant d'un air intrigué. Tu n'as pas envie de t'amuser ?

— J'ai changé d'avis, dis-je froidement. Pour la dernière fois, es-tu prête à me suivre ou faut-il que j'emploie la force ?

Nous nous regardâmes en silence pendant un moment.

— Bon, ça va, dit-elle en me lançant une injure. Donne-moi à boire et nous partons.

J'allai sur le balcon pour y prendre la bouteille de whisky. John Coulson était assis sur le banc au fond du jardin ; il se retourna vers moi avec un rire moqueur. Je remplis mon verre et l'avalai d'un coup.

— Tu peux rigoler si ça te plaît, dis-je, mais de nous deux, c'est toi l'imbécile, seulement tu es trop bête pour le comprendre.

Puis, je retournai au salon ; la rousse n'y était plus.

Je restai quelque temps à contempler la pièce vide ; les fumées de l'alcool me troublaient la tête et je commençais à me demander si je n'avais pas rêvé que la rousse était là quelques minutes plus tôt. Après un second verre, je fus à moitié convaincu de ne l'avoir jamais rencontrée. D'un pas digne et lent, je me dirigeai vers le vestibule en criant : « Y a-t-il quelqu'un dans la maison ? Y a-t-il quelqu'un dans la maison ? » J'avais beau prêter l'oreille, je n'entendais que le bruit lointain d'une voiture s'éloignant vers la montagne.

— Eh bien, il n'y a personne, dis-je à haute voix.

Sur quoi, je retournai au salon et me versai à boire. « Bon Dieu, je dois être soûl, pensai-je tout à coup. Voilà que je me figurais avoir amené une poule aux cheveux roux ici, chez Carol, ce qui serait franchement dégoûtant de ma part. Non, il n'y a personne ici, que moi et ce pauvre John Coulson dehors dans le jardin, personne que moi... »

Je me pris la tête dans les mains et essayai de réfléchir.

Voyons, j'étais pourtant certain d'avoir rencontré quelque part une fille rousse... Et puis qu'est-ce que venait faire là-dedans le bateau de jeux ? Je mis la main à ma poche, et en sortis une liasse de billets ; cela prouvait au moins que j'avais dû jouer. J'essayai de compter l'argent, mais j'oubliais chaque fois ce que je venais de compter. « M... ! » criai-je en lançant le paquet de billets sur la table.

J'avais aussi vaguement l'impression de quelque chose qui concernait Eva. Qu'est-ce que cela pouvait bien être ? Qui donc m'avait dit qu'elle n'était pas mariée avec Hurst ? Il me semblait que c'était une fille rousse, mais comme elle n'était pas là, c'est que j'avais dû rêver. Tout cela n'était peut-être qu'un rêve en définitive : peut-être allais-je me réveiller et m'apercevoir que je n'avais pas épousé Carol, que j'étais un écrivain de talent, que je n'avais jamais connu Eva et que John Coulson n'était pas assis dans le jardin en train de se moquer de moi.

Toutes les lumières étaient allumées et il flottait dans l'air une odeur de parfum bon marché. Jamais Carol ne se servirait d'un parfum comme celui-là, pensai-je avec un petit serrement de cœur. En traversant le salon, je trébuchai contre une table qui se renversa en entraînant avec elle un plateau de cristal et un vase plein de fleurs. Sans y prêter d'attention, je m'approchai du canapé : quelqu'un avait dû s'y étendre, les coussins étaient encore froissés et sentaient le parfum.

— Où es-tu ? Sors de là ! criai-je.

Pas de réponse. Soudain, je compris : elle était dans notre chambre. Un flot de sang me monta au visage ; j'allai à la chambre et tournai le bouton de la porte : elle était fermée à clef.

— Sors de là ! criai-je en martelant le panneau avec mon poing. Sors de là, entends-tu ?

— Va-t'en, j'ai sommeil.

— Sors ou je te tue, dis-je d'une voix blanche de colère.

— Je veux dormir, répondit la rousse. Penses-tu que je vais obéir à un vieux radin comme toi ?

Je me remis à frapper jusqu'à ce que mes mains me fissent mal. Puis, tout à coup, j'eus une idée :

— Si tu rentres chez toi, je te donnerai cinq cents dollars, dis-je en appuyant l'oreille contre la porte.

— C'est vrai ?

Je l'entendis sauter du lit.

— Parole d'honneur.

— Eh bien, passe-les sous la porte.

Je courus au salon et ramassai la pile de billets sans même les compter. J'étais prêt à tout lui donner pour qu'elle décampe.

— Tiens, voilà, fis-je en poussant les billets sous la porte, mais dans son impatience, elle tourna la clef et ouvrit.

Je reculai, horrifié. Elle avait trouvé le moyen d'introduire son grand corps mollasse dans un des pyjamas de Carol et elle avait jeté sur ses épaules la cape d'hermine de Carol. Je lâchai le reste des billets et restai là, incapable de faire un geste ou de dire un mot. Elle se pencha pour ramasser l'argent et la soie mince du pantalon se déchira aux genoux.

— Ta femme doit être maigre comme un clou, dit-elle en ricanant sans se relever.

À ce moment, quelque chose me fit me retourner.

Debout, dans l'entrée, Carol nous regardait. Ses yeux semblaient deux grands trous découpés dans du carton. Elle eut un haut-le-corps et respira bruyamment ; la rousse releva la tête et regarda fixement Carol.

— Qu'est-ce que vous voulez ? fit-elle d'un ton rogue, tout en essayant de cacher ses gros seins sous la cape d'hermine. Mon ami et moi, on est occupés !

Jamais je n'oublierai le regard de Carol. Je fis un pas vers elle, mais, se retournant, elle partit en courant. La porte d'entrée claqua. Je courus après elle. Au moment même où j'ouvrais la porte, je l'entendis appuyer sur l'accélérateur et j'arrivai juste pour apercevoir son feu arrière qui fuyait le long de l'allée.

— Carol ! hurlai-je. Reviens, Carol ! Ne m'abandonne pas ! Re… viens !

Le feu rouge disparut dans le tournant. Je me précipitai sur la route qui courait tout droit pendant un kilomètre jusqu'à un virage brusque qui suivait le flanc de la montagne. Carol conduisait vite, beaucoup trop vite. Je connaissais la route mieux qu'elle et je repartis en courant, criant de toutes mes forces.

— Pas si vite ! Carol, ma chérie, pas si vite. Prends garde au virage ! Ralentis… Carol, prends garde !…

Malgré la distance, j'entendis le crissement des pneus au moment où le virage surgit brusquement devant elle. Je vis la lumière de ses phares se projeter sur la gauche, j'entendis le bruit des cailloux qui venaient frapper le garde-boue, lorsque les roues dérapèrent.

Je m'arrêtai et tombai à genoux. Le bruit des pneus devint déchirant, la voiture quitta brusquement la route et sauta par-dessus la palissade blanche. J'entendis le fracas du bois arraché : pendant une seconde je vis la voiture suspendue dans le vide, puis elle alla s'écraser dans le fond de la vallée.

XX

En descendant l'avenue Laurel-Canyon je passai devant la maison d'Eva ; il n'y avait pas de lumière. Peut-être dormait-elle ou bien n'était-elle pas encore rentrée. Je m'arrêtai un instant avant de revenir sur mes pas ; au loin, une horloge sonna minuit. Je surveillai la rue dans tous les sens. Personne, sauf John Coulson debout dans l'ombre, les mains dans les poches, la tête penchée un peu de côté, en train de me regarder.

Ce qui se passait pour John Coulson était assez curieux. Au début, il m'avait fait peur et puis je m'étais habitué à sa présence et maintenant il me manquait lorsqu'il était absent. Je savais bien que ce n'était qu'un jeu de mon imagination, mais, même invisible pour les autres, il était parfaitement réel pour moi. Je sentais qu'il me hanterait jusqu'à mon dernier souffle ; il était l'image de ma conscience.

Mais ce soir j'avais autre chose à faire qu'à m'occuper de John Coulson. Je poussai la barrière et descendis à tâtons la petite allée ; un faux mouvement me fit buter dans une pile de bouteilles vides alignées contre le mur. Je m'arrêtai, l'oreille tendue. N'entendant rien, je m'avançai prudemment jusqu'à une fenêtre entrouverte. Je la poussai et écoutai : la maison était complètement silencieuse. À la lueur d'une allumette, je vis devant moi une petite cuisine et me félicitai de ma précaution car l'évier rempli de vaisselle sale se trouvait exactement devant la fenêtre. Encore une allumette ; j'enjambai l'évier et atterris sans encombre. Cela sentait la cuisine refroidie à quoi se mêlait un relent du parfum d'Eva : ce parfum raviva ma haine. J'ouvris la porte et me trouvai dans le vestibule. Toujours aucun bruit.

Certain maintenant que la maison était vide, je me dirigeai vers la chambre dont la porte était ouverte ; je restai là un long moment avant d'entrer et d'allumer la lumière. En l'absence d'Eva, la chambre avait un tout autre aspect ; la couverture était faite, les volets fermés, la robe de chambre bleue étalée sur le lit. Sur la table de nuit, une photo retournée à l'envers : je la pris et me trouvai face à face avec Jack Hurst ; je l'examinai pendant un instant et, dans un soudain accès de rage, faillis l'écraser contre le mur. Mais je me retins à temps : c'était la première chose qu'Eva remarquerait en entrant. En remettant la photo en place, je me demandai ce que penserait Hurst en apprenant qu'Eva était morte. Qui sait même si la police ne le soupçonnerait pas ?

Sur la cheminée, l'horloge battait doucement ; il était minuit moins vingt. Eva pouvait rentrer d'un moment à l'autre. Sans m'en soucier, je m'assis sur le bord du lit, saisis la robe de chambre et m'y enfouis la figure pour respirer encore une fois son odeur. Je me rappelais quand je l'avais vue pour la première fois, là-bas aux *Trois Points*, et ce souvenir me remplit d'amertume. Que de choses s'étaient passées depuis !

Il paraissait impossible qu'il ne se fût écoulé que cinq nuits depuis que j'avais vu mourir Carol. Il m'avait fallu plus de deux heures pour arriver jusqu'à elle au fond du ravin. Dès que j'avais vu la voiture en miettes, j'avais compris que Carol ne pouvait pas être encore vivante ; cela avait dû être extrêmement rapide. Son charmant petit corps était pris entre la voiture et le flanc de la montagne : ne pouvant la dégager, j'étais resté auprès d'elle, lui tenant la tête dans mes mains, la sentant se refroidir graduellement jusqu'au moment où on était venu m'emmener.

Après cela, rien n'eut plus aucune importance. Pas même Gold : il avait eu sa revanche, il m'avait complètement dépouillé. Et puis après ? Comme je l'avais deviné, il savait que *Rain Check* n'était pas de moi ; il avait fini par connaître l'histoire de John Coulson et en avait informé le Cercle littéraire qui m'avait dépêché un petit bonhomme sec pour m'offrir d'étouffer l'affaire à charge pour moi de restituer les droits d'auteur que j'avais encaissés. Je l'écoutai à peine et lorsqu'il me tendit un papier autorisant ma banque à payer soixante-quinze mille dollars au représentant de Coulson, je signai sans discuter. Comme naturellement, je n'avais pas l'argent, ils prirent tout ce que je possédais : ma Chrysler, mes livres, mon mobilier, mes vêtements ; cela ne suffisait pas encore, mais on ne peut pas tondre un œuf.

Je ne protestai même pas quand ils saisirent les robes de Carol ; je n'avais besoin de rien pour me souvenir d'elle ; elle restait dans ma mémoire telle que je l'avais vue pour la dernière fois, coincée contre la montagne, avec un filet de sang coulant de sa lèvre sur son menton. C'est un souvenir qui me restera éternellement.

Je crois que sa perte m'eût été moins cruelle si j'avais pu la convaincre que la rousse n'était rien pour moi. Mais j'étais arrivé trop tard et elle était morte persuadée que cette garce au corps mou avait pris sa place. Cette pensée me rendait fou ; si j'avais pu lui dire la vérité, je ne serais peut-être pas en ce moment dans cette affreuse petite maison en train de préparer un meurtre.

Et tout cela à cause d'Eva. Du moment que rien ne me rattachait plus à la vie, de quel droit vivrait-elle ? Mais l'heure n'était plus aux réflexions. C'était ici, dans cette petite chambre, que tout avait commencé, c'était là que tout allait finir. J'étais calme et décidé : il n'y avait pas d'autre solution.

J'allai à la porte, éteignis la lumière et montai l'escalier à tâtons. Juste comme j'arrivais sur le palier, le téléphone se mit à sonner. Je faillis perdre l'équilibre, me rattrapai de justesse et écoutai la sonnerie. Qui pouvait bien téléphoner à pareille heure ? Enfin, la sonnerie s'arrêta.

Un peu démonté, je traversai le palier d'un pas hésitant et entrai dans la petite pièce à côté de la salle de bains. Mes pieds raclaient le plancher nu et tout à coup un rayon de lune filtra par la fenêtre sans rideaux. De là je pouvais voir la rue, le jardin et la petite allée qui aboutissait à la maison. Appuyé contre la fenêtre, je regardai dehors : John Coulson était toujours là, il s'était rapproché et levait les yeux vers moi.

J'avais envie de boire quelque chose ; j'avais aussi envie de fumer, mais il ne fallait pas qu'Eva puisse sentir l'odeur de la fumée en rentrant ; il était nécessaire qu'elle ne se doutât de rien. Je me demandai si tous les assassins éprouvaient ce que je ressentais ; je m'étais attendu à être nerveux, je croyais que j'aurais peur, mais non. je ne ressentais qu'une rage froide, un désir insurmontable de serrer le cou d'Eva entre mes doigts.

Où était-elle ? Ramènerait-elle un client ? Je n'avais pas pensé à cela ; c'était non seulement possible, mais même probable et dans ce cas tous mes plans étaient par terre. Tout à coup quelque chose de mou et de souple vint frôler ma jambe : tout mon corps se crispa comme un ressort bandé et ma bouche devint sèche. Je m'écartai de la fenêtre avec un cri étouffé.

À mes pieds, un gros chat noir et blanc me regardait de ses yeux phosphorescents. Un peu remis de mon émotion, je me baissai pour le caresser mais il se sauva par l'entrebâillement de la porte. Au moment où je revenais à la fenêtre, j'entendis le bruit d'une voiture. Aplati contre le mur, je risquai un coup d'œil dans la rue déserte : John Coulson avait disparu. Le taxi s'arrêta devant la porte ; je vis Eva en sortir, fouiller dans son sac et payer le chauffeur qui partit sans même toucher sa casquette. Elle descendit l'allée d'une allure lasse, les épaules tombantes, son sac serré sous le bras. Encore quelques secondes et...

Je n'avais plus du tout peur, mes mains étaient sèches et ne tremblaient pas. Je traversai la pièce sur la pointe des pieds et ouvris la porte ; Eva était dans le vestibule en train de mettre le verrou. Penché par-dessus la rampe, je la vis entrer dans sa chambre ; la lumière jaillit. Tout se passait exactement comme je l'avais prévu ; je me sentais comme soulevé par le sentiment de ma puissance, par la certitude que nous étions seuls tous les deux et qu'elle ne pourrait pas m'échapper. Je l'entendis frotter une allumette et devinai qu'elle allait fumer une cigarette, puis elle bâilla longuement et son bâillement s'acheva en un grognement de fatigue qui ne m'inspira aucune pitié. Ensuite elle se déshabilla et se dirigea vers la cuisine. Un bruit de vaisselle remuée m'indiqua qu'elle préparait le plateau pour son petit déjeuner : je la vis porter le plateau dans sa chambre. Je rentrai dans ma cachette et refermai la porte ; presque aussitôt, Eva monta l'escalier ; elle trébucha en arrivant sur le palier et je l'entendis crier très fort : « M... ! » Elle était soûle.

Au bout de quelque temps elle sortit de la salle de bains et redescendit. Ouvrant tout doucement la porte, je fis un pas sur le palier et l'aperçus as-

315

sise sur la dernière marche en train de caresser le chat. « Pauvre vieux Sammy, disait-elle, je t'ai laissé tout seul. » Elle lui parlait comme à un enfant. Tout à coup le chat leva ses yeux vers moi, se hérissa et cracha : je reculai vivement.

— Eh bien quoi donc, fit Eva, on a entendu une souris là-haut ? Allons, mon joli, fini de jouer, je suis fatiguée ; si tu savais, Sammy, comme je suis fatiguée !

Je sortis mon mouchoir et m'essuyai le visage et les mains trempés de sueur. Eva était rentrée dans sa chambre et continuait de parler au chat ; cela faisait un drôle d'effet de l'entendre parler à haute voix sans que personne ne lui répondît. Enfin le lit craqua, elle était couchée. Je m'assis sur le haut de l'escalier et allumai une cigarette ; l'attente était longue. Je me rappelai notre premier week-end, l'illusion que j'avais eue de lui inspirer confiance et le plaisir que j'avais ressenti en sa compagnie. Mes poings se crispèrent : si elle s'était montrée un peu plus accessible, un peu moins égoïste, nous n'en serions pas là ; je ne demandais qu'à être son ami, mais toujours elle m'avait repoussé.

Dans la chambre, la lumière s'éteignit ; je dus me contraindre pour rester assis. Ce n'était pas le moment de tout compromettre par trop de hâte ; j'attendrais qu'elle fût endormie.

C'est alors qu'un bruit nouveau parut sortir du fond de l'obscurité et parvint jusqu'à moi. Eva pleurait. C'était si inattendu que j'en eus froid au cœur ; elle sanglotait comme une femme désespérée qui a tout perdu et qui se sent toute seule, elle s'abandonnait à son chagrin sans contrainte. Enfin, j'allais donc la voir telle que je voulais la connaître, sans son masque, sans ses grimaces professionnelles ; la prostituée faisait place à la femme.

Je l'entendis s'agiter dans son lit et crier m... m... m... en se cognant les poings dans un paroxysme de souffrance. Puis, graduellement, elle s'apaisa et bientôt se mit à ronfler doucement avec un bruit étouffé, entrecoupé de hoquets, qui était presque aussi pénible à entendre que ses sanglots.

Tout mon calme était revenu ; je me levai et fis craquer mes doigts. « Attends, pensais-je, tu vas être vite guérie. » En descendant l'escalier je repensai à Carol, à Gold et à tous les autres ; comme ils seraient terrifiés s'ils pouvaient me voir en ce moment ! Frank Imgram lui-même était incapable d'inventer une telle situation : un homme comme moi, un écrivain réputé se laissant envoûter par une Eva jusqu'à devenir son meurtrier. Peut-être qu'à la fin on finirait par me prendre : Marty parlerait et Gold aussi. Si cela devait arriver, j'avouerais tout ; à quoi bon mentir ! Il n'y avait eu déjà que trop de mensonges dans cette histoire. Je m'imaginais la figure du président écoutant le récit de mon crime, je l'entendais me dire : « La Cour décrète qu'en punition du crime d'assassinat avec préméditation dont vous vous êtes rendu coupable, Clive Thurston, vous subirez la peine de mort et serez exécuté suivant les us et coutumes de ce pays. Que Dieu daigne avoir pitié de vous. »

Mais Dieu n'en ferait rien. J'étais bien sûr que Dieu lui-même était dégoûté de moi.

Je m'arrêtai devant la porte de la chambre à écouter Eva qui s'agitait et gémissait. Puis j'entrai avec précaution, m'approchai du lit, tâtai le couvre-pied, et tout doucement m'assis sur le bord ; le lit craqua faiblement, pas assez pour réveiller Eva. Je sentis son corps se tortiller sous les couvertures et son haleine empuantie de whisky. Mon cœur se mit à battre, je tendis une main vers le commutateur et de l'autre cherchai sa gorge. Soudain je touchai ses cheveux, je respirai profondément, serrai les dents et tournai le bouton.

Je la tenais là, sous ma main, et j'étais incapable de faire un geste. Elle était si totalement sans défense, elle avait l'air si jeune, si malheureuse, avec ses yeux cernés d'un large trait noir. Ma main retomba mollement et ce fut comme si toute ma haine s'évaporait d'un coup ; je compris que j'avais été fou et que sa vue venait de me rendre la raison.

La tuer, elle ? Ma bouche devint sèche à la seule idée que j'aurais pu le faire. Je n'avais plus qu'un désir : la prendre dans mes bras et la sentir répondre à ma tendresse ; j'avais envie de lui dire que je veillerais sur elle et qu'elle ne serait plus jamais malheureuse. Je contemplais sa petite figure de lutin, en forme de cœur, avec son menton volontaire et les deux plis entre ses sourcils. Si seulement, pensais-je, elle pouvait garder toujours cette expression d'enfant qui a besoin de protection, si seulement je pouvais être sûr qu'elle cesserait de mentir, de tricher, de boire et de me faire de la peine ! Bah ! c'était impossible, elle ne changerait jamais.

Le chat vint se frotter contre moi, je le caressai : pour la première fois depuis la mort de Carol j'eus une impression de détente, de calme. Puis tout à coup, Eva ouvrit les yeux et me regarda avec une expression de surprise, de peur et de haine. Elle ne fit aucun mouvement, sa respiration était suspendue. Nous restâmes les yeux dans les yeux pendant toute une minute.

— N'aie pas peur, Eva, dis-je en essayant de lui prendre la main.

Je ne croyais pas qu'il fût possible à quelqu'un d'avoir des gestes aussi prompts : avant que j'aie pu la toucher, elle avait sauté au bas du lit, saisi sa robe de chambre et gagné la porte. Son visage était comme tendu sur les os et une lueur étrange apparut dans ses yeux.

— Je n'ai pas voulu te faire peur, dis-je complètement affolé, je suis désolé, Eva, je...

Ses lèvres s'agitèrent mais aucun son n'en sortit ; je vis qu'elle avait encore l'esprit alourdi par le sommeil et l'alcool et que seul son corps avait obéi automatiquement à l'instinct de conservation. Pourtant j'avais plus peur d'elle qu'elle n'avait peur de moi.

— Remets-toi, Eva, dis-je doucement. C'est moi, Clive, je ne vais pas te faire de mal.

— Qu'est-ce que tu fais là ? dit-elle d'une voix rauque et étouffée.

— Je passais et j'avais envie de te voir. Viens t'asseoir, de quoi as-tu peur ?

Ses yeux s'animèrent, elle se passa la langue sur les lèvres et sa voix s'éclaircit :

— Comment es-tu entré ?

— Tu avais laissé une fenêtre ouverte, dis-je en essayant de plaisanter ; alors je n'ai pu résister à la tentation de te faire une surprise, mais je n'avais pas l'intention de t'effrayer.

Elle était toujours près de la porte ; ses yeux se mirent à briller, ses narines se pincèrent et pâlirent.

— Ainsi, tu es entré comme un voleur ?

— Je reconnais que j'ai eu tort, mais... écoute, j'avais tellement envie de te voir...

Elle pâlit affreusement :

— Fous le camp, fous-moi le camp immédiatement, espèce de sale chien !

— Je t'en prie, Eva, implorai-je, ne te fâche pas. Je ne peux plus vivre ainsi, je veux t'emmener, je ferai tout ce que tu voudras, mais ne sois pas fâchée.

— Imbécile et lâche, fit-elle la bouche tordue de fureur, et elle se mit à me débiter un flot d'injures ordurières.

Je me bouchai les oreilles avec les mains ; elle se pencha vers moi et ses paroles me transpercèrent comme des lames chauffées à blanc.

— Est-ce que tu te figures que je vais perdre mon temps pour un foireux de ton espèce ? Je te dis de me f... le camp et de ne jamais remettre les pieds ici. Ça me dégoûte rien que de te voir. C'est comme tes sales petits cadeaux de vingt dollars, tu peux les remporter, je n'en veux pas. Allez, va-t'en et que je ne te revoie plus.

Je n'avais plus peur à présent, je bouillais de rage.

— Garce, je vais t'apprendre à me parler sur ce ton-là, criai-je.

Mais elle criait plus fort que moi :

— Je vois clair dans ton jeu, tu es le plus répugnant de tous. Ah ! tu voudrais m'avoir pour rien quand il y en a tant et de plus riches que toi, pauvre minable, qui ne demandent qu'à m'épouser ? Tu peux toujours courir, tous les hommes me dégoûtent et toi encore plus.

La frapper, la briser, la déchirer en morceaux de mes propres mains, voilà ce que je voulais maintenant.

— Je vais te tuer, dis-je lentement sans élever la voix, je vais cogner ta sale petite gueule contre le mur jusqu'à ce que ton crâne éclate. Comme ça tu ne feras plus souffrir personne.

Elle écarta les lèvres et cracha vers moi. Je tournai autour du lit et marchai sur elle ; elle fit tête, les yeux étincelants, les mains en avant et au moment où j'allais la saisir, elle me griffa la figure comme un chat. Je ne préservai mes yeux que de justesse, mais elle me déchira le nez et la joue. Fou de rage et de douleur je lui décochai un coup de poing qu'elle évita avec une incroyable prestesse et mon poing s'écrasa contre le mur. Je reculai en poussant un cri.

Elle se précipita hors de la chambre et courut dans la cuisine. C'était là qu'était le téléphone mais je ne lui laissai pas le temps d'appeler ; déjà je barrais la porte qui était la seule issue. Je sentais le sang qui coulait sur ma figure. Elle s'était aplatie contre le mur du fond, les mains derrière le dos ; ses yeux lançaient des éclairs : elle ne manifesta aucune peur lorsque je me jetai sur elle. Au moment où j'allais l'atteindre, elle leva le bras ; elle tenait à la main une cravache dont elle me sabra la figure ; la surprise et la douleur me firent reculer. Instinctivement, je levai les bras et de nouveau la cravache me cingla les épaules comme un fer rouge. Deux fois, trois fois j'essayai de lui arracher la cravache ; avec une souplesse de serpent elle m'évitait et me frappait au moment où je cherchais à reprendre mon équilibre.

Pas à pas, sabrant de droite et de gauche, elle me refoula vers le vestibule ; un coup sur les yeux me fit trébucher contre une chaise, je tombai sur les genoux en gémissant de douleur et tandis qu'elle continuait à frapper sans merci, il me sembla entendre cogner à la porte d'entrée. Les coups cessèrent et je restai effondré sur le sol tout pantelant. Comme dans un rêve, j'entendis des voix, une main me saisit le bras et me força à me remettre debout. Je fis un effort pour ouvrir les yeux et aperçus devant moi Harvey Barrow.

— Bon Dieu, fit-il d'une voix d'ivrogne, mais tu l'as à moitié tué !

Et il éclata de rire.

— Sors-le d'ici, dit Eva.

— Avec plaisir, dit-il en m'empoignant par le gilet et en me secouant. Tu te souviens de moi, oui ? ajouta-t-il en approchant sa figure de la mienne. Moi je me souviens bien de toi. Allons, viens faire un petit tour.

En passant la porte, je tentai de lui échapper, mais il était trop fort. Nous luttâmes pendant un moment et à l'instant où il me poussait dehors j'aperçus Eva.

Je la vois encore, debout, les bras croisés sur sa robe de chambre, le visage dru, la bouche serrée ; lorsque nos regards se croisèrent elle redressa la tête dans un geste d'insolence et de triomphe. D'une secousse, Barrow me jeta dans la rue.

— Maintenant, espèce de crâneur, dit Barrow en me montrant ses dents jaunies, j'espère que tu vas la laisser tranquille, hein ?

Et il m'assena un coup de poing en pleine figure.

Je restai étalé par terre sans bouger. Il se pencha sur moi :

— Je te devais bien ça... Tiens, et puis je te dois encore autre chose, dit-il en me jetant un billet de cent dollars et un de dix.

Je le vis descendre la petite allée et entrer dans la maison ; la porte claqua derrière lui.

Comme j'allongeais le bras pour prendre les billets, John Coulson partit d'un grand éclat de rire.

XXI

Une histoire ne finit jamais. Jetez un caillou dans une mare, il disparaît en quelques secondes, mais rien n'est fini : à l'endroit où le caillou est tombé, un remous se forme, il s'étend en vagues circulaires qui vont s'élargissant jusqu'à ce que toute la surface de la mare soit agitée d'un doux balancement. Il faut beaucoup de temps pour qu'elle redevienne immobile. Me voilà assis devant ma machine à écrire dans mon affreuse petite chambre et regardant par la fenêtre la plage de ce petit port du Pacifique. Russell attend patiemment que je commence mon travail, mais aujourd'hui je ne suis pas pressé de le rejoindre.

Nous possédons un bateau dans lequel nous avons emmené déjà des centaines de touristes visiter les petites îles avoisinantes. C'est moi qui conduis le bateau pendant que Russell, assis à l'avant, raconte aux touristes des histoires de pirates et de contrebandiers chinois qui relâchaient autrefois dans ces îles. Il s'entend très bien avec les passagers ; moi, ils m'agacent avec leurs figures stupides et leurs voix criardes. Mais comme je reste sur la passerelle pendant tout le trajet, je ne suis pas en contact avec eux.

Nous ne gagnons pas beaucoup d'argent mais nous ne nous en tirons pas trop mal. Russell est très économe, il a déjà mis assez de côté pour assurer la morte-saison.

Ici, personne n'a jamais entendu parler de moi, on ne sait pas qui je suis, mais si ce livre doit paraître un jour, je reverrai mon nom imprimé. Chose curieuse, il m'est tout à fait égal de passer pour un inconnu ; au début, cela me faisait quelque chose, et puis je me suis rendu compte que je n'aurais plus à me creuser la tête pour essayer d'écrire, plus de factures à payer, plus de gens à recevoir, plus aucune des obligations qui incombent à un homme célèbre, et malgré quelques petits sursauts d'amour-propre, j'ai compris que je serais beaucoup plus heureux ainsi.

Sans Russell, je ne sais pas ce que je serais devenu. Je lui dois tout : c'est lui qui m'a retrouvé à demi inconscient dans le ruisseau devant la maison d'Eva. S'il n'était pas arrivé juste à temps, je crois que je me serais suicidé.

C'est lui qui a acheté le bateau avec ses économies ; je voulais l'en empêcher, mais j'ai fini par céder. Cela me paraissait une idée absurde, mais Russell avait tout calculé ; il m'affirma que la vie au grand air me remettrait d'aplomb et que lui-même en avait besoin. D'ailleurs, je ne tardai pas à changer d'avis lorsque nous allâmes visiter le bateau. Russell s'était arrangé pour me faire croire qu'il s'agissait d'une association à parts égales, et je finis par trouver naturel de devenir le capitaine tandis qu'il gardait le rôle de second. Nous n'eûmes de discussion que lorsqu'il fut question de baptiser le bateau : je voulais l'appeler *Eva*, prétendant que ce nom amuserait les touristes, mais Russell s'y refusa avec une obstination que je ne lui avais jamais connue. Finalement, je faillis me mettre en colère et lui dis de faire comme il l'entendrait. Le lendemain matin, en arrivant sur le port, je vis qu'on avait peint le nom de *Carol* en grosses lettres sur l'arrière. Je restai un long moment à regarder ce nom puis allai m'asseoir au bout de la jetée à contempler l'océan. Lorsque Russell vint me rejoindre une heure plus tard, je lui dis qu'il avait eu raison et depuis ce temps-là, nous nous entendons à merveille.

Combien de temps tout cela durera-t-il ? Ce livre aura-t-il du succès ? Dans l'affirmative, peut-être retournerai-je à Hollywood. D'un autre côté, Hollywood sans Carol serait un milieu triste et hostile. Ce n'est que maintenant que je sens vraiment combien je tenais à elle : trop souvent on n'apprécie toute la valeur d'une personne ou d'une chose que lorsqu'on l'a perdue. Mais il semble aujourd'hui que je puis de nouveau affronter l'avenir avec confiance parce que le souvenir de Carol me protègera.

Bien que je n'aie pas revu Eva depuis deux ans, je pense toujours à elle. Il y a quelque temps, j'ai été brusquement pris du désir de savoir ce qu'elle était devenue, non pour renouer nos relations, mais simplement par curiosité. J'ai trouvé la maison de l'avenue Laurel-Canyon vide, sans rideaux aux fenêtres et le jardin était à l'abandon. Les voisins n'ont pu me donner aucun renseignement : la femme qui est venue m'ouvrir m'a dit qu'elle savait seulement qu'Eva était partie et elle a ajouté : « Bon débarras. »

C'est dommage, j'aurais aimé la suivre à distance sans qu'elle s'en doutât. Que va-t-elle faire ? Va-t-elle retourner auprès de Charlie Gibbs ou devenir petit à petit une misérable ivrognesse réduite à faire le trottoir la nuit pour gagner sa pauvre existence ?

Récemment, je suis tombé sur un passage du *Candide* de Voltaire, qui m'a paru s'appliquer non seulement à Eva, mais aux innombrables femmes appartenant à cette profession qui occupe une place bien définie dans notre société.

… Je fus bientôt supplantée par une rivale, chassée sans récompense et obligée de continuer ce métier abominable qui vous paraît si plaisant, à vous autres hommes, et qui n'est pour nous qu'un abîme de misère. J'allai exercer la profession à Venise. Ah ! monsieur ! si vous pouviez vous imaginer ce que c'est que d'être obligée de caresser indifféremment un vieux marchand, un avocat, un moine, un gondolier, un abbé ; d'être exposée à toutes les insultes, à toutes les avanies ; d'être souvent réduite à emprunter une jupe pour aller se la faire lever par un homme dégoûtant ; d'être volée par l'un de ce

que l'on gagne avec l'autre ; d'être rançonnée par
les officiers de justice et de n'avoir en perspective
qu'une vieillesse affreuse, un hôpital et un fumier,
vous concluriez que je suis une des plus malheu-
reuses créatures du monde.

Encore une fois, je ne sais rien. Il me semble que
dans une large mesure Eva tient son avenir entre
ses mains, elle ne manque pas de volonté et j'espère
qu'un jour elle retrouvera son équilibre comme je
suis en train de retrouver le mien. Je me suis souvent demandé pourquoi je n'étais jamais arrivé à
obtenir sa confiance. J'ai toujours pensé que les
sentiments d'une femme ne peuvent résister longtemps à la volonté d'un homme ; ai-je été trop délicat, me suis-je découvert trop tôt ? La tâche était
difficile, non seulement parce que Eva connaissait
toutes les ruses de son métier, mais aussi parce
que dans le cœur d'une femme la limite qui sépare
l'amour et la haine est bien subtile. J'ai peut-être
été maladroit.

Aujourd'hui, avec le recul du temps, je puis dire
que je ne regrette rien malgré les souffrances
qu'elle m'a infligées. Pendant le week-end que
nous avons passé ensemble, j'ai connu une plénitude de satisfaction physique qui n'est accordée
qu'à de rares privilégiés. Et je suis persuadé qu'elle
l'a éprouvée comme moi. Mon seul tort a été de
vouloir continuer à la voir au lieu de cesser toutes
relations avec elle après cette aventure.

Que pourrais-je ajouter ? J'ai fait une expérience

et je dois maintenant penser à l'avenir. Arrêtons-nous. Russell est en train de regarder vers ma fenêtre, le soleil fait briller le verre de la montre qu'il tient à la main. Le *Carol* est déjà bondé de passagers : on m'attend.

DU MÊME AUTEUR